햇살 아래 카페에서

§ 햇살 아래 카페에서 §

2019년 4월 18일 초판 1쇄 인쇄
2019년 4월 25일 초판 1쇄 발행

지은이 § 해 화
발행인 § 곽동현
기획&편집디자인 § 신연제, 이윤아
발행처 § (주)조은세상

등록 § 제2002-23호(1998년 01월 20일)
주소 § 경기도 연천군 미산면 청정로1355
TEL § 02)587-2966
E-mail romance@comics21c.co.kr
Blog http://goodword24.bolg.me

값 9,000원

ISBN 979-11-6432-182-7

이 도서의 국립중앙도서관 출판예정도서목록(CIP)은 서지정보유통지원시스템(http://seoji.nl.go.kr)과
국가자료종합목록(http://www.nl.go.kr/kolisnet)에서 이용하실 수 있습니다.
(CIP제어번호: CIP2019014547)

햇살
살
아래

카페
에서

해화
장편소설

GOOD
WORLD
ROMANCE
NOVEL

(주)조은세상

CONTENTS

프롤로그.

이쯤인가.

해주가 주변을 돌아봤다. 할머니가 결혼 전까지 살았다던 오름 근처였다. 어렸을 적 할머니와 살았던 해주는 이곳 이야기를 자주 들었다. 할머니는 그 시절이 너무 즐거웠다고, 할아버지를 만난 곳도 이곳이었다고 늘 행복하게 말하곤 했다. 그럴 때면 자신이 그 오름에서 행복한 두 분을 보며 뛰어노는 것 같은 착각이 들었다.

언젠가 할머니와 꼭 같이 이곳에 와보자고 약속했는데 결국 두 사람의 소원은 이뤄지지 못하고 해주 혼자 이곳에 왔다.

"휑하다."

근처에 카페가 있었지만 없는 것과 다름없을 정도로 썰렁한 분위기였다. 아마도 혼자라서 그럴 것이다. 아니, 어쩌면 저 카페 때문일지도.

해주가 카페 주변을 돌아봤다.

카페…… 맞긴 한 거겠지?

오름에는 햇살이 비치는데 이상하게 카페는 어둡고 쓸쓸했다. 꼭 자신의 마음처럼.

폐업한 카페인가 봐.

보통의 사람이라면 겁을 먹을 수도 있을 텐데, 이곳이 할머니가 그리던 추억의 동네라서 그런지 해주는 두렵지 않았다.

어떤 사람이 이곳을 운영하다가 문을 닫은 걸까.

문을 닫은 이유는 알 것 같았다. 장사가 안 될 테니까.

돌아가자. 그런데 해주의 눈에 허름하고 작은 간판이 눈에 띄었다.

'햇살 아래.'

돌아서려던 해주는 카페 이름을 보자마자 생각이 바뀌었다. 햇살이라는 글자를 보자마자 마음이 따뜻해지는 것만 같았다. 그때, 안에서 인기척이 느껴졌다.

"운영을…… 하는 건가?"

조심스럽게 카페 안으로 들어선 해주는 이름과는 전혀 다른 어둡고 칙칙한 분위기와 밖에서 볼 때보다 더 스산한 느낌에 당황스러웠다. 그냥 나가려는데 졸던 직원이 손님이 오는 소리에 놀라 벌떡 일어나더니 인사도 없이 주문을 받았다. 그 때문에 마지못해 커피를 주문한 해주는 구석 창문가에 자리를 잡았다.

어둡다. 그래서 그런지 한기가 느껴졌다. 괜히 들어왔을까.

햇살이며
카페에서

커피를 기다리며 주변을 돌아보는데 창문 밖으로 카페 마당이 보였다.

털이 복슬복슬한 누런 개 한 마리가 축 늘어져 있었다. 무척 심심해 보이는 게 귀여워 웃음이 났다.

놀아주고 싶다, 라고 생각한 순간 개가 귀를 쫑긋하더니 벌떡 일어나 미친듯이 꼬리를 흔들었다.

뭔가 싶어 개의 시선을 따라 고개를 돌리자 웬 남자가 어슬렁어슬렁 마당 안으로 들어섰다. 남자는 익숙한 듯 개에게 다가갔고 누런 개는 팔딱팔딱 뛰며 난리를 쳤다. 금방까지 축 처져 있다고는 믿기지 않을 만큼 활발했다. 큰 덩치에 애교가 가득해 귀여워 웃음이 났다.

남자도 그게 귀여웠는지 뭐라고 개에게 대화를 시도하더니 스스럼없이 개를 안고 볼을 비볐다. 그러고는 쉬지 않고 쓰다듬었다.

사랑한다, 예쁘다, 보고 싶었다, 네가 좋다, 이런 말들이 보이는 것 같았다. 순간 해주의 가슴이 찌릿해지면서 견딜 수 없는 아픔과 그리움……이 몰려왔다. 갑자기 느껴지는 감정에 당황스러워하는 찰나, 남자가 시선을 느꼈는지 고개를 돌렸다. 잠시 눈을 마주친 것 같았는데 자신만 보라는 개의 독촉에 그가 개를 꼭 안았다. 그가 다시 돌아보는 것 같아서 해주는 허둥지둥 시선을 피해 커피를 마셨다.

따뜻해.

적당히 식은 커피가 목으로 넘어갔다. 으스스했던 공간에 햇살이 내리는 것처럼 따뜻해지는 것만 같았다.

분명 아까까지 칙칙했던 카페였는데.

한기가 사라지고 해주의 가슴이 뭉클해졌다.

1.

오름으로 가는 외진 길가 햇살 아래 카페가 있다. 맑은 하늘에도 큰 나무 때문에 늘 그늘이 진 이 카페는 습한 기운이 가득해서 여름에도 추워 보였다.

귀곡산장을 방불케 하는 으스스한 통나무집에 거미줄이 가득한 이 카페에는, 그보다 더 우중충한 남자가 있었다.

아무것도 하고 싶어하지 않고, 해야 할 일도 하려고 하지 않는 남자. 그 어떤 것도 해서는 안 된다고 여기는 남자.

면도를 제때 하지 않아 코밑과 턱에 수염이 삐죽삐죽 나와 있고, 머리도 당연한 듯 단정하지 못했다. 옷은 주변에 대충 걸쳐 놓은 것을 주워 입은 듯 구겨져 있었고 오래된 사진 책을 펼쳐놓고 막상 읽지는 않았다. 그래도 그는 햇살 아래에 있었다.

"갑자기 왜 그만둔다는 건데?"

단 한 순간도 진지한 적 없던 은태의 얼굴이 굳어졌다. 화장실 청소를 하다가 갑자기 뛰쳐나온 아르바이트생이 집게와 앞치마를 집어던진 것이다.

긴 집게가 바닥에 떨어지며 시끄러운 소리를 냈다. 은태가 인상을 찌푸렸다. 집게 떨어지는 소리가 아니라 거기에 묻은 물이 튈까 봐.

화장실 청소는 다 하고 그만두는 거야? 라고 물어보려다가 바닥에 있는 집게로 맞을 것 같아 일단 침착하게 질문을 했다.

"왜, 무슨 일인데?"

"사장님하고 일 못 하겠습니다."

은태가 주변을 두리번거렸다. 어두운 카페 안에는 아까부터 들어온 손님 한 명만 구석에서 창밖을 내다볼 뿐이었다. 은태가 한숨을 쉬고 어깨를 으쓱했다.

"여기 사장이 어디 있냐? 저기 저 여자분이 사장인가."

지목을 당한 손님이 흠칫했다. 아르바이트생이 눈을 가늘게 뜨고 은태를 빤히 보았다.

"제 맞은편에요."

"나? 나 사장 아냐. 나 매니저거든. 여기 사장 따로 있다고 말했잖아. 나는 그저 신세 지고 있는 형편이라니까?"

"언제는 사장으로 모시라면서요."

"그거야, 여기 책임……."

은태가 아차, 하고 말을 멈췄지만 아르바이트생은 그 순간을 포착했다.

"책임. 그것참 말씀 잘하셨습니다. 사장이든 매니저든 어쨌든 여기 관리자 아닙니까? 어떻게 일을 하나도 안 하실 수가 있습니까? 아무리 제가 여기 일하는 직원으로 취직했다지만 제가 여기 돈 관리까지 다 하고 제 월급까지 챙겨가는 건 너무 했지 않습니까? 게다가 저 화장실. 계속 막힌다고 제가 저거 해결해 달라고 몇 번 말했습니까?"

은태가 지겨운 엄마의 잔소리를 듣는 사춘기 학생처럼 영혼을 잃은 눈빛으로 다른 곳에 시선을 두었다. 아르바이트생이 테이블을 쳤다.

"집중!"

그 때문에 창밖을 내다보던 손님이 다시 두 사람 쪽으로 고개를 돌렸다. 은태가 괜히 손님의 눈치를 살피며 아르바이트생을 나무랐다.

"야, 왜 이렇게 소리를 지르고 그래. 손님 내보낼래?"

"아니요. 저를 내보내겠습니다. 안녕히 계십시오, 사장님."

아르바이트생이 꾸벅 인사를 했다. 은태가 펄쩍 뛰었다.

"어딜 가. 아르바이트비 받아야지."

"됐거든요. 담배나 사서 피우세요. 새 책 좀 사서 읽으시든가. 읽을 줄 아신다면."

아르바이트생이 안됐다는 듯 그를 훑고는 그대로 나갔다.

"야, 너 그렇게 가면 나는 어떻게 해!"

그가 쫓아가며 말했지만 아르바이트생은 이미 떠난 후였다.

"하아, 근성 없는 자식들. 또 그만둬?"

그가 허리춤에 손을 올리고 열을 올렸다.

"하여튼 요새 애들은 근성이 없어요, 근성이."

뭐라도 할 것처럼 굴던 그가 금세 포기한 듯 자리에 앉아 양손으로 머리를 헝클고는 고개를 들다가 구석에 있는 손님과 눈이 마주쳤다. 그가 머리를 단정히 하고 애써 미소를 지었다. 손님이 얼른 고개를 돌리자 그가 다시 표정을 굳혔다.

"내가 지 없으면 죽을 줄 알고?"

그가 익숙한 듯 A4용지 한 장을 꺼내 굵은 매직으로 척척 글씨를 쓰기 시작했다.

"남자 아르바이트생 구함. 숙식 제공. 자세한 사항은 언제든 들어와서 문의하세요. 햇살 아래……."

거침없이 쓴 글씨를 읽고 있는데 인기척이 느껴졌다. 고개를 들자 아까 구석에 있던 손님이 어느새 그의 앞에 서 있었다. 예쁘게 생긴 손님은 쭈뼛거리며 입술을 달싹거렸다.

"저……."

"아!"

은태가 벌떡 일어났다.

"주문하신 음료 금방 타드리겠습니다."

손님이 주문한 음료도 안 타주고 갔다고 투덜거리며 그가 주방에 섰다. 입으로 열심히 성질을 내던 은태가 문득 행동을 멈췄다.

"근데 뭐 주문했……."

은태가 손님을 향해 고개를 들었지만 그녀는 어느새 자리로 돌아가 있었다.

"……더라? ……아씨. 뭐였지. 기억해라, 기억해."

관자놀이에 양쪽 검지를 올리고 생각하던 그가 시선을 느끼고 고개를 들었다. 손님이 그를 빤히 바라보고 있었다. 그가 흐, 하고 억지웃음을 지으며 머리에 짚었던 손을 내렸다.

"……요."

손님이 작게 말했다. 그가 목을 길게 빼냈다.

"네?"

"레모네이드! 요…….'

레모네이드처럼 청량한 목소리가 울렸다. 그가 넉살 좋게 손짓을 했다.

"네, 압니다. 지금 타고 있습니다."

"아, 혹시 모르시는 줄 알고, 죄송합니다……."

"아뇨, 죄송하긴요."

완전 감사한데.

그가 속웃음을 짓고는 레모네이드를 타기 위해 부산스럽게 움직였다. 냉장고에서 탄산수를 꺼낸 그가 레몬가루를 찾아 부산스럽게 움직였다.

"아니, 이 자식은 대체 이걸 어쩐 거야. 저번엔 여기 있었던 것 같은데."

그러고 보니 주방이 엉망진창이었다. 물건들은 아르바이트생이 올 때마다 자리가 바뀌었다. 하지만 그가 신경 쓸 이유가 없었기에 굳이 잔소리를 하지 않았다. 하긴, 그는 잔소리를 할 수도 없었다. 아무것도 관리하고 있지 않았으니까.

"대체 어디 있는 거야?"

괜히 손님을 향해 눈길을 돌렸다. 차라리 '그러셨어요? 어쩌죠, 레모네이드가 지금 다 떨어져서'라고 말할 걸 그랬다.

"근데 내가 지금 타는 중이라고 말했나……. 그래, 아마 내가 그랬지?"

그가 자신을 탓하며 휴대전화를 찾았다.

"상대방이 전화를 받지 않아……."

아르바이트생의 전화에서 친절한 음성이 흘러나왔다. 수신 거부였다.

"이런 제길."

그는 빠르게 주방 안을 훑었다.

"저……."

그사이 손님이 또다시 그의 앞으로 왔다.

"음료, 지금 나갈 건데, 잠시만 더 기다려주시면……. 아, 여기 있다."

"아르바이트생 구하시나요?"

레몬가루통을 잡은 은태가 행동을 멈췄다. 손님의 얼굴을 잠시 보던 그가 영업사원처럼 눈빛을 반짝이며 바(bar) 앞으로 고개를 확 숙였다. 갑자기 손님 앞으로 다가간 꼴이 돼버려 놀란 손님이 뒤로 발을 뺐지만 그는 팔꿈치를 바에 대고 더 가까이 몸을 뺐냈다.

"네. 혹시 아시는 분 계시면 소개 좀 해주시겠습니까? 원하면 숙식 제공도 되거든요. 이래 봬도 사실 손님이 많지 않아서 엄청

편해요. 그냥 청소 조금 하고 손님도 거의 없고 낮에만 와서 혹시 주변에 괜찮은 사람 있으면 언제든지 편하게 말씀해주세요."

"그게……, 있긴 한데요."

"아, 정말요?"

그가 손에 레몬가루통을 든 채로 주방에서 돌아 나와 그녀 앞으로 다가갔다.

"성인인가요? 언제부터 일할 수 있을까요? 오늘이라도 괜찮으면 면접을 좀 보고 싶은데 지금 부르면 언제쯤 올 수 있을까요?"

"그게……."

"아, 하긴 오늘은 좀 곤란하겠죠? 그럼 언제가 좋을까요? 저야 뭐 여기 다락에서 자니까 밤에도 괜찮고 새벽도 괜찮고, 아침도…… 아, 아침은 정해진 취침시간이 있어서 좀 곤란하긴 한데……."

"전데요."

"네, 전데요. 이름이 전데요 인……, 네?"

"제가 여기서 아르바이트하면 안 될까요?"

예쁘장한 얼굴로 빤히 올려다보는 손님을 향해 눈을 깜빡이며 상황 파악을 하던 은태가 뒤늦게 아, 하고 웃었다.

"아, 그렇군요. 손님께서 아르바이트를? 집이 이 근처이신가 봐요. 근데 저는 숙식을 여기서 해결하는 아르바이트생을 원하거든요. 아무래도 제가 좀 용무가 바쁘다 보니까 여기 아예 상주하면서 관리해줄 사람이 필요해서. 아, 집이 가까우신가? 집 가까우면 좀 오래 일해줄 수 있어요? 숙식 제공 안 되면 월급은 올려줄 수 있어서."

"아니요……. 숙식 제공해주신다고 해서……."

그가 다시 눈을 깜빡였다. 침묵이 이어지던 두 사람 사이에서 은태가 먼저 입을 열었다.

"여자분이시잖아요?"

"안 되나요?"

"나랑 같이 잘 수 있어요?"

"네? 사장님하고 잠까지 자야 되나요?"

"네. 잠을 같이 자야…… 네에? 아뇨, 아뇨! 그게 아니고. 한방을 써야 한다고요."

그가 레몬가루통을 손에 든 채로 위층을 가리켰다. 손님이 진지하게 물었다.

"자리는 따로 펴고 자도 되나요?"

"당연히 자리는 따로 펴고 자죠. 남자끼리라도 자리는 따로 잤습니다. 각자, 자리에서 커튼 치고 따로따로."

그가 손으로 열심히 선을 그었다.

"그럼 상관없어요."

"아, 그렇구나. 상관없구나. 그럼 여기서 일을……, 아니, 그게 아니잖아요. 어떻게 나랑 같이 잡니까?"

"같이 안 잔다고 해서."

"아니, 그게 아니라. 근데 어려 보이는데 미성년자 아니야?"

"아니에요. 저 민증 보여드릴게요."

손님이 주머니에서 빠르게 주민등록증을 보였다. 사진이 어

햇살아래
카페에서

려 보이긴 했지만 계산을 해보니 22살이었다.

윤해주. 이름과 얼굴을 흘깃 보던 그가 헛기침을 하고 주민
등록증을 도로 건넸다.

"그러네. 미성년자는 아니네."

"네, 그럼 오늘부터 일할까요?"

"안 되지!"

"화장실 막힌 것 같던데."

"헙."

그가 잠시 말을 멈췄다. 이런 유혹적인 면접을 봤나. 그가 생
각을 휘이 저어냈다.

"암튼 안 돼요. 여자랑 남자랑 한방에서 어떻게 잔다고?"

"제가 그렇게 여자로 보이시나요? 저는 사장님 전혀 남자로
안 보이는데요."

손님이 볼을 불리며 중얼거렸다. 아무리 작게 말해도 이런
건 또 잘 들리는 법이었다. 은태가 제 머리를 넘겼다.

"허, 저기요. 나도 아주아주 성숙한 스타일을 좋아하거든요.
이렇게 어린이 같은 스타일은 절대 내 취향이 아니거든요."

"그럼 됐네요. 취향도 아닌데 서로 실수할 일은 없을 거잖아
요."

"실수라니. 난 여자한테 그런 짓 하는 놈 아니야. 아, 물론 그
렇다고 남자한테 그런다는 게 아니라, 아니, 아니, 아예 인간한
테 취미 없거든? 난 짐승 아니면 상대 안 해."

해주가 '어떻게 짐승하고……'와 같은 표정으로 바라보자 비

웃던 그가 얼굴을 굳혔다.

"지금 무슨 생각 했어?"

"그냥 아무 생각도……."

그가 그녀 가까이 고개를 확 들이밀고 눈을 가늘게 떴다.

"아닌데, 지금 내가 뭐 짐승한테 관심 두는 변태 같은 놈이라고 생각한 눈빛이었는데."

"네? 그런 사람도 있어요?"

이게 사람 놀리네.

"암튼 그쪽은 안 돼. 남자가 편하다고."

부려먹기, 라는 말을 숨기고 마구 손을 내젓는 순간, 퍽, 하고 레몬가루통의 뚜껑이 빠지면서 레몬가루가 사방에 퍼졌다.

손님이 별로 없어서 그런가. 레몬가루가 참 가득 들어 있었다. 가루가 날리고 날리며 레몬향이 주변에 퍼졌다. 상큼하고 시큼하고 신경을 자극하는 레몬향이.

그가 강렬한 눈으로 그녀를 돌아봤다. 그녀가 어깨를 흠칫했다.

"제가 그런 거 아닌……."

"형제처럼 지낼까?"

"네?"

그녀가 놀라서 고개를 들었다. 그가 신뢰가 가득한 눈으로 미소를 짓고 있었다.

"같은 방 쓰려면 아무래도 그게 좋잖아."

"네? 그 말씀은……."

햇살이며
카페에서

"지금 당장 일할 수 있다면 도원결의하고. 못하면 취소……."

"해요!"

"지금부터?"

"네. 지금부터요!"

그가 그녀에게 레몬가루통을 들려주었다.

"자. 도원결의. 우리 오늘부터 의형제다. 화장실 청소도 할
수 있나, 동생?"

"네, 하죠."

"그래. 열심히 해. 일 못하면 쫓아낸다?"

"네! 열심히 하겠습니다. 사장님."

"아니!"

그가 단호히 고개를 저었다. 그녀가 의아하게 바라보자 그가
미소를 지었다.

"형."

"형?"

"님."

"아, 네, 형님."

해맑은 그녀를 보며 미소를 짓던 그가 돌아서며 미간을 좁혔
다. 아, 진짜 형제가 있어도 귀찮을 판에.

* * *

은태를 따라 다락에 올라온 해주가 주변을 두리번거렸다. 색

과 크기가 맞지 않는 이불들이 대충 접혀 있었다. 딱히 멀쩡한 가구도 없었다.

숙소가 다락방이라고 해서 작을 거라고 생각했는데, 아무래도 카페 위에 있다 보니 그렇게 좁은 공간은 아니었다. 열 사람이 편히 잘 수 있을 듯싶었다.

은태가 한쪽에 서서 오래돼 보이는 커튼을 흔들었다.

"이거, 이거 보이지? 이게 문이라고 보면 돼."

커튼을 흔들자 다락 창문 한쪽에서 새어 나오는 빛에 쾨쾨한 먼지가 드러났다. 코가 간질거려 재채기가 나올 것 같았지만 꾹 참았다.

"이걸 딱 치면."

그가 커튼을 끝까지 쳤다. 하지만 끝까지 쳐지지 않았다. 오래되어 녹이 슨 탓이었다. 구석이 완전히 가려지지 않자, 은태가 끝까지 커튼을 치려고 애썼다.

"아, 이게 고장났나?"

오래된 고리가 말을 듣지 않았다. 아마도 다른 남자 아르바이트생하고는 커튼조차 치지 않고 생활한 것 같았다.

"조만간 고쳐줄게."

은태가 조금 귀찮은 듯 말했다.

"괜찮아요. 그 정도면 옷 갈아입을 수 있으니까요."

최대한 민폐를 끼치지 않으려고 답하자 그가 그 부분이 마음에 든다는 듯 고개를 끄덕였다. 그를 귀찮게만 하지 않는다면 그는 어떻든 상관없어 보였다. 지금으로서는 해주 역시 그 부분

햇살이며
카페에서

이 마음에 들었다. 덕분에 숙식을 해결 받았으니까.

"정말 괜찮겠어?"

"뭐가요?"

"여기서 자는 거."

"네. 생각보다 냄새도 안 나요."

거짓말이었다. 환기를 시키지 않았는지 홀아비 냄새가 가득했다. 어떻게 청소할지 막막했다.

"당연하지. 나 냄새나고 그런 남자 아니거든."

더벅머리에 면도가 귀찮아 대충 수염을 기른 남자가 할 말은 아닌 것 같다. 하지만 그녀는 그저 웃었다. 지금은 그의 귀찮음, 대충, 대강의 성격이 그녀에게 구원이었기 때문에.

"네, 그래 보이세요."

"금방 약간 비꼰 기분이다?"

그녀가 웃자, 그가 눈을 가늘게 떴다.

"웃지 마. 정드니까."

"같은 방 쓸 건데 정들어야 하지 않아요?"

"안 쓸 거야."

"네?"

"나 여기 안 쓸 거라고."

그가 별로 없어 보이는 짐을 싸기 위해 가방을 꺼냈다. 그러더니 주섬주섬 짐을 담았다.

"내가 좀 까칠해서 아무나 하고는 잠을 못 자거든요."

"안 그래 보이시는데."

"그래? 다들 까칠해 보인다고 하는데, 넌 눈 좀 이상하다? 하긴 이런 거미줄 가득한 카페에 손님으로 온 거 자체가 이상한 거지."

그가 가방을 들었다. 그녀가 걱정스럽게 물었다.

"어디, 설마 카페 소파에서 주무시게요?"

"미쳤냐. 나 진짜 까다롭거든. 저기 건너편 펜션 보이지? 거기서 잘 거야."

다락방에 뿌연 창문 너머로 아기자기하고 깔끔한 펜션이 보였다. 인테리어에 공을 들인 것이 딱 봐도 비싸 보였다.

"저기 비싼데 아니에요?"

"아마도?"

"근데 저기서 주무신다고요? 돈을 주고요?"

"아니, 사랑 주고."

"네?"

"거기 내 사랑을 갈구하는 놈이 있거든. 가서 사랑 좀 주고……."

아무 생각 없이 말하던 그가 아차 했는지 고개를 번쩍 들었다.

"이상한 생각하지 마라?"

"무슨 생각이요?"

"저 건너편에 되게 심심하고 시끄러운 놈 하나 있어. 걔 말 좀 들어주고 고개 좀 끄덕여준다는 뜻이지, 다른 뜻 아니라고."

"아. 전혀 그쪽으론 생각도 못했는데."

그가 눈을 가늘게 떴다.

"순진한 척하기는. 어쨌든 나는 간다. 편하게 써."

"저, 그래도 사장, 아니 형, 형님이 어떻게 방을 내주시는……."

"당분간이야. 다른 알바 구할 때까지."

"네?"

"내가 계속 저기 시끄러운 놈하고 살림 차릴 생각이 없거든. 내가 아까 갑자기 그전에 있던 놈한테 차여서 정신이 없어서 말을 못했는데 여동생을 계속 쓸 생각이 없어요. 그러니까 당분간만이라고."

"아니, 그냥 여기서 주무시면 되는데……, 제, 제가 카페 소파에서 자겠습니다. 저 진짜 남동생처럼 대하셔도 돼요."

그가 그녀를 잠시 훑었다. 그러더니 얼굴을 들이밀었다. 몇 번이나 본 얼굴이지만 멀리서 볼 때보다 훨씬 잘생긴 얼굴에, 진한 갈색의 눈 때문에 그녀가 흠칫했다.

"저기요, 동생?"

"네?"

"자기 몸을 좀 더 소중히 여겨보시죠? 여기가 산골 입구라 카페가 춥습니다. 찬 데서 자면 입 돌아가요. 저기 보일러 버튼 있지? 빵빵 틀고 주무세요. 입 돌아가면 주문 못 받으니까."

순식간에 그가 사라졌다. 영문 모르고 눈을 깜빡이던 그녀가 뒤늦게 싱긋 웃었다.

덜컹, 덜컹. 창문에서 바람이 두드리는 소리가 들렸다. 그녀가 주변을 돌아봤다. 지저분하다기보다는 그냥 허름한 다락방. 그가 나가자마자 썰렁해지는 것 같았다. 이곳이 당분간 그녀의 방이었다.

"또 혼자네."

한숨을 쉰 해주가 저도 모르게 중얼거리며 이불을 둘둘 말았다. 아무래도 쓰던 이불이니 빨아두는 게 좋을 것 같았다.

직원들이 쓴다는 다락방 샤워실로 들어서자 한기가 느껴졌다. 어째 이곳도 카페 분위기와 딱 맞는 듯했다.

"이거 쓰긴 쓴 건가. 되는…… 거겠지?"

세탁기를 이리저리 둘러보던 해주가 이불을 세탁기 안에 넣고 문을 닫았다.

"까, 깜짝이야!"

다리가 긴 거미가 튀어나오더니, 해주보다 놀랐는지 재빨리 도망을 갔다. 도망간 쪽으로 고개를 빼고 살펴보던 해주가 한숨을 쉬며 고개를 저었다. 세제를 찾다가 엄청난 거미줄에 흠칫했다.

"여기 안 쓰는 곳인가?"

아까 분명 이곳에서 씻으면 된다고 했다. 세탁기도 있으니까 쓸라면 쓰라고 말할 때의 표정이 떠올랐다. 그러고 보니 나라면 안 쓰겠어, 라는 표정이었던 것도 같고.

"모르겠습니다. 사장……, 형님 저는 일단 쓸게요."

그녀가 굳은 세제를 벅벅 긁어 세탁기 안에 넣었다. 전원 버튼을 누르자 다행히 불이 들어왔다. 세탁기가 무사한 것을 확인한 해주가 안도의 한숨을 쉬고 주변을 둘러봤다.

"여기부터 치워볼까?"

은태는 당분간이라고 했지만 일을 잘하면 다른 사람을 뽑지 않을 수도 있는 것 아닌가.

"그래. 몸이 편해지면 다른 사람 안 뽑을지도 몰라."

해주는 이곳이 마음에 들었다. 할머니의 동네인 것도, 사장이 아니라 형님이라고 부르라는 남자에게서 느껴지던 온기도, 무엇보다 카페 이름이 특히 그랬다.

'햇살 아래.'

처음엔 빨리 먹고 나가야겠다, 그 결심밖에는 없었는데.

해주는 개와 교감을 하던 은태의 눈빛에 사로잡혀 그 뒤로 한동안 이곳에 출근 도장을 찍으며 그를 훔쳐봤다.

그렇게나 그를 봤건만…….

카페에 관심이 없어 보인다는 생각을 하긴 했지만 역시나 그는 자신을 알아보지 못했다.

"2주가 넘었는데."

그녀는 그를 본 이후로 주변 오름 여행을 하며 매일 이 카페에 들렀다. 그를 보기 위해서. 좀 더 구체적으로는 그의 따뜻한 온기를 조금이나마 느끼기 위해서.

여행지에서 생각보다 오래 머문 탓에 마침 일을 할 필요도 있었기에 이곳에 생긴 일자리는 그녀에겐 절대 놓쳐서는 안 되는 기회였다.

"지켜보길 잘했지. 어떻게든 잘 보여서 돈도 벌고 사장 형님도 보고 할머니 동네에서 지내도 보고 일석삼조 해보는 거야."

자신에게 파이팅을 하며 해주는 빗자루를 찾아 천장에 붙은 거미줄을 치우기 시작했다.

2.

"아무도 안 계세요?"

해주는 머뭇거리며 카페로 내려왔다. 몇 시에 출근인지 몰라 눈을 뜨자마자 빠르게 몸단장을 하고 내려온 참이었다.

"사장…… 형님? 저기, 형, 형님!"

그녀의 목소리가 다시 울릴 만큼 텅 빈 카페는 썰렁했다. 조명을 켜도 밝은 기운이 없는 기분. 초봄이고 더욱이 산 입구라 쌀쌀했다. 해주가 다시 올라가 카디건을 입고 내려왔다. 그사이에 은태가 와 있길 바랐지만 역시나 아무도 없었다.

"뭐부터 해야 하지?"

인수받은 것이 없으니, 카페 일을 알아서 해야 할 것 같았다. 두리번거리던 해주가 대걸레를 발견했다.

"아, 청소."

청소야 어떻게 하든 깨끗하기만 하면 될 테니, 그가 올 때까지 청소를 하는 게 좋을 것 같았다. 해주가 대걸레를 집었다. 썩은 냄새가 올라왔다.

"설마 이걸로 바닥을 닦은 건 아니겠지?"

그녀가 카페 바닥을 바라봤다. 레모네이드 가루를 닦은 곳 외에는 먼지가 뿌옇다. 닦지도 않았겠지. 카페를 대하는 그의 모습은 개를 만져주던 모습과 괴리가 있었다.

어떤 사람일까.

알고 싶지만 귀찮게 굴었다가는 당장 쫓겨날지도 몰랐다. 고개를 저은 해주가 화장실로 들어섰다. 들어가자마자 커다란 양동이에 살균 소독제를 타고 걸레를 담갔다.

어제 은태가 화장실 변기를 뚫어준 덕분에 불쾌한 냄새는 사라져 있었다.

"그러니까 내가 한다니까."

아무래도 화장실 청소가 문제였나 보다. 화장실에 청소도구가 마땅치 않아서 이것저것 물었는데 질문 세 번 만에 은태가 참지 못하고 들어와 자신을 밀어내고 변기를 뚫더니 청소까지 했다.

자신을 고용한 이유에 화장실 청소가 지분을 크게 차지하는 것만 같아서 불안하게 바라만 보다가 내가 한다고 작은 소리로 말했지만 그는 듣는 둥 마는 둥 했다.

'제가 하겠습니다!' 하고 크게 외치자 그제야 한 마디를 던졌다.

'가서 레모네이드 가루나 치우세요.'

부리나케 달려가 정말 깨끗하게 치웠건만.

'당분간이야. 다른 알바 구할 때까지.'

화장실에서 들려오던 욕설을 떠올려보면, 그 청소를 자신이
못한 게 아무래도 문제였던 듯했다.

철퍽, 철퍽. 걱정스럽게 대걸레에서 열심히 냄새를 뺀 해주
가 양동이에 물을 버리고 새 물을 담아 화장실을 나왔다.

"대체 청소를 언제부터 안 한 건가요, 사장……, 형님……."

구석마다 거미줄이 있었다. 종종 보이는 거미에 화들짝 놀랐
으나, 움찔하고만 있을 순 없었다. 화장실 청소를 못한 것을 만
회해야 했다.

해주가 바닥을 박박 닦고 또 닦았다. 하루 가지고는 티도 나
지 않을 듯했다. 청소하는 것만이라도 좀 보면 좋겠는데. 자신
이 이렇게 열심히 청소를 하고 있다는 모습을 어필하고 싶었으
나, 그는 카페 바닥을 거의 다 닦을 때까지도 나타나지 않았다.

"대체 언제 오는 거……."

"안녕하세요!"

고개를 들자마자 활기차게 들어오는 남자와 눈이 마주쳤다.
놀란 해주를 보며 남자도 놀란 듯 멍하니 섰다.

"예……쁘다!"

"네?"

"와, 되게 예쁘시다. 여기 아르바이트생으로 오신 분 맞죠?"

"아, 네. 그런데…… 아, 단골이세요? 어…… 어서 오세요. 아직 청소 중이라서, 저, 저쪽에 앉으시겠어요?"

해주가 바(bar) 자리를 가리켰다가 잡동사니가 놓여 있는 것을 보고 소파 쪽으로 손가락을 옮겼다. 그러나 그곳도 바닥 청소 중이라 의자가 옮겨져 있었다.

"아, 어쩌죠. 지금은 차를 드릴 수가 없는 상태라서……."

손님을 쫓아냈다고 은태에게 혼날지도 몰라 해주가 기어들어가는 목소리로 말했다. 남자가 유쾌하게 웃었다.

"아하하. 아니요. 괜찮아요. 차 마시러 온 게 아니라 해주 씨 보러 온 거거든요."

"네? 절, 아세요?"

"아뇨. 모르죠."

그가 황당한 표정으로 답했다. 내가 널 어떻게 알겠냐는 듯이. 해주가 눈을 깜빡였다.

"……네?"

"아하하. 진짜 말씀대로 귀여우시구나. 오늘부터 알아보려고요, 해주 씨를."

"네? 저를요?"

해주가 긴장한 기색을 보이자 남자가 그제야 두 손으로 저으며 웃었다.

"아니요. 이상한 사람은 아니고요. 저는 저쪽 펜션에서 일하

햇살이며
카페에서

는 이서준이라고 합니다. 한 마디로 이웃이죠."

"아아, 네, 안녕하세요. 그런데 펜션에서 일하시는 분이라면……."

"그냥 일만 하는 거 아니고요. 사장입니다. 사장."

"아, 사장님이시구나."

"네네. 제가 사장이에요."

서준이 어깨를 으쓱댔다.

"거기 사장님이시라면……."

"네네, 거기 사장 맞습니다."

"저희 사장님은요?"

"네?"

"저희 사장님이 거기서 주무신다고 하셨거든요. 잘 주무셨는지 걱정이 돼서요."

해주가 걱정스럽게 펜션 쪽을 바라보자 서준이 손을 휘저으며 시선을 방해했다.

"아, 쓸데없는 걱정은. 그 양반은 아무 데서나 잘 자죠. 너무 걱정 마세요."

"그럼 지금도 주무시는……."

"당연하죠. 아침잠이 얼마나 많은데요. 거의 기절 상태라고 보면 됩니다."

"아, 그렇구나."

아직도 자는구나. 자신은 낯선 환경에 낯선 사람하고 같이 있는데.

은태 역시 낯선 사람이지만 그래도 무척이나 그가 기다려졌다. 서준이 생각을 방해하듯 물었다.

"근데 설마 여기 청소하시는 거예요?"

"네. 딱히 지금 뭘 해야 할지 몰라서."

"그럼 그냥 놀고 계셔도 되는데."

"에이, 그건 안 되죠. 월급 받는 사람인데."

그녀가 남은 바닥을 닦았다. 서준이 싹싹하게 주변 의자를 들어주었다.

"고맙습니다. 근데 괜찮아요. 제가 혼자 할 수 있……."

"거절은 거절합니다. 도와드리고 싶어서 그러죠. 궁금한 거나 하고 싶은 거 있으시면 저한테 물어보세요."

그녀가 의아하게 보자 서준이 서글서글하게 웃었다.

"여기 온 알바생들은 다 제가 키웠다고 볼 수 있거든요. 카페 형이 일할 생각을 안 해서. 이 카페에 관심이 하나도 없어요. 그건 뭐 벌써 느껴지시죠?"

"아닌데. 일 잘하시던데요. 어제 화장실 청소도 해주셨어요."

"……네? 혁, 형이 화장실 청소를 했어요?"

서준이 놀란 눈을 떴다. 그러더니 깔깔깔 웃음을 터트렸다.

"아, 뭐야. 이 형. 새로 온 알바생에 관심 없고 어쩌고저쩌고 하더니만 혼자 엄청 의식하고 있었구먼. 어쩐지 우리 집에 와서 자더라고요. 하긴 이렇게 미인인데 의식 안 하면 그것도 미친놈이지. 물론 이 형이 좀 미친놈이긴 한데요."

그녀가 대걸레질을 할 때마다 그가 의자를 들어주고 내려주고 반복하며 수다를 떨었다. 말이 끊이지 않는 게 조금 시끄럽긴 했지만 카페의 차가운 기운이 가시는 것 같아서 참을 만했다.

*
**

잠자던 은태가 귀를 후볐다. 점점 더 심하게 후비던 은태가 인상을 찌푸리며 자리에서 일어났다.

"아, 누가 내 욕하나."

양손으로 귀를 비빈 은태가 겨우 눈을 떴다. 햇살이 얇은 커튼을 뚫고 방으로 들어왔다. 깨끗한 방 안에 소름이 돋았다.

"뭐야, 여기가 어디야? 아, 내 방 아니지."

어제 다짜고짜 서준의 펜션으로 와서 방 하나를 썼다. 서준의 질문 폭격에 아르바이트생의 코 고는 소리 때문이라고 둘러댔지만 당연히 믿을 리 없었다.

밤 9시에 무슨.

당연히 서준의 질문이 날아들어왔다. 매일같이 카페를 오던 서준이 하필 그날 그 자리에 없었으니 다시 설명을 해야 했다. 새로운 아르바이트생이 왔다고.

문제는 서준은 절대 사람의 말을 끝까지 듣지 않는다는 것이다. 왜곡하는 것은 기본, 허언증은 지병이었다. 영화 시나리오 지망생답기도 하지. 일상이 망상이었고, 취미가 캐릭터 찾아 인간 스토킹하기였다. 그리고 현재 가장 큰 피해자는 자신이었다.

그걸 알면서도 여길 기어들어오다니.

"아, 찌뿌둥해."

은태가 몸이 불편한 듯 이리저리 움직이며 스트레칭을 했다. 남의 집에서 자는 것은 역시 이런 게 안 좋았다. 하품을 크게 하고 머리를 벅벅 긁은 그가 시간을 확인했다.

아침 10시. 평소보다 일찍 일어났다. 어젯밤 아무리 가라고 해도 방에서 나가지 않는 서준 때문에 새벽 3시 넘어서 잤는데도 일찍 일어난 셈이었다.

무슨 할 말이 많은지 서준은 물 만난 고기처럼 떠들어댔다.

하긴, 스물일곱. 젊은 나이에 부모에게 물려받은 펜션을 하려니, 좀이 쑤시겠지. 그래 봤자 남 말할 만큼 은태가 나이가 든 건 아니었다. 서른둘. 그 역시 이런 곳에서 묻혀 지내기엔 젊은 나이였다. 하지만 은태는 심심하지도 지루하지도 않았다. 그냥 조용히 있고 싶었다. 그리고 서준을 제외하곤 그래도 꽤 원하는 대로 살고 있었다.

좀 잘해줄 걸.

그는 떠난 아르바이트생을 생각했다. 알아서 하는 편은 아니었지만 하라는 것은 군말 없이 하는 편이었는데. 그렇게 느닷없이 그만둘 줄은 몰랐다.

"갑자기 피곤하게 됐네."

그가 도로 침대에 누웠다. 여자라니. 아무래도 막 시키기는 곤란해진 것 같았다. 물론 눈 딱 감고 시키려면 시킬 것이다. 하지만 어제 더러운 화장실 앞에 서 있는 것만 봐도 어쩐지 시키면 안 될 것 같다는 생각이 들지 않았는가. 변기 뚫겠다고 도구 찾을 때 대충 알려주고 그냥 돌아섰어야 했는데 그는 차마 그러질 못했다.

안 하던 화장실 청소에 남의 집에서 잠까지 자다니.

"제길. 피곤해졌어."

대체 왜 이런 구질구질한 곳에서, 그것도 남자가 묵는 숙소에서 해주가 함께 생활까지 하려는 건지. 서준이 궁금해서 미치려고 하던 사연, 그 사연이 뭔지는 모르겠다. 알고 싶지도 않고. 하지만 무슨 사연이건 내보내야 한다. 자신이 견고하게 쌓아놓은 조용한 성이 무너지면 안 되니까.

"이서준!"

"……."

"어이, 사장!"

아무리 불러도 대답이 없자 은태가 담배를 주섬주섬 찾았다.

"이 자식 대체 어디 갔어?"

서준이 새벽까지 괴롭혔으니, 이번엔 은태 차례였다. 담배를 피우면 냄새를 맡고 펜션에서 피우지 말라고 난리 치며 오겠지. 피식, 웃으며 불을 붙이려던 은태가 멈칫했다.

'아, 궁금해. 아침 되자마자 카페 갈 거니까 말리지 말아요. 나 가서 물어볼 거야. 대체 무슨 사연으로 이런 말도 안 되는 사장 밑에서 일한다는 건지.'

'사장은 무슨 사장이야. 그리고 너, 당분간 우리 카페에 얼씬

도 마.'

'왜요? 내가 보면 한눈에 반할까 봐? 헐, 그렇게 예뻐요?'

'그건 몰라. 그냥 사람처럼 생겼어. 어차피 나갈 사람이니까 괜히 불편하게 굴지 말라고.'

'어차피 내보낼 거면 불편하게 해야 도망가지 않을까요? 이미 형 얼굴 보면 많이 불편하겠지만.'

'그러게. 그래야 하는데 걔는 안 불편한가 보더라.'

'진짜요? 와, 어떻게 형 보고 불편해하지 않을 수가 있어요? 눈은 항상 못마땅하게 뜨고 무슨 도사처럼 수염 기르고 맨날 인상 팍팍 쓰고 있는데.'

'난들 아냐. 너 같은 앤가 보지.'

'나 같은 애? 와, 벌써 동병상련이 느껴진다. 제가 형 심심할까 봐 서럽지만 참고 이렇게 옆에서 놀아드리는 거 아닙니까? 어떤 사람인지 점점 더 궁금해지는데요? 안 되겠어요. 내일 눈 뜨자마자⋯⋯.'

'시끄럽다. 나 잘 거니까 나가.'

그렇게 발로 차서 내보냈는데.

"설마 이 자식?"

설마는 무슨 설마일까. 뻔했다. 벌써 거기 가서 헛소리를 하고 있겠지.

하든 말든 상관은 없었다. 문제는 서준이 그녀와 친해지기 위해 자신의 이야기를 멋대로 떠들어댈 거라는 것이다.

햇살아래
카페에서

그가 자리에서 벌떡 일어났다. 복도를 지나 안내데스크로 향했다. 역시나 서준은 없었다.

"하, 이 자식."

그가 이마를 짚고는 밖으로 나왔다. 이제는 빛바랜 '햇살 아래'라는 간판이 무색하게도 큰 나무에 그늘이 진 카페가 보였다. 귀곡산장 같은 흉흉한 카페.

카페 이름이 마음에 들지 않아 이곳에 오지 않으려고 했었다. 삼촌인 장우에게 잡혀 결국 들어오게 됐지만 며칠 지내고 나갈 참이었다. 그런데 카페는 이름과는 다르게 전혀 햇빛이 들지 않았다. 안 들다 뿐인가. 오히려 어둠을 뿜고 있는 것만 같았다.

서준이 매일같이 나무에 가지 좀 치라고 성화를 부릴 만했다. 하지만 그는 이게 편했다. 햇살이 들어오는 나른하고 따뜻한 공간은 그가 가질 수 없는 곳이었다.

담배에 불을 붙인 그가 카페 앞으로 다가갔다. 뿌연 창문으로 들여다보자 아니나 다를까, 서준이 해주에게 다가가 열심히 이야기를 하고 있었다. 손에 대걸레는 들고 있지만 움직이는 것은 입뿐이었다.

해주는 놀라기도 하고 종종 웃기도 했지만 대체로 이야기를 듣고 있는 편이었다. 그녀가 웃으면 서준이 좀 더 과장해서 말을 하는 듯했다. 그러면 해주는 금방 위축된 표정을 지었다.

"적어도 이서준과는 아니네."

그나마 다행이었다. 하루에 겨우 손님 한둘뿐인 조용한 곳에 시끄러운 사람이 둘이나 있다면 그는 당장 이곳을 나가버릴 테니까.

주변 눈치를 살피고 귓속말을 시도하는 서준을 보자니, 분명 이야기를 이어가려고 은태 이야기를 지어내고 있을 게 뻔했다. 그가 한숨을 쉬고 카페 문을 벌컥 열었다. 서준이 놀란 눈으로 그를 바라보다가 차렷 자세를 했다. 해주도 덩달아 같은 자세를 취했다. 조금 귀여워서 웃음이 나는 걸 꾹 참았다.

"내 욕했냐?"

"무슨요."

"근데 왜 쫄아."

"쫄긴요. 갑자기 들어와서 놀라서 그러죠."

"나쁜 짓도 안 했는데 왜 놀라. 너 설마 우리 알바생 건드리……."

"무슨 말씀이세요. 형하고 곧 사귀실 형수님 같은 분인데."

"뭐?"

"네?"

두 사람이 동시에 서준을 바라봤다.

"와, 둘이 똑같이 말했어."

"똑같이가 아니라 동시에."

그가 정정하자 서준이 입을 삐죽거렸다.

"어후, 봤죠? 은근히 잔소리쟁이라니까."

"시끄럽다 그만 가라?"

"에이. 그래도 형수님 되실 분하고 아직 얘기도 못했는데."

"무슨 헛소리야. 갑자기 다짜고짜 형수님이 왜 돼?"

"그런 분위기 아니에요?"

서준이 해주를 보았다. 해주가 정정하듯 말했다.

"형수님이 아니라 형님인데요…….."

"아, 맞다. 형님 하기로 했댔지. 다행이다. 그럼 저 어때요?"

"네?"

"저는 해주 씨 진짜 마음에 드는데."

"네?"

"저도 꽤 괜찮은…….."

픽, 소리와 동시에 서준이 뒤통수를 잡았다. 서준이 노려보자, 은태가 어깨를 으쓱했다.

"신문을 왜 날려요?"

"글쎄. 내가 왜 그랬을까?"

"왜긴요. 내가 라이벌 될까 봐 쫄아서 그런 거지."

"그래. 무지 쫄린다. 그러니까 그만 가라?"

서준의 눈이 휘둥그레졌다.

"봤죠? 봤죠? 내 말이 맞죠? 해주 씨가 마음에 든 거라니까요."

은태가 담배를 비벼 껐다. 그 모습을 보던 서준이 코웃음을 쳤다.

"근데 언감생심 아닌가요? 어디 나이 차이도 10살이나 나는 이렇게 예쁜 여자를 노립니까? 양심도 없이. 게다가 저 형 인상 좀 보세요. 진짜 여자한테 인기 없을 것 같지 않아요? 실제로도 없어요. 아하하하."

신난 서준을 팔짱을 끼고 바라보던 은태가 크게 한숨을 쉬었다.

"이서준?"

"왜요, 사실이잖아요."

"가라?"

그가 머그컵을 들었다. 서준이 움찔만 하고 꼼짝을 안 하자 던지는 시늉을 했다.

"가요, 가."

가던 서준이 해주에게 다시 돌아와 대걸레를 건넸다.

"만나서 반가웠어요. 자주 봐요, 해주 씨."

"네, 안녕히 가세요."

서준이 나가자 카페 안에 침묵이 감돌았다.

이제야 조용해졌네.

은태가 다시 한 번 숨을 내쉬고 주변을 돌아봤다. 몇 시부터 나온 건지, 카페 바닥이 먼지 하나 없이 깨끗해졌다. 일 진짜 잘 하네. 이런 친구 있으면 진짜 편할 텐데.

하지만.

"봤지? 피곤한 거?"

"네?"

"저 자식, 내가 말 안 해도 이미 자기소개 했을 거고. 어떤 스타일인지 이미 파악 다 됐을 거고. 쟤 이제 계속 올 거야. 올 때마다 들이댈 거고. 사귀어줄 거 아니면 그냥 나가는 게 편할걸?

햇살이 머
카페에서

아르바이트 구함 적어놓은 종이가 어디 있더라?"

주섬주섬 종이를 찾아 고개를 드니, 그녀가 멀뚱멀뚱 그를 보고 있다.

"뭐, 할 말 있어?"

"안녕……하세요."

그녀가 꾸벅 인사를 했다. 참 나. 내 말 들은 거야, 안 들은 거야.

"인사할 타이밍 이미 늦었거든?"

"그래도 할 건 해야죠. 잘 주무셨어요?"

그녀가 싱긋 웃었다. 다른 스타일의 벽창호인가. 눈을 가늘게 뜨고 삐딱하게 그녀를 바라보던 그가 웃음을 지었다.

"어, 그래. 넌 잘 잤냐?"

"네. 아주 편하고 좋던데요. 잠을 잘 잔 덕분에 청소도 열심히 할 기운이 났어요."

그녀가 자신이 얼마나 열심히 청소를 했는지 알아달라는 듯 바닥을 가리켰다.

"뭐 하러 했어?"

"네?"

"어차피 더러워질 건데."

그가 담배에 불을 붙이고 후우, 하고 길게 내뿜었다. 그녀가 굳은 미소를 지었다.

"시키는 것만 해. 너무 무리하지 말고. 돈 더 못 주니까."

"돈은 괜찮아요. 그냥 일만 시켜주시면."

"그건 안 돼. 나 남의 집에서 자서 몸 아파. 어깨 빠질 것 같거든."

"그럼 그냥 원래 주무시던 데서 주무세요. 저, 절대로 피해 안 끼칠게요. 덮칠 걱정도 안 하셔도 돼요."

그녀가 자신을 믿으라는 듯 눈에 힘을 주었다. 그가 옅은 미소를 지으며 미간을 좁혔다.

"걱정되는데?"

"네?"

"너무 걱정되는데? 네가 나 덮칠까 봐?"

"진짜 안 덮쳐요. 우린 도원결의했으니까요. 어떻게 보면 의형젠데요."

"하루 만에 그게 될 리가."

"그러니까 우정 쌓기를 위해서 같이 생활을 해야 하지 않을까요?"

적극적으로 자신에게 다가오는 그녀를 보며 그가 뒤로 물러섰다. 그녀도 자신이 너무 가까이 다가왔다 싶었는지 얼른 뒤로 물러섰다.

"금방 그건 덮치려고 했던 거 아닙니다."

"그러려고 그런 것 같은데요?"

"아니에요. 실은 괜히 제가 사장 형님의 잠자리를 뺏은 것 같아 죄송해서 그래요."

"알면 다른 알바 구할 때까지만 계세요."

"근데 저 일 정말 잘할 수 있는데요!"

앤 도대체 왜 이렇게까지 여기서 자려는 거야?

그도 모르게 그녀에 대해 궁금해져 버렸다. 사실 이런 구석에 아르바이트가 그렇게 금방 구해질 리도 없는데.

"쿨럭."

담배 연기 때문에 기침이 터진 그녀가 혹시나 그게 은태의 마음을 상하게 할까 얼른 입을 막았다.

뭐야, 이 가여운 연기는.

연기든 진짜든. 그녀의 기침은 카페에 손님이 없을 때 담배를 피우곤 했던 나쁘지만 참 편한 취미를 더는 할 수 없게 됐다는 것을 의미했다.

은태가 황급히 담배를 끄기 위해 꽁초를 바닥에 떨어뜨리려다가 깨끗해진 바닥을 보고 관두었다. 그가 문을 열고 입구 앞에서 담배를 끄고 도로 들어왔다.

"안 되겠어."

불길함이 강해졌다. 견고한 성이 무너질지도 모른다는 불길함!

"당분간만이야."

3.

카페는 언제나 어둡고 차가웠다. 어떨 땐 무덤에 들어와 있는 것 같았다. 손님이 없을 때, 아르바이트생이 졸고 있을 때, 비가 올 때, 밤이 될 때, 잠이 오지 않는 새벽 문득 밖을 내다볼 때.

그러면 안심이 됐다. 특히 잠들기 위해 누워 있을 땐 이대로 계속 잠들고 싶다는 생각도 했다. 그의 바람을 아는 듯이 잠은, ……잘 오지 않았다.

불면증은 은태의 오랜 친구였다. 그것도 일종의 벌이라면 벌이겠지. 그렇게 생각하면 또 그런대로 좋은 친구인 듯했다. 누구도 그에게 벌칙을 내리지 않았으니까 스스로 무덤에 갇힌 듯 고요히 벌을 받는 것도 좋을 것 같았다. 잠이 오지 않으니 잠이 든 듯 사는 것이다.

그런데 요새 부쩍 이곳에 햇살이 들었다.

"그만 좀 해라."

햇살아래
카페에서

그의 어둡고 칙칙한 무덤이 깨끗해지고 있었다. 불과 몇 주 전까지만 해도 거미와 뱀과 쥐가 어울릴만한 카페였는데 이제는 작은 거미 한 마리만 나타나도 티가 날 지경이었다.

카페 테이블이 이렇게 환한 색이었나. 바닥이 저렇게나 윤기가 도는 재질이었나. 커피잔들에 이런 세련된 꽃들이 박혀 있었던가.

게다가 저 꽃은 대체…….

"윤해주."

해주가 꽃다발을 들고 그를 돌아봤다. 어쩐지 들고 있는 꽃보다 화사한 인상이었다. 햇살의 정체가 저것이었나. 그런 생각이 들 정도로 밝은 아르바이트생. 그 어떤 구박을 해도 도무지 신경을 쓰지 않는 성격 좋은 녀석의 얼굴.

"네, 사장 형님."

"그런 거 해봤자 소용없어."

그녀가 그런 게 뭔지 찾는 듯 두리번거렸다. 그가 무심한 눈길을 그녀가 들고 있는 꽃다발에 흘렸다.

"꽃 말이야."

"아. 꽃. 왜요? 아, 내가 꽃하고 다름없으니까요?"

"뭐?"

기가 차서 바라보니 그녀가 미안한 표정을 지었다.

"농담이었어요."

"누가 뭐래?"

"근데 왜요. 꽃 있으니까 카페가 환해지잖아요."

그러니까 말이지. 그가 보고 있던 책으로 시선을 돌렸다. 사실 책 읽는 시늉을 한 지가 오래였다. 근래에 아침부터 저녁까지 쉬지 않고 일하는 해주를 보느라고 한 문장도 제대로 읽은 게 없었다. 신경이 쓰였다.

"그런다고 손님 안 와."

"올 수도 있어요. 요새 좀 늘었다고요. 다른 가게에 비해선 아주 조금이지만 우리 가게치고는 아주 많이."

"덕분에 귀찮아지잖아."

"돈 벌잖아요."

"그 돈, 네 돈 아니다?"

대답이 없어서 다시 고개를 드니, 그녀는 대체 어디 있었는지도 모를 꽃병에 꽃을 꽂고 있었다.

무시하는구나.

"넌 꼬박꼬박 사장 형님, 사장 형님 거리면서 내 말은 듣고 있는 거냐?"

"네, 잘 듣고 있는데요."

"꽃은 대체 어디서 났어?"

"여기서 조금만 올라가면 꽃밭이에요."

"산 주인한테 허락받은 거야?"

"산 주인이요?"

그녀가 놀란 눈으로 바라보자 그가 부러 진지한 목소리를 냈다.

"이거 또 뭘 모르네. 산에는 다 주인이 있어. 산에 있는 꽃 함부로 따는 거 아니야."

"그럼, 찾아서 전화할까요?"

정말 전화할 얼굴이었다. 얼떨결에 뽑은 아르바이트생은 모든 일에 적극적이었다. 청소에 카페 일에, 경리 일까지. 자기 가게라도 이 정도는 못하겠다 싶을 정도로 정성을 쏟았다.

왜 그렇게까지 열심히 하는 거지?

그 이유는 알 것 같았다. 이곳에 있으려고. 그렇다면 다음 질문이 생긴다.

왜 여기 있으려고 하는 거지?

은태가 책을 내려놓고 자세를 고쳐 그녀 쪽으로 얼굴을 내밀었다. 해주가 눈에 힘을 주고 은태를 똑바로 바라보았다. 겁먹으라고 일부러 인상을 찌푸리고 바라보았는데 그녀는 표정이 웃겼는지 쿡 하고 웃었다.

대체 그녀가 자신을 어떻게 생각하고 있는 건지 잠시 궁금했다. 적어도 근엄은 아닐 것이다.

그럼 우습게 여기는 걸까.

일 안 하고 백수처럼 있으니 그럴 만도 했다. 하지만 슬쩍 기분이 나쁘다. 그는 요새 하지도 않던 화장실 청소를 하고 있었다. 그 생각을 하자 어서 아르바이트생을 바꿔야 할 듯했다. 다른 말을 하는 대신 종이 한 장을 꺼내 그녀에게 보일 정도로 크게 적었다.

〈아르바이트 급 구. 남자. 숙식 제공 + 월급 많음〉

큰 글씨로 쓰고 나서 쭉 읽어보니 한심한 생각이 들었다. 이걸 매일 적고 있다니. 솔직히 아르바이트생이 쉽게 생길 곳이 아니라서 이런 식으로는 백날 적는다고 해도 소용이 없을 터였다.

"소용없을 걸요."

해주의 목소리에 고개를 들었다. 그녀가 또 떼버릴 거라는 시늉을 하며 그를 보고 웃었다. 마음이 읽힌 줄 알고 살짝 놀란 눈을 떴던 은태가 미간을 좁혔다.

"너 이거 떼면 진짜 혼난다?"

"네."

"네라니? 혼난다고?"

"아니요."

"그만하자. 이 나이에 너랑 말장난하는 내가 한심하다. 근데 너도 그만해, 그놈의 청소. 손님도 없는데 무슨 청소냐."

"없을 때 해야죠. 있을 때 하면 손님들이 기분 안 좋을 수도 있어요. 손님 줄면 매출 떨어지잖아요."

"그건 네가 알바 아니야. 임시 알바생아."

"누구보다 신경 써야죠. 어쨌든 알바생이니까."

이제 좀 인정하세요, 하는 표정으로 그를 보는 것 같았다.

"너……."

대체 앤 뭘까, 물어보고 싶어 입술이 저절로 실룩거렸다.

"네, 왜요? 궁금한 거 있으세요?"

"아니요. 금방 떠날 사람한테 뭐 하러 관심을 갖겠습니까?"

은태가 모집 홍보 종이를 펄럭거렸다. 그녀가 슬쩍 눈을 흘기는 것을 보며 일부러 휘파람을 불며 약을 올렸다.

"손님 없으니까 일찍 들어가라."

"그래 봤자 할 것도 없……."

그녀가 무슨 말을 하는지 다 듣지도 않고 밖으로 나왔다. 문 앞에 종이를 붙이고 돌아서며 담배를 꺼냈다. 뿌옇던 창문이 깨끗해진 게 저번 주였다. 그 창문 안으로 말을 듣지 않는 아르바이트생이 여전히 청소를 하는 게 보였다.

"전생에 청소 못 해서 죽은 귀신이 붙었나."

대체 왜 저러는지 진지하게 물어볼까 싶다가도 관두는 게 근래 그의 일상이었다.

어두워지네.

아무것도 하지 않은 채 하루가 또 어물쩍 끝났다. 이렇게 몇 해가 가면 될까. 얼마나 남은 걸까.

"후."

담배 연기가 그의 주변을 가득 채웠다. 해가 떨어지는 시간, 어두워지는 카페 외관을 바라보다가 발걸음을 돌렸다.

"아, 정말 가기 싫다."

펜션을 보며 한숨을 쉰 그가 담배를 비벼 껐다.

펜션 안으로 들어서자, 삼삼오오 모인 손님들이 보였다. 아기자기하게 꾸며놓은 펜션이라 가족에서 연인들에게 인기가 많았다. 주변에 관광지도 없는데 그저 펜션을 구경하러 오는 손님들이었다.

이 여행객 중 한 명은 카페에 들를 것이다. 전에는 잘 안 들렀는데 해주가 청소를 깨끗이 한 이후로는 꼭 카페에서 사진까지 찍고 갔다. 엔티크 하다나.

은태를 발견한 서준이 반가운 표정으로 손을 흔들고는 먼저 들어가라고 눈짓을 했다. 몇 주를 왔는데 아직도 저렇게 안내를 했다.

무심하게 지나쳐 방으로 들어갔다. 이불이 싹 갈아져 있는 부분이 매우 마음에 안 들었다. 그는 깨끗하게 청소된 침대에 누웠다.

몇 주 동안 이게 무슨 고생이람.

집에 가고 싶었다.

"집?"

스스로 말해 놓고도 놀랐다.

"집이라…….'

자신의 집이 대체 어디였더라. 그 다락방도 자신의 집은 분명 아니었다. 그래서 필요하다는 해주에게 흔쾌히 넘겨준 것이었다. 어디서 살아도 자신은 산 것이 아닌데, 대체 집이 어디 있단 말인가.

"아, 형. 옷 좀 갈아입고 누워요."

벌컥, 방으로 들어온 서준이 툴툴거렸다. 그가 눈을 감았다.

"가라. 잘 거다."

"지금이 몇 신데요."

"몰라. 자고 싶을 때 잘 거야."

"그럼 좀 씻고 자요."

햇살이며
카페에서

"안 씻어도 돼. 나 원래 깨끗한 놈이야."

"말도 안 돼. 면도라도 좀 하시면서 말씀하시죠? 머리를 자르던가. 아, 거기다가 화장실 청소도 했을 거 아니에요."

은태가 인상을 쓰며 서준을 바라봤다. 서준이 킥킥 웃었다.

"모를 줄 알았어요? 형 요새 화장실 청소한다면서요. 아, 우리 형 제대로 걸렸다. 이번 알바생한테 아주 제대로 코 끼었어. 곽은태가 화장실 청소를 다 하고. 크크크크크크."

그건 또 언제 이야기한 거야, 이 말 많은 자식한테?

들려오는 비웃음에 은태가 가늘게 뜬 눈을 흘겼다.

"너 안 가냐?"

"여기 제 사업장인데요. 꼬우시면 다락으로 가시든가요?"

"흠!"

은태가 헛기침을 하고 돌아누웠다. 서준이 계속 웃음을 이어나갔다. 참다못한 은태가 몸을 돌려 다시 서준을 흘겼다.

"뭐가 그렇게 웃기냐?"

"그동안 알바생들 고생시킨 값을 제대로 받는 것 같아서. 형, 해주 씨한테 찍소리도 못하잖아요."

"찍소리는 하거든?"

"아, 맞다. 찍소리는 하는데 꼼짝은 못하더라. 그렇게 여자한테 약한 남자였어요? 아니면 미인에 약한 편? 아니면……."

"적당히 해라."

"나도 적당히 웃고 싶은데 웃기잖아요."

"그러니까 뭐가 그렇게 웃긴데?"

"날라리 백수 사장님이 화장실 청소하는 거요."

"누가 날라리고 누가 사장이야?"

"아무한테도 관심 없는 것 같아 보이더니, 솔직히 형이 봐도 해주 씨 그 고운 손으로 화장실 청소하는 건 못 보겠나 보죠?"

"어. 그렇더라."

"어, 그렇더라……. 아 또 왜 이 와중에 순순히 인정을 하시고 그럽니까. 재미없이."

서준이 입을 삐죽거렸다. 은태가 순순히 답했다.

"사실이니까."

"에이, 재미없어."

금방 지루해하는 서준을 보며 은태가 피식, 웃었다.

단순하긴.

도시로 가고 싶어하는 서준은 지루하고 심심한 건 딱 질색이었다. 그래서 놀리는 재미가 없으면 금방 화력이 줄어들었다.

"근데 형 솔직히 해주 씨한테 신경 쓰이는 거 맞죠?"

"내가? 난 인간한테 관심 없는데."

"그런 분이 왜 화장실 청소는 못 시키겠다고 직접 하셨을까."

"근데 걔가 그런 얘기도 하디? 입이 왜 그렇게 싸?"

"하던데요. 내가 저런 사장이랑 일해서 안 됐다고 하니까 좋은 분이라고 하면서 술술 불던데?"

"당연하지. 내가 친히 화장실 청소를 했……는데."

처음 화장실 청소하던 날이 떠오른 은태가 입을 막고 헛구역질을 했다. 서준이이 쯧쯧, 고개를 저었다.

햇살이의
카페에서

"생전 그런 걸 해봤어야지. 형 여기 말고 도시에선 도련님 스타일이었죠? 궂은일 하나도 안 해본."

"그래. 그랬다. 그게 뭐?"

"그런데도 그 힘든 화장실 청소라니. 여자라서 신경 쓰는 거 맞네. 확실히 해요. 관심 있으면 내가 포기할 테니까."

"그래, 포기해."

"저, 정말요?"

"날 포기하라고. 제발. 나한테서 관심 꺼."

서준이 시무룩한 표정을 지었다.

"에이, 형은 포기 못하죠. 내가 형을 얼마나 좋아하는데. 그런 의미에서 우리 화투나 한판 칠까요? 심심한데 점 백……."

더 있다가는 미쳐버릴지도 모르겠단 생각에 은태가 벌떡 일어났다.

"어디 가세요?"

"바람 쐬러."

"아, 왜요. 나 심심한데?"

"나 화장실 청소하는 거 상상하면서 웃고 있으면 되잖아."

"그건 그렇지만."

은태가 서준을 노려보고 밖으로 나왔다. 몇 걸음 걸어 나오자 너무나 컴컴해서 귀신이 없다고는 상상할 수 없는 카페가 보였다. 분명 매일 그랬는데 오늘은 환했다.

"뭐야, 왜 아직도 불이 켜져 있어?"

해주가 아직도 일을 안 끝낸 모양이었다.

"전기세가 더 나오겠다."

그가 못 말리겠다는 듯 고개를 저었다.

*
**

청소를 마친 해주가 주변을 돌아봤다. 빠진 곳은 없나. 더 할 곳이 없을까. 쥐어짜봤자 더 할 것도 없었다.

은태가 대충 정리하고 올라가라고 말한 지 세 시간이 넘었다. 그래 봤자 밤 9시. 하루에 두 사람, 세 사람 정도밖에 오지 않는 카페였다.

이런 곳에 무슨 아르바이트생인가 했더니, 가끔 등산객들이 단체로 들어와 애를 먹인다는 이유로 아르바이트생을 쓰는 것이었다.

은태는 손 하나 까딱하지 않고 무얼 보는 것 같지도, 때론 먹는 것 같지도 않게 시간을 보냈다. 하지만 또 이상하게도 모든 걸 다 보고 다 알고 있는 것도 같았다.

그렇게 열심히 일해도 소용없어.

여기서 알아주는 사람 하나 없어.

네가 찬장 구석구석 다 닦아도 다른 애 뽑을 거야.

그는 아무것에도 관심 없는 듯한 눈빛을 하고 있었지만 꼭 해주의 모든 것을 지켜보는 사람처럼 하루에 한 번씩은 그런 이야기를 했다. 그러고는 퇴근길에 잊지 않고 카페 앞에 구인광고를 붙였다.

'아르바이트 구함(매니저급) 숙식 제공. 남자. 군필 환영. 오래 있어주면 더 환영.'

언제나 비슷하게 적혀 있는 글귀를 보다가 해주가 조용히 종이를 뗐다. 벌써 몇 주째. 매일 저녁 자신이 이 종이를 뗀다는 것을 알았지만 그는 카페 밖을 나갈 때마다 광고문구를 붙였다.

질긴 사람.

설득이 되지 않는 걸 보면 고집이 센 남자인가 보다.

하긴, 그의 마음을 모르는 것은 아니다. 방을 뺏겼으니 그럴 만도 했다. 당연히 편한 상대를 구하고 싶겠지. 그런데 당장 자신을 쫓아낼 자신은 없을 것이다. 개를 만지던 손길에서 그녀는 그가 어떤 남자인지 이미 알아버렸다.

그것을 이용하고 있다면 나쁜 것일까. 그렇게 생각하니 미안해졌다.

"역시 나가야 하는 걸까."

생각보다 일은 힘들지 않았다. 음료를 만드는 일도, 장부를 만들어놓는 것도, 청소를 하는 것도, 개밥을 챙기는 것도.

밤의 외로움이 깊긴 했지만 아침이 오면 또 금방 잊을 수 있었다.

"근데 또 밤이 왔네."

……외로움. 너무나 깊고 짙은 외로움이 그녀의 삶에 달라붙어 있었다. 떼어내려고 해도 떼어지지 않아 이젠 그것과 친구가 된 듯했다.

하필이면 친구를 사귀어도 외로움하고 친구가 될 게 뭐람. 진심으로 절교하고 싶었다. 하지만 이 외로움이라는 녀석은 떠나지 않을 것이다. 태어날 때부터 있었던 것이니까.

뒤뜰에 선 해주가 밤하늘을 바라봤다. 카페에서 그녀가 자는 다락방까지는 바로 계단이 연결돼 있었지만 구인광고를 떼기 위해 밤마다 밖으로 나와야 했다. 그리고 나서 올려다보는 달은 자신처럼 혼자였다. 위안이 되다가도 또 어느 때는 서글퍼졌다.

모두 혼자다. 모두 외롭다.

"라이언."

달을 보고 나면 어김없이 이곳에서 은태의 사랑을 듬뿍 받는 개에게 향했다. 어둠 속에서 개가 몸을 말고 자고 있다.

라이언도 혼자야.

낑낑. 개가 해주의 냄새를 맡고 낑낑거렸다. 몇 주 동안 개밥 당번을 한 덕에 개는 해주를 좋아해 주었다. 물론 은태가 오면 바로 찬밥이 되긴 했지만 그래도 고마웠다.

반기는 기색이 좋아서 해주는 밥을 몇 번 나눠서 준 적도 있었다. 자신을 보며 꼬리 치는 개만이 위로가 되었으니까. 하지만 그것도 잠깐이었다. 그녀는 방으로 올라가야 했다.

"라이언, 잘 자."

해주는 개의 머리를 쓰다듬었다. 은태처럼 머리도 비벼주고 이마도 맞대고 싶었다.

한번 해볼까.

"라이언……."

햇살아래
카페에서

"라이언은 무슨. 밥도둑이라니까."

갑작스러운 목소리에 움찔 놀란 해주가 뒤를 돌아봤다. 달빛에 비친 은태의 실루엣이 그녀를 덮칠 듯 가까웠다. 순간 외로움이 안개 걷히듯 사라져 가는 것이 보이는 것만 같았다. 심장이 두근거렸다.

"사장 형님?"

주머니에 손을 넣고 그녀를 내려다보고 있던 은태가 쪼그리고 앉아 있는 그녀의 옆에 앉았다.

"밥도둑이라고 몇 번을 말하냐."

그가 옆에 앉자 따뜻한 바람이 훅 불어오는 착각이 일었다. 해주가 슬쩍 곁눈질을 했다.

"아무리 개라도 이름이 밥도둑이 뭐예요."

"밥도둑인 건 사실이지. 얘가 뭐 하는 게 있냐. 맨날 잠만 자는 녀석인데."

사장님보다는 할 일이 많은 것 같은데요, 라고 말하고 싶은 것을 꾹꾹 참고 다른 말을 했다.

"도둑 들면 지켜주겠죠."

"얘가 도둑이라니까. 도둑, 밥도둑. 그리고 우리 카페를 지킬 게 뭐 있냐?"

해주가 눈을 반짝였다.

"지금 우리 카페라고 했어요, 그죠?"

"그 우리가 너랑 나는 아니거든."

"지금 우리밖에 없는데요."

"왜 없어. 밥도둑 있잖아."

그가 개의 뺨을 마구 쓰다듬으며 이마를 비볐다. 이 모습이었다. 처음 이곳에 마음을 뺏긴 것이.

"밥도둑하고 나. 우리. 이렇게 우리라고 한 건데요, 임시 알바생?"

그가 놀리듯 말하자 질투가 났다. 그녀가 입을 내밀었다.

"라이언이에요."

"이름 자꾸 다르게 불러주면 헷갈려."

"라이언은 똑똑해서 안 헷갈려 해요."

"똑똑하긴. 이 바보가."

그가 마구 쓰다듬는 순간 개가 끼잉, 하고 소리를 냈다. 해주가 눈을 크게 떴다.

"봤죠? 싫어하잖아요."

"맞다는 소리야. 맞지? 밥도둑. 너 밥도둑 맞지이?"

그가 개를 쓰다듬는 손길을 바라보았다.

저 손길, 따뜻하겠지.

어떤 느낌인지 대충 짐작은 할 수 있었다. 할머니가 자신을 쓰다듬는 손길도 그렇게 따뜻했다. 아니다. 너무 예전이라서 감촉에 대한 기억은 없었다. 어렴풋하게 그랬던 것 같다는 생각만 남아 있었다. 어쩌면 미화인지도 몰랐다. 그 생각으로 버텨야 했던 시절이 있었으니까.

그걸 다시 느껴볼 수 있을 거라고 여겼을 땐 할머니는 더 이상 자신을 기억하지 못했다. 손길에 대한 기억은 영원히 풀지

햇살이며
카페에서

못할 망상이 되었다.

막 눈물이 나려던 참에 그가 갑자기 고개를 돌렸다. 달빛 아래에서는 이상한 착각이 드는 걸까. 마치 그녀가 생각하고 있는 것을 본 사람처럼 바라보는 눈빛이 따뜻하게 느껴졌다.

제발 자신도 한 번만 쓰다듬어 준다면. 너, 나, 우리라고 말해 준다면.

"퇴근 안 하고 지금까지 뭐했어?"

폭주하는 그녀의 감성을 제어하듯이 그가 다른 질문을 던졌다. 아무것도 모르는 그가 자신을 위로해줄 리가 없을 텐데. 자신의 착각이 우스워 그녀가 속웃음을 지었다.

"음. 너무 빠른 질문인데요?"

"내가 좀 민첩하거든."

"그래 보이세요."

"빠른 김에 하나만 더 묻자. 왜 여기서 일하고 싶어해?"

"……분위기가 좋아서요."

말도 안 되는 핑계란 걸 눈치챈 걸까, 그가 미간을 좁혔다.

"여기가?"

"……네."

"거짓말 말고."

"……아닌데요."

"대답하기 전까지 사이가 굉장히 길었는데요?"

"……."

"거짓말 못 하는 건 알겠고. 그래, 뭔데? 이런 짐승남 옆에 붙어서 일하려고 하는 이유가."

"짐승남요?"

"보통 섹시한 남자들을 그렇게 칭하는 법이지."

그가 고개를 살짝 숙이고 그녀를 올려다봤다.

이런. 컴컴해서 그런가.

수염도 더벅머리도 안 보이고 그의 눈빛만 보였다. 반짝이는 눈빛이 정말 그의 말대로 섹시한 것만 같아 눈이 마주치자마자 심장이 쿵 내려앉았다. 그녀가 개를 향해 시선을 돌렸다.

"사장 형님 옆에서 일하려는 게 아니라 카페에서 일하려고 한 건데요. 숙식 제공된다고 해서."

"그러니까 말이지. 숙식 제공이 왜 필요한데."

"여행…… 중이에요."

"그럼 계속 여행을 하시죠?"

"하고 있잖아요. 인생 여행."

"인생 여행이라……."

그는 한참 동안 말이 없었다.

무슨 생각을 하고 있을까. 혹시나 그에게도 어떤 사연이…….

"그래도 안 돼. 나 진짜 저기서 자기 싫어."

이런. 그는 그녀 생각만큼 감성적인 남자는 아니었다. 그저 자신을 쫓아낼 궁리만 하는 남자라면 모를까. 그녀가 두 손을 모았다.

"전 같이 써도 돼요. 다른 알바생하고도 쓰셨다면서요."

"근데 넌 여자잖아."

"남녀 차별하시는 거예요? 차별 없이 일은 잘만 시키시면서."

"그거야…… 아, 암튼 안 돼. 괜히 오해받기 싫어. 난 순수 순결한 사람인데 너랑 같이 있다는 이유만으로 짐승으로 오해받을 수 있잖아."

"짐승남이시라면서요."

"그냥 짐승하고 짐승남은 다르다?"

"어떻게요?"

"그냥 짐승은 밥도둑 얘고, 짐승남은…… 나고."

쿡, 웃음이 났다. 그도 머쓱한 웃음을 지었다.

"여행 중이면 가족들이 걱정할 거 아냐? 가족 없어?"

"얼마 전에 할머니가 돌아가셨어요. 그래서 이제…… 혼자예요, 저."

빤히 보던 그가 개에게로 고개를 돌렸다.

"흐음. 비련의 알바생이네."

"그러니까 잘 좀 봐주세요. 전 진짜 카페에서 자도 돼요. 아무 데서나 자도……."

"할머니랑 친했어?"

갑작스러운 질문에 그녀가 잠시 할머니를 떠올렸다. 누구야, 라고 묻던 할머니의 마지막 모습에 그녀가 씁쓸한 미소를 지었다.

"네. 마지막엔 저를 못 알아보셨지만요."

"치매?"

"네."

"어쨌든 기억이 있으실 땐 친했다?"

"네, 아주 많이 사랑해주셨죠."

"그럼 안 되겠는데."

"네?"

"너 소파에서 재워봐. 할머니가 꿈에 나타나서 내 손녀를 어디서 재우는 거냐고 괴롭힐 거 아냐. 나 잘 때마다 가위눌리면 어쩌냐고."

소파에서는 도저히 못 재우겠다는 건가.

이쯤 되니 생각해주는 건지, 쫓아내고 싶어 안달인 건지 구분이 되지 않았다.

"말했잖아요. 치매셨다고. 저 기억 못 하실 수도 있어요. 치매가 아니어도 죽고 나면 기억 같은 거 없을 거예요. 꿈 같은데도 오지, 않으실 거라고요."

아니라면 벌써 아빠가 꿈에라도 나왔을 테니까.

"……."

"……."

"그럴까?"

"네!"

"왜 그렇게 확신하는데."

"그거야……, 전 영원을 믿지 않으니까요."

"영원이 없다?"

"네. 본 적도 없고, 느낀 적도 없으니까."

"아직 못 느낀 건 아니고?"

아직도 못 느끼는 거면 없는 게 맞지 않을까요?

그녀는 그렇게 말하는 대신 고개를 저었다. 그가 어깨를 으쓱했다.

"냉정한 알바시네."

"그럼 사장 형님은 영혼이 있다고 느끼세요?"

"글쎄. 생각해본 적 없는데."

말과는 달리 표정은 굳어진 듯했다. 그녀가 얼굴을 확인하기 위해 좀 더 가까이 다가갔다. 너무 바짝 다가갔나. 어두워서 간격 조절을 못 한 것만 같았다. 수염의 질감이 느껴질 정도로 가까운 거리, 그의 숨결이 느껴졌다. 문득 그가 개에게 얼굴을 비비던 게 떠올랐다.

따갑겠다, 수염.

상상을 하니 괜히 그녀의 볼이 따갑게 느껴졌다.

"뭔데 얼굴을 막 들이대?"

그의 말에 그녀가 얼른 뒤로 물러섰다.

"도, 독심술 중이었어요."

"너도 취미가 스토킹이냐? 내 머릿속에서 뭘 읽으려고?"

"생각 엄청 많이 하시는 분처럼 하고 계시면서 생각이 없다고 하니까요."

"내가? 생각이 많아 보여? 나 아무 생각 없는데."

강조하니까 더 있어 보이거든요. 그녀가 눈을 가늘게 떴다.

"무슨 도사처럼 하고 계시잖아요. 수염도 기르시고, 머리도 기르시고."

"도사는 무슨. 그냥 삐죽삐죽 좀 난 걸 가지고. 그냥 번번이 이발하기 귀찮아서 그런 거거든."

"그럼 제가 밀어드릴까요?"

"뭐?"

그녀가 아부를 떨 듯 두 손을 모았다.

"저 청소 잘하는 거 보셨잖아요. 그것처럼 제가 싹싹 면도해 드릴 수 있어요. 아주 깨끗하게요."

"이건 또 무슨 오지랖이야? 그렇게 내쫓지 말라고 사정하면 서도 할 건 다 하네? 내 외모가 마음에 안 든다 이거냐?"

그게 그렇게 되나? 그녀가 다른 변명을 해보았다.

"아니, 제가 생각해보니까 카페에 손님이 안 오는 게 혹시 사장 형님 때문일까 싶어서……."

"뭐야, 지금 남의 외모 지적도 모자라서 비하까지 한 거야?"

"아니요! 하도 안 오니까 하는 말이죠."

변명을 하면 할수록 수렁에 빠지는 기분이었다. 그가 화를 낼까 걱정했으나 그는 금방 심드렁한 얼굴이었다.

"자, 봐봐. 여기, 그리고 저기."

그가 카페를 가리켰다. 그러고는 오름을 가리켰다.

"너라면 제주도에서 굳이 여기를 오고 싶겠냐? 이 흉흉한 카페에?"

하긴. 그의 모습 때문에 안 온다는 것은 말이 안 됐다. 지금 달빛으로 보는 그의 모습은 꽤 멋있어 보였으니까.

"흉흉한 건 아시는 거예요?"

햇살아래
카페에서

"나도 눈이 있거든."

"그럼 일부러 이러고 계시는 거네요? 왜요? 왜 굳이 그렇게 변장을 하고 계시는 건데요?"

"변장?"

"아니에요?"

그가 입을 다물었다. 뭔가 실수했나. 그가 꽤 오랫동안 침묵해서 걱정이 들었다. 잠시 후, 그가 그녀를 바라봤다.

"동생."

"네?"

"말이 많다?"

아차. 잘 보여도 모자란 때에 뭐하는 짓인가. 그가 혀를 찼다.

"이래서 여기 붙어 있겠어?"

"불합격이에요?"

"어, 당연히……."

그의 주머니에서 진동 소리가 울렸다. 전화를 받은 그의 눈빛이 어둡게 내려앉았다. 외롭지 않아 좋다고 여겼건만, 타이밍이 얄궂었다.

"문 잘 닫고 들어가 자라."

수화기를 가린 그가 그녀에게 그 말만 남기고 돌아섰다. 금세 그의 뒤로 담배 연기가 따라붙었다. 전화 통화를 하며 가버리는 그의 뒷모습을 바라보고 있자니, 아까 느꼈던 따뜻함이 싸늘하게 식는 것 같았다.

추워.

사라진 사람의 자리가 썰렁했다. 그녀가 개에게 손을 뻗어 가만히 쓰다듬었다.

"라이언. 네 주인은 어떤 사람이니?"

어떤 사람인지 안다면 공략이라도 세워볼 텐데. 무조건 안 된다고만 하니 속이 탔다. 떠나라고 하면 사실 떠나면 그만인데. 늘 그렇게 살았는데 어쩐지 이곳에선 조금이라도 더 있고 싶었다.

할머니 동네라서 그럴 것이다. 하지만 이젠 단순히 그것만은 아닐 것이다.

담배 냄새가 은은하게 퍼지며 사라졌다. 그녀는 기다리듯 한참 동안 앉아 있었다.

4.

　은태가 조용한 카페로 들어섰다. 자신의 카페가 아닌 다른 카페에 들어오는 건 아주 오랜만인 듯했다.

　삼 년 만인가. 그때도 이곳에서 만났었는데.

　은태가 예전 기억을 떠올리며 그때 앉았던 자리 말고 그 옆 자리를 택했다. 이 카페도 자신의 카페만큼 변화가 없다.

　카페에 변화가 없다니요. 해주가 억울한 표정을 지으며 불만을 토로할 것 같았다.

　하긴.

　은태가 카페를 맡은 이후 그 어느 때보다 격변기인 요즘이었다. 쓸고 닦기를 멈추지 않아 그 카페의 원래 바닥이 고동색이라는 것도 알았다.

　그것뿐인가. 창고에 있는 페인트통을 찾아서 영업시간이 끝난 후 허물어진 벽에 칠을 하기도 했다. 요새는 창고에 박혀 있는 여러 가지 소품들을 꺼내와 틈틈이 카페를 꾸미고 있었다. 은태는 갑자기 웃음이 났다.

아주 자기 카페인 줄 안단 말이지. 남의 카페를.

혼잣말을 중얼거리던 그가 웃음을 멈췄다.

남의 카페…….

그녀는 남의 카페를 제 것처럼 가꾸며 남의 인생이라도 대신 살 것처럼 열심이었다. 그리고 자신은…….

'왜 굳이 그렇게 변장을 하고 계시는 건데요?'

'변장?'

'아니에요?'

은태가 미간을 좁혔다.

변장이라. 무엇을 감추기 위해서?

문득 맞은편 의자의 문양이 눈에 들어왔다. 유라의 어깨보다 조금 높아서, 그날, 그것만 보고 있었다. 얼굴을 마주 보지 못해서. 모든 원망이 쏟아져 내리는 순간에도 놓치지 않았던 문양이라 기억이 났다.

너 때문에……, 넌 살인마……, 난 이제 어떻게 살아……, 네가 죽지 왜……!

"설마, 곽은태……?"

그가 고개를 들었다. 유라가 서 있었다. 전보다 조금 눈이 부시고 화려한 모습이었다. 생머리였던 머리가 웨이브로 바뀌어

햇살이며
카페에서

서겠지. 흑발이 갈색으로 변해서 그럴 수도 있고. 더 이상 그녀가 입은 옷이 검은색이 아니라서 그럴 수도 있었다.

"맞네? 설마 했는데."

유라가 은태의 맞은편에 앉았다. 여전히 의자의 문양이 그녀의 어깨를 넘었다.

"뭐 좀 시키지. 아무것도 안 시켰어? 뭐 마실래? 아무거나 말고."

"커피."

"그래. 기다려."

유라가 계산대로 향했다. 이곳 셀프로 바뀌었구나. 아닌가. 원래 그랬나. 그가 주변을 둘러봤다. 사실은 의자 문양 외에는 제대로 기억나는 게 없다.

"잘 살고 있는 줄 알았는데."

유라가 커피를 들고 돌아왔다. 그의 앞으로 커피가 놓였다. 퉁명한 손길을 바라보다가 고개를 들었다. 유라가 그를 살피더니, 피식 웃었다.

"죽었다는 소문이 있었어, 너."

"……."

"그래서 진짜 죽었나 했는데 그건 아니라더라고."

"……."

"죽으랬지, 죽은 듯이 살랬니?"

유라가 은태와 눈을 마주했다. 하지만 그는 차마 마주하지 못하고 의자 문양으로 시선을 움직였다.

"죽은 듯이 사는 방법이 고작 지저분한 거야? 안 가꾼다고 죽은 척이 돼? 먹기는 할 거 아니야. 싸기도 할 텐데, 고작 외모 따위로?"

"······."

"나한테 할 말 없어?"

은태를 바라보는 유라의 눈에는 여전히 원망이 서려 있는 것 같았다. 그 누구보다 유라만은, 그 무엇보다 유라의 마음만은 은태가 감당해야 할 것이었다.

"오랜만이다."

"고작?"

그녀가 코웃음을 쳤다. 그러더니 고개를 젓고 한숨을 쉬었다.

"그래, 오랜만이다."

"······."

"꼴을 보아하니 결혼은커녕 여자친구도 없는 것 같고, 뭐하고 지내?"

"아무것도······."

"아무것도 안 한다고는 하지 마. 누구 대신 얻은 귀한 시간인데 막 쓴다는 얘기할 거면."

누구 대신. 그래, 어쩌면 남의 인생을 살아야 하는 건 자신이었을지도 몰랐다. 하지만 그는 자신의 인생조차 살아내기가 힘들었다. 배가 고픈 게 미안했고, 물을 마시는 것도 괴로웠다. 숨을 쉰다는 것은 어쩔 수 없는 일이었고, 그 외에는 모든 것들 역시 다 고통이었다.

"카페 하고 있어."

"카페? 어디서?"

"부모님 고향에서."

"부모님 고향?"

"제주도."

"지금 제주도에서 온 거야? 제주도에서 이 꼴로? 비행기를 그 꼴로? 옆에 앉은 사람 입장도 생각해 줘야지."

"나, 잘 씻어."

"그래? 그 꼴이?"

은태가 유라의 못미덥다는 얼굴을 살펴보았다. 다행히 그녀는 전보다 훨씬 밝아 보였다. 그렇다고 그의 마음이 가벼워지는 것은 아니었다. 그녀가 모든 것을 털어버린다 해도 그는 그렇지 못할 것이었다. 이렇게 두 사람만이 단둘이 앉아 있을 일은 원래 없어야 했으니까. 물론 그녀도 털어버리지 못할 것이다.

연인이 죽었으니까.

그 일이 있을 때 그녀는 자신에게 무슨 말을 했는지 기억하지도 못할 만큼 패닉 상태였다.

"그래서, 카페는 잘 돼?"

"뭐 그럭저럭."

"찍어봐."

유라가 휴대전화를 건넸다.

"뭘."

"검색어에 카페 이름 찍어보라고."

"왜?"

"어떻게 생겼나 구경하게. 제주도에 카페 예쁜 거 많다는데 어떻게 생겼나 좀 보자."

그가 헛웃음을 지었다.

"내 꼴을 봐라. 카페가 예쁘게 생겼겠냐. 검색어에도 안 나와."

"뭐? 그렇게 해서 장사가 돼?"

"당연히…… 안 되지."

"안 되는 장사를 왜……."

유라가 그를 노려봤다.

"행복하게 살면 죽은 놈이 꿈에 나타날까 봐?"

"……."

"곽은태."

"행복……, 하게 살 수 없어. 알잖아."

그럴 수 없다는 것을 누구보다 유라는 잘 알 것이다. 그녀도 그렇게 살고 있을 테니까. 목소리를 높이고 더 예쁘게 웃고, 두껍게 치장을 해도 그녀도 그도 행복하기는 힘들었다.

"그래서 이렇게 살다 죽겠다?"

"나쁘지 않아. 용기가 없어서 죽지는 못하겠으니까."

"그때랑 다를 바가 없이, 여전히 못 났네, 곽은태는."

"……."

"잘 살면 때려주려고 왔는데 등신 같아서 때려주고 싶다, 너."

"너는 달라?"

"안 다르면 왜? 우리 둘이 같이 살까? 네 말대로 네가 내 인생 망쳤잖아. 네가 그날 말한 대로 책임져줄래, 나?"

"네가 원하면."

"내가 원하면 책임져준다고?"

유라가 은태를 빤히 바라봤다. 은태는 다시 의자의 문양을 보았다. 이쯤 되면 꿈에서도 그릴 수 있을 것 같았다.

"뭐 나쁘지 않을 수도 있겠다. 죽은 놈은 억울해도 우리 둘이 같이 살면 평생 잊히진 않을 거 아니야?"

"……."

"안 그래?"

"……."

"뭐라고 말 좀 해봐. 그게 낫겠어? 친구 잃은 인간이랑 연인 잃은 인간이랑 같이 죽은 인간 평생 기억하면서 사는 거."

"난 너한테 어떤 강요도 못해. 하지만 네가 뭘 선택하든지 그 결정에 따를게."

그가 명함을 꺼냈다. 서준의 펜션 명함이었다.

"맞은편이 카페야. 내 카페는 아니고 외삼촌이 빌려줬어. 마음 있으면 와. 와서 같이 살아도 돼. 방은 있어. 충분히 같이 지낼 공간 돼."

"지금 그딴 꼴로 프러포즈하는 거야? 죽은 놈한테 미안해서 고작 얼굴 막 굴리는 게 죄책감 해소인 놈이 어디서 나한테? 승호가 알면 너 맞았어. 알아?"

그래, 그랬을지도 모른다. 고등학교 2학년 때 알게 된 승호는 털털한 성격이었지만 일에 있어서는 매사 진지하고 고지식한 친구였다. 늘 뺀질거리는 넉살 좋은 자신과 달라서 그런 면이 서로 끌려 대학까지 같이 진학했다. 그리고 같은 꿈을 꾸었다.

다큐멘터리 감독.

특히나 두 사람은 큰 동물을 좋아했다. 폼이 난다는 단순한 이유에서였다. 은태는 졸업 후 그 길로 들어섰지만 승호는 유라와의 결혼을 결정하면서 일반 회사에 취직했다.

결혼을 앞두고 승호와 은태는 무모한 꿈을 꾸었다. 두 사람이 함께 다큐멘터리를 찍어보자고. 결혼하면 영영 못할지도 모른다고 그걸 제의한 사람이 자신이었다. 지금까지 죽은 듯이 살고 있는 이유도 고민하던 승호를 설득한 탓이었다.

한 번 결정을 하자 유라의 반대에도 승호는 굽히지 않았다. 일사천리로 두 사람은 타국의 바다로 향했다. 경비가 부족한 탓에 두 사람에겐 시간이 없었다. 바다에 나간 날 반드시 고래를 봐야 했다.

갑작스러운 날씨 변화로 길잡이가 돌아가자고 했을 때, 5분의 시간을 더 번 것이 문제였다. 그 통역도 자신이 했다.

5분만 더 주세요.

승호의 부탁이긴 했지만 자신이, 친구의 죽을 시간을 번 것만 같았다. 그 5분에 고래가 있는 쪽으로 몸을 가까이하던 친구는 파도를 맞고 순식간에 사라졌다.

말도 안 됐다. 정말 말도 안 됐다. 분명 눈앞에 있었는데 배가 한 번 움직이고는 친구가 사라졌다.

그것이 아직도 꿈에 나왔다. 순식간에 사라지는 친구의 모습
이.

조금 더 있자고, 조금만 더 보자고 하던 친구의 목소리를 외
면했어야 했다. 아니, 애초에 바다로 나가지 말았어야 했다. 자
신의 탓이 아니라고, 그 녀석이 우긴 거라고. 고래를 더 보고 싶
어했다고. 그는 가슴 속으로 변명하고 소리쳤다. 하지만 입 밖
으로는 내놓지 못했다. 비겁했으니까.

유라는 믿어줄지도 모른다. 친구의 고집은 자신보다 유라가
더 잘 알고 있었다. 그렇지만 그는 아무 말도 하지 않았다. 친구
의 죽음에 분명 자신의 책임이 끼어 있었다. 그러니까, 당해도
싸지. 혼나도, 할 말이 없었다.

"아무 때나 와. 먼저 일어날게."

"먼저 가지 마."

그가 일어나려고 하자 그녀가 그를 노려봤다.

"내가 먼저 갈 거야. 아무도, 아무도, 나보다 먼저 가지 마."

유라의 목소리가 떨렸다. 천천히 자리에서 일어난 그녀가 뒤
돌아섰다.

"위선자."

그런 말을 던진 그녀가 더 이상 그를 돌아보지 않고 떠났다.
돌아서는 유라의 뒷모습을 끝까지 보던 은태가 자리에 주저앉
았다.

'왜 굳이 그렇게 변장을 하고 계시는 건데요?'

'위선자.'

그가 고개를 숙이고 두 손으로 얼굴을 감쌌다.

*
**

"대체 댁의 사장님은 어디 가신 거래요?"

서준이 양 손목을 붙이고 턱을 받치며 해주에게 물었다. 아까부터 안 가고 이러고 있는 걸 보면 무척 심심한 모양이었다. 하긴, 안 심심한 날이 있을까?

서준은 거의 매일 오다시피 했다. 게다가 끊임없이 수다를 떨며 카페 일을 도왔다. 자신이야 혼자 있는 것보다 좋았지만 만사 귀찮아하는 은태가 왜 그렇게 펜션에 가기 싫어하는지는 알 것 같았다.

"안 그래도 제가 여쭤보려고 했어요. 전 사장 형님이 안 일어나신 줄 알았거든요."

커피잔을 닦으며 해주가 서준에게 말했다. 점심때가 지나도 은태가 오지 않아서 아직도 안 일어났나 싶었는데, 오후에 온 서준이 은태를 찾으며 들어왔다. 카페에 온 적도 없다고 하자, 펜션에서도 아침 일찍 사라졌단다.

서준이 미간을 좁혔다.

"어디 간다면 간다고 말을 하고 가야지 말이야. 이렇게 두 사

햇살이며
카페에서

람이나 걱정시키고."

"그러게 말이에요."

"뭐 언급한 것도 없었어요? 어디 간다고?"

"아뇨. 그런 건 없었는데요."

"그럼 이상했던 점이나?"

"그런 것도 없었는……데요……."

그날 저녁에 받은 전화 때문인가. 갑자기 걸려온 전화에 싸늘하게 식던 표정이 떠올랐다.

뭔가 안 좋은 전화를 받은 게 아닐까.

"응? 뭐 있구나? 그죠?"

해주의 표정을 읽은 서준이 독촉했다.

"뭔데요? 무슨 일인데요?"

"아, 아뇨, 아무 일도……. 근데 사장님이 카페 비운 게 처음도 아닐 텐데, 알아서 돌아오시지 않을까요? 성인이잖아요."

"처음이에요."

"네?"

"내가 본 후로는 처음입니다. 내가 여기 온 지 일 년이 넘도록 단 하루도 여기서 나간 걸 본 적이 없어요."

"저, 정말요?"

"다들 오래 일하진 않았지만 내가 오기 전부터 있던 알바생도 나가는 걸 못 봤다고 했으니까 거의 여기 붙박이장이지. 근데 갑자기 사라졌으니까 내가 걱정이 안 되겠습니까?"

문득 불안한 마음이 든 해주가 손으로 물기를 닦고 전화기를 들었다. 벨은 울렸지만 전화는 받지 않았다.

"안 받네요."

"대체 무슨 일이지?"

둘은 걱정스럽게 시선을 주고받았다.

"혹시 사장님 좋아해요?"

서준의 갑작스러운 화제 전환에 해주는 말문이 막혔다.

"가, 갑자기 무슨……."

"아니, 굳이 이런 우중충한 곳에서 일하려고 하니까 좋아하나 해서."

"아뇨, 그게……."

아닌 것도 아니었다. 그의 따뜻한 손길, 그것도 개를 쓰다듬는 손길! 그걸 자신도 느껴보고 싶다고 생각하면서 이곳에 계속 왔었고 결국 일까지 하게 된 것이니까.

"은태 형은 안 될걸요? 임자 있으니까."

그녀가 뭐라고 말하기도 전에 서준이 먼저 입을 열었다.

"네?"

임자가 있다니. 그런 낌새는 느껴본 적이 없었다.

"아니, 나도 자세히는 모르는데 임자는 있는 것 같아요. 도통 여자들한테 마음을 안 주더라고요. 멀쩡한 인간이 저러는 거 보면 뭔가 깊은 사연이 있는 건 틀림없고. 다른 사람 만날 생각도 안 하니까 마음속에 분명 누가 있는 거 아니겠습니까?"

뭐, 좀 들은 얘기도 있고, 서준이 중얼거리며 이마를 긁적였다. 역시 그렇겠지. 그렇게 멀쩡한 사람이 왜 혼자 지내겠어. 그녀가 시무룩하게 고개를 끄덕였다.

"그렇구나……."

"실망했어요?"

"……아뇨? 제가 왜요?"

"나는 어때요?"

"……네?"

서준이 해주를 빤히 바라봤다. 생각지도 못했는데 서준이 너무 진지하게 바라봐서 당혹스러웠다.

"아니, 그러니까, 뭐 그렇게 딴마음 있는 건 아니고. 혹시 알아요? 나랑 사귀면 또 저랑 친한 사장님이 차마 내치지 못할 수도 있잖아요."

"서준 씨를 이용하란 말씀이세요?"

"네? 아니요오오. 그게 왜 그렇게 됩니까. 사귀자는 말씀이죠."

해주의 곤란한 표정을 슬쩍 보던 서준이 '까였다'는 것을 알았는지 금방 말을 돌렸다.

"근데 서준 씨가 뭡니까. 나이 차이도 얼마 나지도 않는데. 오빠로 가죠?"

"오빠요?"

"당장 사귀는 건 힘들어도 그 정도는 괜찮지 않나? 이웃끼리."

"그거야 어렵지 않은데요, 당장이 아니라 나중에도 사귈 일은……."

"오호. 그럼 말 놔도 되지? 그럼 이 오빠 일단 일하러 갈게. 사장님 오시면 좀 알려줘. 생사 확인은 해야 되니까. 내일 봐."

좀 전까지 일 없는 사람처럼 붙어 있더니, 금방 할 일이 생긴 사람처럼 그렇게 사라졌다.

그동안 이웃이라고 청소도 도와주고 대화도 나눠주고 했던 호의가 혹시 저런 마음 때문이었을까? 하긴, 세상에 순수한 호의를 찾기란 힘든 법이었다.

"아직도 멍청하다, 윤해주. 순수한 호의가 세상에 어디 있다고."

한 번도 그런 호의는 받아본 적 없었다. 엄마에게조차.

순수한 호의를 받았다면 어쩌면 지금이려나. 매일같이 내쫓으려고 해도 결국 이 자리를 내어준 사람. 은태는 자신이 안전하길 바라고 있었다. 그러니까.

"정말 좋은 사람인 것 같은데."

자꾸 나가라고 하니 확실히 그녀에게는 좋은 사람이 아닌 것도 같고.

궁금했다. 서준의 말들을 종합해보면 마음속에 누군가가 있어서 이렇게 지내고 있다는 것이었다.

가질 수도 없는 사람인가. 혹시 유부녀? 그럼 불륜인데. 불륜을 저지른 자신이 너무 한심스러워서 머리 손질도 하지 않고 면도도 하지 않고 살아왔던 거야?

생각하고 나니 헛웃음이 났다.

"어디 간 걸까."

오늘따라 손님도 없었다. 낮에는 서준이 있어서 그나마 견딜 수 있었는데, 저녁이 다 되어가자 가슴이 시리도록 쓸쓸해졌다.

"오늘 안 오는 건가."

해주가 다시 한 번 전화를 걸었지만 받지 않았다.

혹시 장사가 안 돼 카페라도 팔러 갔나? 전보다는 훨씬 장사는 잘 될 텐데.

"에이, 이런 카페를 누가 산다고."

말해 놓고 돌아보니 한 달 가까이 너무나 훌륭하게 카페를 바꿔놨다. 엔틱한 느낌이 카페를 우아하고 부드럽게 만들었다.

"왜 이렇게 감각이 좋은 거야. 왜 이렇게 센스쟁이냐고, 나는."

지금쯤 디자인 전공이라도 하고 있어야 할 자신이 이곳에 있었다. 대학만은 누군가의 힘을 빌리지 않고 자신이 직접 가고 싶었다. 그때가 되면 어머니가 데려와서 바꿔놓은 새아버지의 성인 윤씨가 아니라 원래의 성인 강씨를 되찾겠노라는 다짐도 했었다.

"홀랑 팔기만 해봐라. 잘 때 수염을 확 밀어버릴……."

깔끔한 모습이 상상이 가지 않았다.

"멋있긴 할 것 같은데."

그 상상을 핑계로 은태 생각을 오랫동안 했다.

이럴 때가 아닌데. 자신이 나가게 되면 어디로 가야 할지 먼저 생각해야 할 때인데.

청소의 의욕을 잃은 해주가 카페 문을 닫았다. 개에게 사료를 주고 다락방으로 올라온 해주가 매트리스에 누웠다.

은태는 없지만 맞은편 펜션에 서준도 있고 손님들도 있었다. 그러니까 일이 생기면 거기로 가면 될 것이다. 그러니까 혼자는 아니었다. 하지만 참 이상하게도 그녀는 늘 혼자인 것 같았다.

아마도 걱정해주던 유일한 사람이 이젠 없기 때문일 것이다.

부모가 헤어지고 할머니 손에 자랐다. 해주가 자고 있으면 가만히 다가와 토닥토닥해 주다가 안고 자던 할머니는 그녀를 유일하게 걱정하던 가족이었다.

어이고, 내 새끼. 예쁜 것. 피곤했지. 자, 어여 자.

매일 그 목소리를 들었다. 피곤한 건 할머니면서.

초등학교 5학년 때 할머니와 떨어져 재혼한 엄마네 집에 살면서 알았다. 그녀가 혼자 됐다는 것을. 더 이상 누군가의 숨소리를 들으면서 잘 수 없다는 것이 얼마나 외로운 것인지 할머니와 잘 땐 전혀 몰랐다.

그때부터 지금까지 쭉 혼자였다. 건넛방에는 엄마가 있었지만 그녀는 부를 수 없었다. 그녀를 안아주지 않는 모두가 타인이었다. 그리고 그 누구도 그녀를 안아주지 않았다. 모두 타인이었다.

무언가를 그리워하며 지독한 외로움에 시달리는 밤은 도무지 끝나지 않았다. 스무 살, 집을 나와 할머니를 찾아갔을 땐 안아주지도 같이 잘 수도 없었다. 할머니는 자신을 알아보지도 못했다. 치매에 걸린 할머니도 타인이 되었다.

한 번만 다시 느껴볼 수 있다면. 그 숨결, 따뜻한 체온, 그리고 걱정하는 목소리.

……후우.

꿈은 생생했다. 누군가가 귓가에서 숨을 쉬는 소리. 숨결의 온도. 그리고 몸을 누르는 압력과 몸과 몸이 닿아서 느껴지는 체온. 숨소리가 크다. 그리고 숨이…… 막혔다.

"후우……."

숨소리와 함께 생생한 알코올 냄새가 났다.

술 냄새?

번쩍, 해주가 눈을 떴다. 가위에 눌렸나. 뭔가가 자신을 눌러 꼼짝도 할 수 없었다.

이불이 이렇게 무거운가.

움직이려고 버둥거리던 그녀는 몸으로 느껴지는 체온으로 누군가가 자신을 덮쳤다는 것을 알았다.

누, 누가……!

그녀가 밀어내려고 했지만 무거운 솜뭉치처럼 더 그녀 쪽으로 처지기만 했다. 열심히 밀어내던 그녀는 문득 이상함을 느꼈다.

덮친 자세가 좀 이상한데?

그녀가 주변에 있는 휴대전화를 잡아 플래시 기능을 켰다. 익숙한 옷 색깔이 보였다.

"사, 사장 형님?"

은태가 해주의 반쪽을 매트리스 삼아 대자로 뻗은 채 누워 있었다. 누웠다는 빼버리고 그냥 뻗었다는 표현이 더 정확할지도 모르겠다. 완전히 떡이 된 채로 잠들어 있었다.

아니, 대체 왜 여기서 잠이 든 거야?

몸이 깔린 채로 그녀는 눈만 굴렸다. 이런저런 생각 끝에 술에 취한 그의 무의식이 귀소본능을 발동시켜 제 집으로 오게 한 것 같다는 결론에 이르렀다. 해주가 그의 자리에서 잠을 자다 보니, 그와 몸이 겹치게 됐다는 결론.

"그렇게 오해받기 싫다더니……. 사장 형님 일어나보세요."

귓가에 가까이 대고 큰 소리로 말해도 그는 세상모르게 잠들어 있었다.

"무거워요, 형님!"

열심히 밀어내던 해주가 포기한 듯 그대로 멈췄다.

하루 종일 어디 갔다가 술까지 마시고 돌아온 걸까. 진짜 그 임자가 유부녀인가! 어쩌다가 그런…….

"쯧쯧."

혀를 찬 그녀가 가만히 손을 들어 그의 팔을 토닥거렸다.

"힘드시죠, 형님. 피곤할 텐데 푹 자요."

할머니 흉내를 내며 토닥거리자 그가 자세를 돌렸다. 드디어 몸이 빠져나왔나 싶었는데 그의 팔이 휙, 하고 그녀의 몸을 감싸더니, 확 하고 허리를 안았다. 숨이 멎었다. 해주가 꼼짝도 못하고 눈만 끔뻑거렸다. 그의 숨결이 이마에 닿았다. 숨 쉬는 소리가 박자 맞춰 들려왔다. 그의 팔에 온기가 느껴졌다. 절대 혼자서는 느낄 수 없는 사람의 숨결, 소리, 체온.

이 팔인가. 라이언을 안아주던 팔. 따뜻해.

그녀가 저도 모르게 미소를 짓는 순간 그가 인상을 찌푸리더니 또다시 몸을 돌렸다. 이번엔 그의 넓은 등이 보였다. 벽으로 차단된 등. 너는 혼자고 온기가 넘치는 세계로는 넘어올 수 없다고 말하는 것 같은 넓은 등이었다.

일어나려던 그녀가 생각을 바꾸고 가까이 다가가 그의 등에 이마를 댔다. 또다시 그의 숨소리가 들려왔다. 절대 혼자서는 느낄 수 없는 온기가 다시 느껴졌다.

따뜻해. 너무 따뜻해.

따뜻할수록 아무것도 모른 채 등 돌린 사람이 야속했다. 모두가 자신을 향해 등을 돌린다. 엄마도, 할머니도. 아무 상관없는 그마저도.

외로워, 외롭다고!

가슴에 묻어뒀던 감정들이 아우성을 쳤다. 제발, 제발 혼자 두지 마.

그녀가 그의 등에 가만히 손을 댔다. 손끝으로 느껴지는 사람의 온기가 그 어떤 난로보다 따뜻했다.

"흑."

전혀 상관도 없고 아무것도 모를 남자의 등에서 온기를 느끼고 있는 이 처지가 비참하고 서글픈 걸까. 느닷없이 울음이 터졌다. 그녀가 소리 없이 오래도록 흐느꼈다.

5.

여지없이 눈은 떠졌다.

또 일어났구나.

아침이면 제일 먼저 생각이 났다. 그날, 승호가 사라지던 그
날의 하늘이.

매일 아침마다 파도치는 바다가 아니라 평온하고 무심한 하
늘이 매일 그의 아침을 덮쳐왔다. 또 아침이 왔고 그는 또 깨어
났다.

늘 빌었다. 눈이 떠지지 않거나 아침이 오지 않기를. 하지만
벌을 받듯 소원은 이뤄지지 않았다.

술 때문인가. 꿈 때문인가.

그날의 하늘보다는 몸의 통증이 먼저 느껴졌다. 위통이었다.
겨우 자리에서 일어난 은태가 머리를 헝클었다. 술을 과하게 마
셨다. 술을 좋아하는 승호 때문에 그것조차 미안해서 마시지 못

했었다. 하지만 미치도록 견디기 힘든 날이 오곤 할 때도 참았는데, 어제는 정말이지 어쩔 수가 없었다.

꿈을 안 꾸니 아침이 이렇게 가벼울 줄이야. 매일 술이나 마실 걸 그랬네.

입술을 비틀며 웃던 그가 두 손으로 마른세수를 했다.

"하아."

한숨을 크게 내쉰 은태가 목을 풀다가 문득 미간을 좁혔다.

여기가 어디지?

주변을 둘러보니 익숙한 공간이었다. 그런데 낯선 기분이 들었다.

여기가 왜 낯설더라? 자신의 방, 자신의 매트리스에 누워 있는데.

"오랜만이네……."

말을 하고 보니 더욱 미간이 좁아진다. 한 달 동안 오지 않은 자신의 방에 들어와 자고 있었다는 것이니까.

"뭐야. 나 여기서 잔 거야?"

주변을 두리번거리자 술 때문에 오는 두통과 위통이 그의 몸을 찔러댔다. 술을 너무 한꺼번에 마신 탓이었다. 머리맡에 놓인 물통을 집어 벌컥벌컥 물을 마셨다.

"아. 시원하다."

관자놀이를 누르던 그가 고개를 들었다. 왜 낯선지 알 것 같았다. 다락방이 너무나 깨끗했다. 안 쓰는 매트리스와 가구는 구석에 세워놓고 어디서 났는지 모를 천으로 덮여 있었다.

그뿐인가. 어지럽게 흩어져 있던 책들을 차곡히 쌓아 넓적한 나무를 놓고 선반까지 만들었다. 그 위에는 창고에 쌓여 있던 양초 관련 소품들이 올려져 있었다. 아직 양초는 구입하지 못한 모양인지, 소품들뿐이었지만 멋스러운 분위기가 났다. 그야말로 우아한 숙녀의 방에 들어온 듯 차분하고 깨끗해 공기마저 그런 기분이 들었다.

"사람…… 사는 집 같네."

아무 일 없이 살아왔다면 은태 역시 이런 공간을 좋아했을 것이다.

취향, 잊고 있었는데.

어쩌면 그녀와 취향은 잘 맞았을지도 모르겠다는 생각을 뒤로 하고 은태가 카페로 내려갔다.

손님이 두 팀이나 있다니.

아침부터 놀랄 일이었다. 전에 아르바이트생은 한 팀만 와도 허둥지둥했었다. 그만큼 손님이 오지 않는 탓이었다. 그런데 해주는 이미 총 8명이나 되는 두 팀에게 음료를 내주고 다른 볼일을 보고 있었다.

깨끗한 카페를 돌아보던 은태가 해주를 보며 눈을 가늘게 떴다. 방 정리에 카페까지. 구력 있는 종갓집 맏며느리 같았다. 스물둘. 그 나이에 이렇게 일을 기가 막히게 할 수가 있는 건가.

그녀가 혼자라는 말이 이렇게 실감이 났다. 삶을 혼자서 꾸려왔을 그녀에게 이런 카페쯤은 아무것도 아니라고 말하는 것 같았다.

"어? 일어나셨어요?"

은태를 발견한 해주가 접시를 닦다 말고 인사를 했다.

"아침부터 바쁘네?"

은태가 해주를 향해 다가왔다. 얼굴을 들이댔지만 어쩐지 그녀는 눈을 들지 않았다.

"네, 손님들이 와서. 근데 아침 아니고 점심인데요."

그러고 시계를 보니 12시가 넘었다.

"너 어제 어디서……."

"여기요!"

손님 한 명이 해주를 불렀다.

"네, 가요."

손님을 향해 가던 해주가 그를 돌아봤다.

"전 다……른 매트리스에서 잤으니까 걱정 마요."

행여나 이 일을 빌미로 쫓아낼까 봐 미리 선수를 치듯 말한 그녀가 서둘러 손님에게 향했다.

"그렇다면 다행인데."

그 다른 매트리스는 오래 안 쓴 것처럼 세워져 있었거든.

중얼거리듯 말한 그가 카페를 나섰다. 날이 좋은지 카페 문 앞까지 햇살이 비쳤다. 반들거리는 유리창에 그의 모습이 비쳤다.

"꼴이 말이 아니네."

'지금 그딴 꼴로 프러포즈하는 거야? 죽은 놈한테 미안해서

91

고작 얼굴 막 굴리는 게 죄책감 해소인 놈이 어디서 나한테?
승호가 알면 너 맞았어. 알아?'
　'위선자.'

그가 담배에 불을 붙였다.

　'왜 굳이 그렇게 변장을 하고 계시는 건데요?'
　'변장?'
　'아니에요?'

맞다. 자신은 그저 변장을 하고 있었다. 숨 쉬고, 웃고, 헛소
리를 해대고, 술도 마시고, 잠도 자고. 할 거 다 하면서 죄책감에
사는 척 변장을 하고 있었다.
　"이게 다 무슨 소용이라고."
　은태가 천천히 발걸음을 옮겼다.

＊＊

주말이라 그런가. 무슨 일인지 정말 손님이 많았다. 많았다고
해봤자 하루 종일 8팀 정도의 손님이 온 게 다였지만 이곳에서
일한 날 중에 가장 북적였다.
　그렇게 은태를 찾아다니던 서준도 들르지 못한 걸 보니 펜션
도 사정이 뻔했다. 보통 서준의 펜션에 묵는 손님들이 카페에

들르는 것이니, 아마 그곳도 손님이 꽉 찼을 것이다.

마지막 손님이 나가고 나자 저녁 시간이 다 되었다. 뒤늦게 출출함이 몰려왔다. 빵을 꺼내려던 해주가 창밖을 내다봤다. 석양이 큰 창문을 가득 채우고 있었다.

"예쁘다……."

할머니 말대로 참 예쁜 곳이었다. 게다가 이 카페는 있으면 있을수록 매력적이었다. 처음엔 숙식 제공을 위함이었는데 하루하루 장점이 늘어갔다. 특히나 석양은, 말할 수 없이 아름다웠다.

누구랑 같이 보면 좋을 텐데.

오늘도 혼자였다. 문득 은태의 등이 떠올랐다. 혼자라는 걸 알려주던 그 단단한 등.

하지만 따뜻했잖아.

가만히 창밖을 바라보던 해주가 자신의 이마를 짚었다. 어젯밤 은태의 등에 슬며시 이마를 댔다. 너무 따뜻해서 그대로 눈물을 터트렸다. 울고 나서도 그녀는 차마 이마를 떼지 못했고, 그대로 잠이 들었다. 아침에 눈을 떴을 때, 그녀는 그의 품에서 잠들어 있었다.

그가 알면 정말 황당할 일이라서 가슴이 두근두근했다. 어떻게 도망갔는지 기억도 나지 않았다. 그를 깨우지 않고 조심스럽게 일어나다가 그가 물을 달라고 해서 물통만 두고 도망 나왔다.

"알면 바로 쫓겨나겠지."

자신이 생각해도 너무 엄청난 일을 했다. 그저 조금만 따뜻하게 있고 싶단 생각이었는데 그대로 안고 자버리다니. 그가 알면 짐승으로 오해받게 만들었다고 쫓아낼 게 뻔했다.

다행히 점심이 다 되어서야 내려온 그는 전혀 모르는 것 같았다. 하지만 그의 얼굴을 똑바로 보기가 힘들었다. 눈뜨자마자 그를 본 때처럼 가슴이 두근거려서였다. 그가 어떤 온기를 가지고 있는지 알아버렸기 때문일 것이다.

다시 느끼고 싶다.

생각해놓고 화들짝 놀랐다. 다시 느끼고 싶다니. 그렇다면 다시 안아보고 싶다는 거잖아. 그냥 안으면 완전 성추행이다, 윤해주. 사귀는 사이면 모를까.

'그럼 나는 어때요?'

'……네?'

'아니, 그러니까, 뭐 그렇게 딴마음 있는 건 아니고. 혹시 알아요? 나랑 사귀면 또 저랑 친한 사장님이 차마 버치지 못할 수도 있잖아요.'

'서준 씨를 이용하란 말씀이세요?'

'네? 아니요오오. 그게 왜 그렇게 됩니까. 사귀자는 말씀이죠.'

서준의 말이 떠올랐다.

"사귄다……라."

그녀가 깊은 생각을 하며 빵을 뜯었다. 입에 넣으려는데 카페

햇살아래
카페에서

문이 열렸다.

"어서 오세요."

깔끔하고 잘생긴 남자가 불쑥 안으로 들어왔다.

"죄송하지만 영업 끝났는데요."

남자가 멀뚱멀뚱 그녀를 보다가 피식, 웃었다.

"손님 다 가셨냐?"

해주가 툭, 하고 그대로 빵을 떨어뜨렸다.

"사, 사장님? 사장님이세요?"

"사장님 아니고 형님."

"그러니까요. 혀, 형님이세요? 정말 형님?"

"아니. 너 쫓아낼 악독 업주다."

"사장 형님 맞으시네요."

그녀가 툴툴거리자 그가 웃었다. 그런데 그 어느 때보다 화사하고 깔끔한 미소였다. 그가 이발과 면도를 한 것이다!

차마 얼굴도 쳐다보지 못할 행동을 했는데 신기해서 그를 빤히 볼 수밖에 없었다.

"뭘 그렇게 봐?"

오히려 그가 눈을 못 마주치는 것 같은 게 꼭 털이 밀려 수치심을 느끼는 강아지 같았다.

무슨 심경의 변화일까.

걱정스러우면서도 그의 행동이 귀여워 웃음이 났다.

"어쭈. 웃어? 얼굴에 뭐 묻었냐?"

"사장님 되게 잘생기셨네요?"

"뭐?"

황당한 듯 그녀를 보던 그가 너스레를 떨었다.

"몰랐냐. 나 잘생긴 거?"

"네. 그동안 못생김으로 가리고 있어서 전혀 몰랐는데요."

"웃기네. 이 잘생김이 가려지냐? 저녁은? 먹었어?"

"이제 먹으려고요."

"뭐, 빵? 고작 그 빵으로 뭐 한다고."

"그동안 계속 이거 먹었는데요?"

"그랬냐."

"와 진짜 관심 너무 없다."

"난 아무한테도 관심 없어, 원래."

아무한테도 관심 없다니. 하필이면 걸려도 이런 남자에게 걸려버렸네. 아침부터 두근거리던 가슴이 여전히 두근거린다는 게 조금 서글퍼졌다.

"이거나 먹어라."

"이게 뭔데요?"

"밥."

그가 포장된 도시락을 들어 보였다. 그녀가 경계하듯 그를 바라봤다.

"이거 혹시 최후의 만찬이에요?"

"뭐?"

"갑자기 이발을 하신 것도 그렇고, 저한테 밥 챙겨주시는 것도 그렇고……. 카페를 파신……다거나 뭐 이러시기로 했는지

해서요."

"어떻게 알았어?"

"정말이에요?"

심장이 쿵 내려앉았다. 그녀의 겁먹은 눈빛에 그가 인상을 찌푸렸다.

"농담이다, 하여튼 장난을 못 치겠네."

"아, 다행이다."

장난칠 게 따로 있지. 그녀가 슬쩍 노려보자 그가 히죽 웃었다.

"카페는 안 팔아. 그냥 너만 나가."

"형님!"

"왜? 이건 맨날 하던 말인데."

"그래도……."

"어디서 잤어?"

"네?"

"어젯밤 말이야. 너 어디서 잤냐고."

그가 그녀를 빤히 바라봤다. 그녀가 눈을 굴리자 그가 턱을 잡아 그와 눈을 마주 보게 했다.

"거짓말하면 혼난다."

하필이면 심하게 멋있어진 후라 심장이 마구 뛰고 얼굴이 뜨거워졌다.

"아니, 저, 그러니까……."

"왜 눈을 못 쳐다봐? 내가 뭐 실수했냐?"

"아, 아뇨. 그런 건 없으셨는데……."

"근데 왜 눈을 못 봐. 내가 큰 실수한 거야?"

"실수라고 한다면 가, 갑자기 들어와서 덮치셨……긴 했는데…….".

"역시. 너 나가야겠…….".

"하지만 아무 일도 없었습니다!"

그녀가 소리쳤다. 그가 눈을 가늘게 떴다.

"그래서 넌 어디서 잤는데?"

"……옆에서…….".

"옆자리 매트리스는 안 쓰는 것처럼 세워져 있던데."

"네, 그러니까 그 옆이라는 게 옆 침대가 아니라 사장 형님 옆에서."

"뭐? 어디 옆?"

"사장 형님 옆에서…….".

"내 옆에서 뭘 했다고?"

"가, 같이 잤어요!"

쿵, 쿵, 쿵. 뭔가가 떨어지는 소리가 들렸다. 맥주캔 몇 개가 바닥에 떨어져 굴러다녔다. 서준이 서 있었다.

"어…….".

"이서준?"

"어, 두 분이…….".

"너. 이, 일단 나가 있어."

급하게 일어난 은태가 서준을 가로막았다. 서준이 어리둥절한 표정으로 두 사람을 바라봤다.

햇살이뒤
카페에서

"아니, 지금 두 사람이…… 아니, 언제 그렇게……."

"내가 먼저 알아야 하니까 나가라?"

은태가 서준을 잡아끌어 밖으로 쫓아내고 문을 걸어 잠갔다.

"잠깐만, 이제 대놓고 연애하시는 겁니까? 문은 왜 잠가요! 저기요!"

쿵쿵쿵. 노크를 하며 소리치는 서준의 목소리를 무시하고 은태가 해주에게 다가왔다. 그가 한숨을 쉬고 마주 앉았다.

"실수는 내가 아니고 네가 한 것 같다?"

"죄송해요. 서준 오빠 있는 줄 모르고."

"노크도 안 하고 들어온 저 녀석 탓이니까 그건 됐고. 아까 뭐라고? 내 옆에서 잤다고?"

"네, 그게……."

그가 앞으로 바짝 다가왔다.

"내가 혹시 너 못 움직이게 막았어?"

"아뇨. 본인 몸도 못 움직이시던데요."

"근데 왜 안 도망가고 옆에서 잤어?"

"그게…… 너무 따뜻해서……."

누가 들어도 이상한 핑계인 것 같지만 딱히 속일 재간도 없는 터라 그녀가 고개를 푹 숙이고 사실대로 말했다. 얼굴이 화끈거렸다.

"너 이불 없냐. 뭐가 따뜻해? 그러다가 내가 이상한 짓이라도 하면 어떻게 하려고."

"그게…… 사람 온기가 너무 오랜만이라서……."

어쩐지 창피했다. 사람 온기가 오랜만이라서 내 옆에서 잤다고? 어디서 그런 어이없는 핑계를 대고 있어! 그가 비웃을까 싶어서 말을 잇지 못하고 고개를 숙였다. 하지만 웃음소리는 들리지 않았다. 팔짱을 끼고 뭔가 생각하던 그가 뒤늦게 입을 열었다.

"그렇다고 막 아무나 하고 자냐? 서준이랑도 자라 그럼?"

"아니요. 그게 저도 기준이 있거든요?"

"무슨 기준."

"잘생겨야 해요."

"하."

할 말을 잃은 듯하던 그가 고개를 끄덕였다.

"좋아. 인정."

"네?"

"뭐, 잘생겨야 한다며. 인정하겠다고 나 잘생긴 거."

"그런 쪽으로는 인정이 빠르시…….."

"이제 진짜 나가야 할 이유가 생겼네?"

"네?"

"나, 취향 아니라면서. 근데 취향이었잖아, 생긴 거. 나 언제 덮쳐질지 모르는 거 걱정해야 되는 거잖아. 그렇지?"

"아니, 사장 형님이 들어오신 거잖아요."

"그래. 내가 언제 덮칠지도 모르고. 나야 물론 이제 그런 일은 절대 없을 거지만 네가 덮칠 가능성은 있는 거잖아, 그렇지?"

그가 턱을 괴고 그녀를 빤히 바라봤다.

"다신 안 그러겠습니다."

"내일 짐 싸."

"사장님!"

"그만. 그만 이야기하자. 도시락 들고 올라가. 저 자식 시끄럽게 굴게 뻔해서 오늘부터 여기서 자야 되니까."

"사장님…….."

"불쌍하게 바라봐도 안 봐줘."

매정하긴. 그녀가 기운 없이 돌아섰다.

"도시락 가져가야지."

"혼자 먹기 싫어요. 내일 나갈 생각에 먹힐 것 같지도 않고."

"하, 귀찮아."

그가 올라가려는 그녀의 손목을 잡았다. 손길에 금방 우울한 마음이 녹았다.

"앉아. 같이 먹게."

그는 모를 것이다. 그에게서 나오는 온기를. 아무리 차갑게 말해도 그가 따뜻하다는 것을. 그녀가 빤히 바라보자 그가 눈을 내리깔았다.

"일주일. 그 이상은 양보 못 해."

게다가 착하기까지.

"꼭 절 쫓아내셔야 하나요?"

"오늘 봤잖아. 무슨 일이 생겼는지. 오늘이야 별일 없이 끝났지만 잘못하면 큰일난다?"

한 달만 더 주세요, 라는 말을 하려다가 그녀가 입을 다물었다. 일주일, 그마저도 안 준다고 하면 생각할 시간이 사라지는 것이니까.

그녀가 가만히 자리에 앉았다.

"많이 드세요, 사장님."

"형님이라니까."

"형님은 무슨요. 저희는 언제 사고를 칠지 모르는 사이잖아요."

그가 뭔가 말하려다가 피식, 웃고는 도시락을 펼쳤다.

"나불나불. 그 많은 사람들 상대하고 입이 살아 있냐?"

"그 많은 사람들 상대하는 거 아니셨으면서 도와주러 오지도 않으셨어요?"

"그래서 밥 사왔잖아."

그러니까, 이런 게 너무 자신의 마음을 녹인단 말이다. 쫓아내려고 하면서도 이렇게 챙겨주는 거.

"잘 먹겠습니다."

"많이 먹어라."

두 사람만을 위한 식탁 같아서 마음이 푸근했다. 일주일 뒤에는 아예 꿈꿀 수 없는 일이겠지. 밥을 먹던 해주가 입을 열었다.

"사장님."

"형님이라니까."

"저랑 사귀어요."

푸욱, 그의 입에서 사정없이 파편이 터졌다.

6.

"생각해 보셨어요?"

의미가 없다는 건 알았다. 이발이나 면도를 하지 않고 거울도 제대로 보지 않고 사는 삶이란 것이 죽은 친구에게 무슨 의미가 있을까. 그저 자기 위안 같은 것이었다. 그렇게라도 살면 조금 덜 미안할 것 같아서. 하지만 죄책감은 어떤 식으로든 그의 삶이 이어지는 한 계속될 것이다. 그렇다면 뭘 하든 무슨 의미가 있을까. 그 어떤 것에도 이젠 의미가 없었다.

"뭘?"

"사귀자고 한 거요."

은태가 가로로 긴 눈을 가늘게 뜨고 해주를 보았다. 얼마 전자신에게 사귀자고 말하던 당돌한 아르바이트생은 오늘도 열심히 청소 중이었고 더불어 오늘도 열정적으로 조르는 중이었다.

"아예 결혼을 하자고 하지?"

잡지를 넘기며 그가 말했다. 카페가 깨끗해진다고 해서 달라지는 게 없듯이, 자신 역시 달라지는 것은 없을 것이다. 새로운 삶을 살기 위해 이발과 면도를 한 것이 아니라 달라지는 게 없어서 한 것이었다. 그저 가면이라도 쓰지 않기 위해.

"그런 방법도 있었구나?"

바닥에 걸레질을 하던 그녀가 눈을 크게 뜨고 돌아봤다.

"그럼 결혼을 전제로 사귀어 볼까요?"

그가 잡지를 내리고 그녀를 흘겨봤다.

"넌 내가 만만하지?"

"그럴 리가요."

"그럼 원래 그렇게 들이대는 타입이냐?"

"그렇진 않은데요."

그가 다시 잡지를 펼쳤다.

"알았다 그래. 둘 중 하나겠네. 갑자기 확 잘생겨진 얼굴에 빠졌다 또는 쫓겨나지 않으려고 발악을 해본다."

"그런 거 아니에요."

"그런 거 아니야? 난 또, 전자면 사귀어주고 후자면 안 쫓아내려고 했지."

"둘 다였어요!"

그녀가 걸레를 던지고 그 앞으로 달려왔다.

"둘 다."

잡지를 내리고 눈을 마주한 그녀는 간절해 보였다.

귀엽네, 진짜.

그녀가 사귀자고 한 순간 그는 생각했다.

'뭐지, 이 귀여운 발상은?'

그런 생각이 들고부터 그녀의 말뿐 아니라 행동, 표정 모두 귀여워만 보였다.

그가 들이대는 그녀의 이마를 손가락으로 밀어냈다.

"이미 늦었어."

"아, 정말 너무 하시네."

"네가 너무한 거지. 어디서 날 이용하려고 들어?"

"그런 거 아니에요."

"그럼 네가 날 진짜 좋아하기라도 한다는 거야?"

그녀가 입을 오물거리는 순간, 그가 얼른 입을 막았다.

"아냐. 대답은 하지 마."

행여나 그렇다는 말까지는 듣고 싶지 않았다.

"가서 청소나 해."

그녀가 시무룩하게 돌아섰다. 축 처진 어깨가 귀여워 저도 모르게 웃던 그가 그런 자신을 의식하고는 미간을 찌푸렸다.

해주에게 사귀자는 말을 들은 날 밤, 카페 소파에 누운 그는 유라를 만나고 왔던 일도 잊고 말았다.

사귀자니. 대체 뭐 때문에 나랑 사귀자는 거야?

답은 하나였다. 쫓겨나지 않기 위해서. 그런데도 그는 해주에 대해서 생각했다. 상처를 가득 안고 술에 취해 들어온 자신의 품을 따뜻하게 여겨 자리에서 일어나지 못하고 그대로 잠든 그녀의 모습을.

이렇게 모든 게 말라버린 인간에게서 온기를 느낀다는 게 말이 되나. 그렇다면 그녀는 얼마나 외로운 사람인 걸까.

너무 따뜻해서 자리를 떠나지 못했다는 말이 내내 신경 쓰였다.

쫓아내지 말아야 하나, 생각하다가도 그렇기에 더더욱 쫓아내야지 하는 생각이 들었다. 이곳에 자신이 돌볼 인간이 생기는 것을 원치 않았다. 그럴 자격도 없는 놈인데.

"빌미를 제공하지 말았어야지."

자신이 한 말인 줄 알았는데 그녀였다. 그녀가 눈을 슬쩍 흘기며 그런 말을 하고는 그가 바라보자 얼른 도망을 쳤다.

"밥도둑 투(two)냐? 귀여운 짓만 하네, 진짜."

그가 다시 잡지를 뒤적거렸다. 잠시 후, 손님들이 들어왔다. 어딘가 도망가 있던 해주가 얼른 나타나 주문을 받았다. 음료를 만들어내는 동안 손님들은 연신 사진을 찍었다. 카페 내부 사진을 찍다니, 은태에게는 정말 낯선 광경이었다.

은태가 찬찬히 카페 안을 훑어보았다. 몇 년 동안 이 카페 안에 있었다. 그러다가 해주가 나타나 서준의 펜션에서 잔다는 핑계로 대강대강 지나친 게 한 달여.

그러고 보니 메뉴판도 바뀌어 있었다. 손수 적은 메뉴판은 깔끔했다. 예쁜 글씨와 아기자기한 그림체가 눈에 들어왔다. 정성 가득히 카페에 대한 설명도 해두었다. 본인 카페도 아닌데 참 열심히 산다, 싶다.

그가 호기심 어린 눈길로 해주를 바라봤다.

인생 여행 중이라고? 너는 뭘 하다가 흘러 흘러 여기까지 오게 된 거냐.

이곳은 여행자가 올 곳이 아니었다. 시간도 숨도 멈춰 있는 곳. 무덤처럼 관처럼 그대로 묻히길 간절히 바라는 곳인데.

길을 잘못 들었어, 윤해주. 그래서 널 내보려고 하는 거야.

"정말 시체처럼 계실 거예요?"

해주가 불쑥 얼굴을 내밀었다. 뜨끔해진 은태가 자세를 바르게 했다.

"뭐?"

"아무것도 안 하고 시체처럼 그러고 계실 거냐고요."

"어, 그럴 건데?"

"그건 안 되죠. 저쪽 테이블에 손님 들어왔잖아요."

"근데?"

"주문 좀 받아주세요."

"네가 받으면 되잖아."

"안 돼요. 주문받은 아이스크림 녹는단 말이에요. 빨리, 일어나요."

그녀가 그를 일으켰다. 귀찮은 듯 그가 인상을 찌푸리자, 그녀가 그의 양볼을 붙들었다. 놀라서 눈을 크게 뜨자 그녀가 웃었다.

"인상 쓰는 거보다 낫네요. 여자 손님들이니까 미남계를 써서 소문 좀 나게 해주세요. 여기 사장님 잘생겼다고."

"너 쫓겨날까 봐 그런 게 아니라 진짜 내 얼굴 노린 거구나?"

"네, 그렇다고 했잖아요. 아까 말한 것 중에 전자니까 사귀어 주……."

그가 손으로 그녀의 입을 막았다.

"주문 받으러 갈 테니까 그만하죠, 알바생?"

그가 눈을 흘기자 그녀가 싱긋 웃었다. 순간 눈앞이 반짝거리 며 바다 앞에서 웃던 승호의 얼굴이 보이는 것 같았다. 두려움 에 가슴이 욱신거렸다.

승호야! 그가 얼른 그녀의 팔을 붙들었다.

"형……님?"

희미하게 웃던 친구의 얼굴 위로 놀란 눈으로 그를 바라보는 그녀의 얼굴이 보였다.

"안아……주실 건가요?"

"……뭐?"

그녀가 잡힌 팔을 가리켰다.

"안고 싶어하시는 것 같아서."

그래, 안았다면 승호를 놓치지 않았을 것이다. 아주 꽉 안아 줬다면.

"아……냐. 미안……."

팔을 풀자, 친구의 얼굴이 그대로 사라졌다. 친구가 사라지던 그날처럼 빠르게. 그가 주먹을 꽉 쥐었다.

"아니요. 미안할 거 없는데요. 완전 괜찮은데요."

그녀가 걱정스러운 표정을 감추고 장난스럽게 말했다. 덕분 에 긴장했던 신경이 스르르 풀렸다.

대체 어디서 배워온 넉살이람.

그가 못 이기겠는 듯 고개를 저었다.

"이러다 멀쩡한 애 하나 망치겠네. 이발을 괜히 했네, 괜히
했어."

"완전 잘하셨다고요. 멋있어 죽겠어요."

또다시 농담처럼 말하는 그녀를 살짝 돌아보다가 표정을 굳
혔다.

갑자기 뭐였을까?

그가 제 손을 내려보다가 손님의 부름의 정신을 차리고는 계
산대 앞에 있는 손님들을 향해 다가갔다. 처음으로 주문을 받았
다. 이런 메뉴가 있었나, 싶은 것들을 주문받아 그녀에게 넘기
자 이번엔 그녀가 만든 음료들을 그에게 가져다주라고 시켰다.

"대체 누가 사장이냐."

"사장 아니라면서요."

말로도 못 당하겠다. 왜 이렇게 윤해주에게 말리는 거지?

그가 재촉하는 그녀에게 아무 말도 못 한 채 시키는 대로 음
료를 가져다주었다.

자리로 돌아와 그녀가 음료를 만드는 것을 보았다. 야무진
손으로 음료를 만들어낸 그녀가 그를 돌아봤다. 거의 눕는 자
세를 잡고 잡지로 얼굴을 가리자 시키려고 했던 것을 포기했는
지 그녀가 직접 음료를 가져다주었다. 돌아와 또 금방 주변 청
소를 하는 그녀를 힐끗 보다가 그가 자세를 고쳤다.

"너, 정체가 뭐야?"

"왜요? 저한테 관심 좀 생기셨어요?"

"관심이 아니라 의심."

"왜 의심인데요? 내가 뭘 잘못했다고."

"뭔가 수상해."

"뭐가요."

"전체적으로 다?"

"일 좀 시켰다고 몰아가시긴."

그녀가 툴툴거리며 청소를 하기 위해 자리를 옮겼다. 시선이 저절로 그녀를 쫓았다.

*
* *

그럴 줄은 알았다. 당연히 싫다고 할 줄은 알았는데, 그래도 상처는 상처였다. 여자한테 대시 받고 아예 의식조차 안 하다니.

"밥도둑 너도 그렇게 생각하지?"

해주가 개의 머리를 쓰다듬었다. 생긴 게 유행하는 이모티콘 '라이언'을 닮아 그렇게 지어보려고 했는데 은태가 밥도둑, 밥도둑 하니까 괜히 그처럼 불러보고 싶었다. 한 번 부르자 입에 잘 붙는 게 자꾸 그렇게 부르게 된다.

게다가 먹는 게 진짜 밥도둑 같잖아.

"아무 일도 안 하면서 진짜 밥은 잘 먹네. 산책 좀 해야 되지 않니?"

잠시 생각하던 해주가 묶여 있던 개줄을 풀었다.

"가자. 도둑 소리 안 들으려면 넌 산책을 좀 해야 돼."

해주가 줄을 잡자마자 밥도둑이 좋아서 난리를 쳤다. 꼬리를 흔드는 모습이 무척 귀여웠다.

"넌 왜 이렇게 커도 귀여운 거야?"

해주가 웃으며 카페 밖으로 나갔다. 어둑해진 길이라 멀리는 못 갈 것 같았다.

"아, 펜션에 가볼까?"

그러고 보니 은태와 잤다고 한 걸 엿들은 서준이 오해를 한 채 떠났고 그 이후로는 카페에 오지 않아서 대화 한 번 못했다. 당연히 오해도 풀지 못했다.

해주가 펜션 쪽으로 길을 돌렸다. 하지만 산책길에 나선 덩치 큰 개가 해주의 말을 들을 리 없었다. 신이 난 상태라 가고 싶은 길을 고집했다.

"밥도둑 그쪽 아니고, 이쪽……. 어? 어어, 밥도둑! 도둑아!"

순식간에 손에서 줄이 풀려나갔다. 해주가 잽싸게 줄을 잡았지만 신이 난 개를 저지하지는 못했다. 개가 달리는 대로 해주가 끌려나갔다.

"아, 안 돼. 도둑아, 도둑아, 잠깐만. 천천히. 천천히!"

다다다다. 끌려나가 넘어질 것 같은 순간 큰 힘이 그녀의 허리를 붙들었다. 동시에 줄을 잡은 손이 강하게 잡혔다. 은태였다. 순간 모든 게 안심이 되고 온전히 기댈 수 있는 사람이 생긴 것만 같은 기분에 명치가 찌릿한 신호를 보냈다.

욕망이 외쳤다. '잡히고 싶다, 이 남자한테!'

"너 뭐하냐?"

"바, 밥도둑 산책이요."

"밥도둑?"

"아니, 라이언."

"거봐. 너도 밥도둑이 입에 붙지?"

"아……닌데요."

"아니긴."

어설픈 대답에 그가 피식, 웃었다.

스타일은 왜 바뀠을까?

해주가 그를 가만히 올려다봤다. 인물 보고 좋아한 건 절대 아니었는데, 인물도 훌륭한 남자였다. 까칠한 수염이 사라져 비벼도 더는 아플 것 같지 않았다. 깨끗하게 반질거리는 턱을 만져보고 싶었다. 개한테 하는 것처럼 이마도 비벼보고 싶었다.

상상하자 아까 잡혔던 손이 뜨거워지는 것 같았다.

"놀랐냐?"

"네?"

"왜 그렇게 넋 나간 표정이야?"

"아, 아뇨. 아무것도."

"아무것도 아닌 게 아닌 것 같은데."

그가 다가와 눈을 마주했다. 그녀가 손을 뻗었다. 볼을 쓸어내리고 싶었지만 가까스로 얼굴을 밀어냈다.

"얘가 내가 가려는 방향으로 안 가서 그래요."

햇살이뜨 카페에서

"어디로 가려고 했는데?"

"펜션에요."

"펜션? 거긴 왜?"

"왜긴요. 서준 오빠 보려고 그러죠."

그렇구나, 그가 심상하게 고개를 끄덕이는 것 같더니 그녀를 빤히 보았다.

"왜 서준 오빠야?"

"네?"

"저번에도 그러더니 왜 갑자기 서준이가 오빠가 됐어?"

"그거야 오빠니까요?"

"형 아니고?"

"혹시 저랑 안 사귀시는 이유가 제가 남자인 줄 알고 그런 거예요? 저 여자거든요."

"아하?"

"사장님?"

그가 개줄을 잡아주었다.

"서준이한테 무슨 할 말 있어?"

"지난번에 오해하고 간 것 같아서요……."

"무슨 오해? 아, 우리 둘이 잔 거?"

"목소리 너무 크신 거 아니에요?"

"뭐 우리가 이상한 짓 한 것도 아니잖아. 형제끼리 한 침대에서 잠 좀 잤다고."

"왜 이상한 짓을 안 했다고 생각하시는데요?"

그가 눈을 크게 떴다.

"했어?"

"아뇨?"

"솔직히 말해. 너 했지? 내 순결한 몸에 무슨 짓을 한 건데?"

"아, 아니에요. 아무 짓도 안 했었어요. 근데 잠깐만요. 사장님, 순결하세요?"

그가 잠시 생각하듯 이마를 긁적였다.

"뭐, 요새는?"

"옛날엔요?"

"근데 오해 풀러 가는데 밥도둑은 왜 데려가?"

"말 돌리신 거예요? 옛날엔 어땠는데요? 옛날엔 엄청 잘 나가신 거예요?"

"걔 안 풀릴걸?"

"네?"

"이서준 절대 안 풀릴 거야. 변명하면 할수록 더더욱 늪에 빠질걸. 지가 생각하고 싶은 대로 생각하는 녀석이니까."

"정말요?"

걱정스러워졌다. 아무 일도 없었는데 혹시나 이상한 방향으로 생각하면 어쩌나. 서준이 자신에게 대시했던 게 떠올라서 더욱 걱정스러워졌다. 자신 역시 은태에게 그랬듯, 서준도 상처받았을지 모른다.

"그리고 우리 밥도둑은 항상 가는 방향이 있어서 펜션 쪽으론 안 갈 거야."

"응? 그게 무슨 말씀이세요? 형님, 혹시 산책도 시켜요?"

"하, 대체 날 뭘로 보는지 모르겠네. 당연히 시키지."

"와. 서빙은 안 하시면서."

"서빙은 알바생님이 하실 일이구요."

"매출 확인도 안 하시잖아요."

"그것도 같이 하라고 숙식 제공하는 거 아니냐."

"내쫓으실 거면서. 저 나갈 때 매출표 다 가지고 나갈 거예요."

"뭐?"

그가 쿡쿡 웃었다. 그녀가 인상을 찌푸렸다.

"뭐가 웃겨요? 제가 못할 것 같아요?"

"아니, 매출표를 왜 들고 나가? 돈을 들고 나가야지."

"아, 그러네."

"너 바보냐?"

그가 다시 웃었다. 참 잘 웃었다. 듬성듬성 났던 수염들이 그의 입가를 가리고 있어서 그랬나. 그가 이렇게 환하게 웃는 사람이었다니. 오래 알고 지낸 건 아니었지만 생소했다.

"사이 참 좋으시네요?"

소리가 나는 곳으로 두 사람이 동시에 시선을 돌렸다. 서준이 눈을 게슴츠레 뜨고 두 사람을 바라보고 있었다.

"서준 오빠?"

오빠라는 한 마디에 눈에 힘을 주고 있던 서준의 표정이 스르륵 녹는 것 같았다.

오빠 좋아하네. 은태의 비웃는 목소리가 작게 들려왔다.

"오랜만이네요, 형?"

"그랬냐."

"오랜만에 보니까 아주 훤칠해지셨네요. 해주한테 잘 보이려고 그러신 겁니까?"

그가 그렇다고 말할 리는 없었지만 그렇다고 말해주길 조금 바랐다.

"어. 맞어."

그녀의 심장이 쿵 내려앉았다. 그녀가 빤히 보자, 그가 심상한 표정으로 어깨를 으쓱했다.

무슨 말을 해도 안 믿는다니까.

그제야 그가 한 말이 떠올랐다. 그는 서준에게 변명을 포기한 모양이었다. 아니나 다를까. 서준의 억측이 시작됐다.

"와. 그렇게 된 거구나. 펜션에도 안 오고 이젠 두 분이 본격적으로 같이 지내는 겁니까?"

"그, 그런 거 아니에요."

"아니긴. 그건 맞지. 우리 같이 지내고 있잖아."

은태의 말에 해주가 그를 올려다봤다.

무슨 짓이에요?

어차피 말해도 안 믿는다니까?

서로 눈길을 주고받자 서준이 두 사람 사이에 끼어들었다.

"뭐 하시는 겁니까? 지금 눈빛으로 대화하시는 겁니까?"

"눈빛으로 대화를 어떻게 하냐."

"지금 한 것 같은데요? 말씀해 보세요. 두 사람, 벌써 그렇고

햇살아래
카페에서

그런 사입니까?"

서준의 말에 은태가 어깨를 으쓱했다.

"그래. 그럼 어쩔 건데."

"저, 오빠, 그런 게 아니고요."

동시에 말해 놓고 서로를 바라봤다.

그럼 어쩔 건데라니, 지금 뭐하시는 거예요?

말해도 소용없다니까?

"어어? 또 그러네. 또 둘이 눈으로 대화하네?"

서로만 보고 있던 두 사람이 그제야 시선을 돌렸다. 은태가
비키라는 듯 손을 휘저었다.

"됐고. 우리 지금 산책 가는 길이니까 방해 말고 가라?"

"우리? 우우리? 지금 우리라고 했습니까?"

서준이 흥분한 듯 물었다. 이 부분은 해주도 되묻고 싶은 부
분이었다. 지금 당신과 나를 우리라고 한 건가요?

"밥도둑하고 나."

그가 정확히 하듯 그와 개를 번갈아 가리켰다. 해주가 눈을
흘기다가 서준을 불렀다.

"오빠 그런 게 아니고요. 지난번에 잘못 들으신 것 같은데 사
장 형님이 술 취해서 그냥 같은 공간에서 잔 거였어요."

은태가 고개를 저었다.

"거참 말해도 안 믿는다니……."

"형이 술을 마셔요? 술을 마셨어요? 왜요? 왜 마셨는데요? 왜
그 자리에 내가 없었는데요?"

그러고 보니, 그랬다. 그는 그날 술을 잔뜩 마시고 들어왔었다. 왜 그렇게 마셨을까?

"술도 마시고 이발도 하고? 무슨 심경의 변화가 있었구나? 여자 문제죠? 내가 예쁜 해주 들어와도 눈 하나 깜짝 안 하는 거 보고 알았지. 형 여자가 속 썩인 거죠?"

"속 썩이는 여자가 하나 있긴 하지."

그가 슬쩍 그녀를 돌아봤다.

여자라고 생각은 하는 거군요? 그녀가 입술을 삐죽였다.

"와. 드디어. 드디어 밝혀지는구나. 형의 비밀."

"내 비밀?"

"은둔자 같은 생활하고 있었던 거 말이에요. 그분, 사랑해서는 안 되는 여자였죠? 유부녀였던 거죠?"

"유부녀?"

"사랑해선 안 되는 여자를 사랑하고 지금 고통에 빠져서 여기서 은둔 생활하는 거잖아요."

서준의 말을 듣던 그가 피식, 웃었다.

"유부녀 좋아하네. 넌 생각이 왜 그렇게 짧냐? 내가 유부녀나 만나는 미친놈으로 보이냐?"

듣는 해주가 뜨끔해졌다. 그녀도 그런 쪽으로 생각하고 있었다. 생각 짧게 말이지.

"아니에요? 그럼 뭔데요? 대체 뭐 때문에 나 없이 술을 먹은 건데요?"

"근데 너, 지금 알바생 말을 믿은 거야? 나 술 먹고 뻗어서 그냥 잔 거라는 거, 믿는 거냐고."

"당연하죠."

"하. 황당하네, 진짜. 내 말은 안 믿으면서 알바생 말은 왜 바로 믿는 건데?"

"그거야 해주한테는 그런 일이 있으면 안 되니까 그렇죠. 내가 대시했으니까. 일말의 희망 모르겠습니까?"

"대시?"

그가 그녀를 돌아봤다. 죄지은 건 아니지만 분위기가 좀 그렇게 됐다. 그가 왜 말 안 했냐는 듯이 바라보는 것만 같았다. 그러나 훅, 하고 누군가 불을 끈 양초처럼 그의 눈빛은 금세 꺼져 들었다.

"그래, 잘해 봐라."

"네, 그래야죠. 나랑 잘 되면 안 내보내시는 거죠?"

"내가 왜?"

"에이, 그동안의 우정이 있는데."

"우정은 무슨. 난 우정 안 키워."

"그러면서 사랑은 왜 키우시는 건데요?"

"누가 사랑을 키웠다고."

"그럼 대체 왜 그동안 그렇게 지낸 건데요? 지금은 왜 이발하신 거고요?"

시끄럽다는 듯 은태가 개줄을 해주에게 건네고 그대로 가버렸다. 개가 낑낑대며 은태에게로 향했다. 줄을 잡고 힘을 주며 버티자 개가 금세 포기하고 해주를 바라봤다. 은태를 따라 빨리

가자는 표정이었다.

"하여튼 비밀투성이."

서준이 한숨을 짓고는 해주를 보았다.

"이렇게 저렇게 어떻게든 비밀을 캐보려는데 잘 안 되네."

"비밀……이요?"

"그냥, 딱 사회생활하기 좋은 나이에 이런 곳에 처박혀 있는 게 이상하잖아. 사람들 잘 오지 않는 이런 카페에서."

"그럼 그동안 그렇게 쫓아다니신 게 떠보려고 그런 거예요?"

"내 꿈이 시나리오 작가거든. 자세한 사연을 좀 알고 싶어서 무리수 좀 뒀지. 전혀 안 통하지만."

해주도 궁금했다. 그의 행동, 생각, 사연 모두. 하지만 귀찮게 굴면 안 될 처지. 잘못하다간 그대로 쫓겨날 테니, 마음만 키우는 수밖에 없었다.

"그래도 아까 형 웃는 거 보고는 깜짝 놀랐는데. 그렇게 웃는 거 처음 봤거든. 무슨 대화하고 있었던 거야?"

"아, 그냥…… 밥도둑 얘기요."

차마 바보 같았던 자신에 대해 말할 수 없어 해주가 대충의 핑계로 무마했다.

그렇게 웃는 걸 처음 봤다고?

그를 본 기간이 길지 않아서 생소하다고 여겼는데 서준이 처음 본 거라면 그는 정말 잘 웃지 않았나 보다. 궁금하다, 그가.

"근데 나 진짜 그날 깜짝 놀랐거든. 둘이 잤다고 해서? 대시하고 바로 차이나 싶어서."

이미 찬 걸로 기억하는데 아니었나. 오히려 해주가 놀랄 일이었다.

"아까 들었지? 나랑 사귀면 형이 절대 안 내보낼 거야."

그런 말 들은 기억이 없는데. 아니었나.

"나만 믿고 나랑 만나자. 너도 여기 오래 있고 싶어하잖아."

그러고 보니 서준은 은태에 대해선 궁금해 하지만 자신에겐 왜 오래 있고 싶은지 물어보지 않았다. 실례라고 생각하는 건지, 사귀고 나서 천천히 알아가려고 하는 건지 알 수 없었다. 왜 묻지 않냐고 되물을 수도 없었다. 물어보는 순간 서준 같은 사람은 관심이 생겼다고 생각할 것이다.

자신에게 관심이 있다고 생각도 못했는데 느닷없이 사귀자고 하는 사람은 어떻게 설득해야 하는 건지 잘 모르겠다. 그저 그런 생각은 들었다. 어쩌면 은태도 이런 마음일 거라고.

그에게 관심 보인 적 없이 무작정 사귀자고 달려드는 아르바이트생. 바로 내보내기엔 미안해서 시간을 재고 있는데 사귀자고까지 하면 어떤 기분일까.

역시나 민폐일테지. 갑자기 절망이 밀려왔다.

"미안해요, 오빠. 근데 저는 진짜 오빠랑 사귈 마음이 없어요."

"하지만 너, 내쫓길 수도 있는데……."

혹시나 걱정을 끼치고 있는 걸까. 정말로 그녀가 이곳에서 쫓겨나는 게 안타까워 도와주고 싶은 마음이 든 건가.

순수한 호의는 없다고 여겼는데 그녀가 너무 꽉꽉하게 살아온 것은 아닐까 싶었다. 하지만 그렇게 고마운 마음이라면 더더욱 거절해야 할 것이다.

"그런 식으로 서준 오빠를 이용한다고 하면 형님하고 사귀는 게 더 빠른걸요. 차라리 형님을 이용해 볼게요."

"아하? 역시 그런 거였군?"

해주가 뒤를 돌아봤다. 은태가 뒤에서 팔짱을 끼고 해주를 바라보고 있었다.

"혀, 형님?"

"역시나 그런 거였어."

은태가 서준과 해주 사이에 끼어 앉아 있는 개를 향해 간식을 내밀었다.

"우리 밥도둑이 산책하고 나서 간식 먹는 거 좋아해서 가지고 가라고 들고 왔더니. 엄청난 걸 알아냈네? 설마설마했는데 알바생한테 진짜 그런 꿍꿍이가 있었어?"

은태의 눈빛에 해주의 등골이 오싹해졌다.

"그게 아니라……. 저, 그런 뜻으로 그런 말씀드린 거 아니에요. 정말이에요. 저는 진짜 형님을 좋……."

"뭐, 그래, 정 원하면 사귀어 보자."

"……네?"

개의 머리를 쓰다듬으며 은태가 그녀를 올려다봤다.

"너랑 사귀자며? 사귀자고."

서준이 눈을 크게 뜨고 은태를 보았지만 그는 신경 쓰지 않았다. 그저 당황한 해주를 빤히 볼 뿐이었다.

7.

　은태는 잠자리가 될 소파에 앉아 미동도 없는 해주를 바라봤다. 이야기를 끝내자마자 난리를 칠 줄 알았건만. 카페 안으로 들어온 해주는 차분했다. 흥분한 건 서준이었다. 낭패한 표정으로 둘이 이럴 줄 알았다고 소리를 치고 난리였다.

　서준을 보내고 카페로 들어와 놀란 해주에게 왜 사귀자는 말에 '오케이'했는지 이유를 말하자 그녀가 눈을 가늘게 떴다.

　"속임수였네요."

　"아니라니까."

　"서준이 귀찮게 구는 게 싫어서 그랬다면서요. 카페 쪽으로 아예 관심 끊게 하려고."

　"그렇지."

　해주가 입을 내밀었다.

　"실망하지 마. 아직 취소한다는 말은 안 했잖아."

"동기가 불순한데요."

"동기 불순? 그건 내가 할 말이지. 진짜 동기 불순하신 분은 님 아니십니까?"

"제가요?"

"쫓겨나지 않으려고 사귀자고 한 거잖아?"

"아닌데요? 전 정말로 형님 좋아하는데요?"

이런, 들어버렸네. 근데 이런 말을 어쩜 저렇게 눈 동그랗게 뜨고 토끼처럼 할 수 있을까.

그가 흥미롭게 눈을 반짝였다.

"나도 아우 좋아해. 그래서 아직 사귀는 거고."

그의 담백한 말투에 해주가 인상을 찌푸렸다.

"그런, 밥도둑 좋아한단 말투로요? 아직이라는 단어를 붙여서요?"

"눈치는 빠르네. 그래, 그런 마음이야. 어쨌든 내가 너 살렸잖아. 서준이 그 녀석 집요하다고."

"그게 아니라 서준 오빠랑 사귀면 서준 오빠가 계속 나 보러 와서 떠들 거니까 싫어서 그런 거잖아요."

"진짜 눈치 빠르다, 너. 어렸을 때 눈칫밥만 먹고 자랐나?"

"네, 맞습니다. 형님도 눈치 빠르시네요."

그럴 줄은 알았는데, 진짜인 것 같다. 눈칫밥 먹고 자란 싹싹한 아이. 그런데도 밝게 자란 건 할머니 때문인가.

은태가 저도 모르게 그녀를 빤히 보았다.

"왜요? 이젠 동정심도 생기세요?"

"동정심은 전부터 있었지, 아마? 그거 아니라면 내가 서준이 그 자식 시끄러운데도 계속 참고 펜션에서 잔 게 널 사랑해서일까?"

"너무 솔직하게 차시는 거 아니에요?"

"동정심 유발할 땐 언제고."

"이젠 상황이 다르잖아요."

"뭐가 다른데."

"우리는, 이제, 사귀는……, 거니까, 동정심인 거, 별로, 잖아요."

쭈뼛거리면서도 할 말 다하는 그녀 때문에 웃음이 났다.

"시작이 뭐가 중요하냐, 끝이 중요하지. 어쨌든 헤어지자고는 아직 안 했잖아."

"곧 하실 것 같은데요."

"하여튼 눈치 빨라. 지금 말하려고. 우리 헤어지자."

해주가 입을 내밀었다. 은태가 소파에 이불을 펼치고 그대로 누웠다.

"가서 자. 내일 또 너 좋아하는 일 해야 하잖아."

그녀가 뒤도 안 돌아볼 것처럼 일어나더니, 금세 뒤를 돌아봤다.

"저 카페 안 나가도 되는 거죠?"

"왜?"

"주인이랑 사귀는데 나갈 이유 없잖아요."

"금방 헤어지자는 소리……."

"아아아아아아. 안 들려요."

그녀가 두 귀를 막고 허공을 보는 척했다.

진짜 별 귀여운 짓을 다 하네.

은태가 고개를 저었다.

"너 진짜 질척대는 타입이구나? 어쩌냐, 내 철칙이 사내연애 금지인데."

"사귀는 여자가 길바닥에서 자든 말든 철칙만 지키면 된다?"

"바로 그거지."

"형님!"

그가 큭큭큭 웃었다. 시시각각 변하는 해주의 표정 변화가 보기 즐거워 웃음이 났다.

"알았어. 일해. 나가지 말고 너 좋아하는 일 실컷 해라."

"정말요?"

"그래, 하라고."

"나 안 쫓겨나는 거예요?"

"한 번 더 말하게 하면 쫓아낼 거다?"

"대박. 사장이랑 사귀니까 진짜 좋다."

"사장 아니라니까."

"사귀는 건 맞구나? 신난다."

표정이 귀여워서 아니라는 말이 나오질 않았다. 그는 말없이 그녀를 보고 웃기만 했다.

"왜 그렇게 봐요? 지금 보니까 좀 이쁘구나?"

그러게, 웃는 것만으로도 예쁘고 싱그러웠다.

"네가 몇 살이라고?"

"스물둘…… 설마, 얘 왜 이렇게 철이 없냐, 이런 표정으로 보신 거예요?"

지레 찔리나 보다. 그가 귀찮은 척 턱짓을 했다.

"알면 가서 자. 나 피곤해."

"치. 그렇게 자는데 어떻게 맨날 피곤해요?"

"다 취소하고 쫓아낸다?"

"가요. 가요. 안녕히 주무세요, 형님."

"그래, 잘 자라, 아우."

금방 뛰어 올라갈 것 같던 그녀가 또다시 뒤를 돌아봤다.

"왜 또?"

"같이 자도 돼요?"

"뭐?"

"아니, 우리 이제 사귀는 사이잖아요."

"어쭈. 적선해 줬더니 보따리 내놓으라고 하네? 원하는 거 줬는데 뭘 또 달래?"

"내가 원하는 건 그게 아닌데."

"이곳에 계속 있길 원하는 거 아니었어?"

"그것도 맞는데 저는 형님 품에서 자고 싶었어요."

와. 진짜. 저런 말을 저렇게 아무렇지도 않게 하다니. 대체 얘가 날 남자로 보긴 하는 건가?

그동안 송장 같은 몰골로 살아왔더니, 정말 그래 보이기라도 하는 건가, 그가 살짝 미간을 찌푸렸다.

"윤해주."

"네?"

"우리 정식으로 헤어지자."

"네에?"

"안 되겠어. 너무 들이대는 게 벌써부터 피곤……."

"아니에요! 주무세요. 아직 안 들이댈게요!"

"나중에도 들이대면……."

"그땐 봐주세요!"

그녀가 쏜살같이 다락방으로 올라갔다. 웃음이 났다. 웃어놓고 금방 미간이 좁아졌다.

웃고 있었네.

그가 웃음을 멈췄다. 쫓아내려던 아르바이트생이랑 사귀는 모양새라니. 그가 생각해도 어이가 없긴 했다. 하지만 자신과 사귀자고 하면서까지 나가길 원치 않는 그녀를 더 이상 나가라고 할 수 없었다. 그냥 있으라는 말을 어떻게 할까 생각하던 차에 서준에게 걸려든 해주를 보자니, 그냥 둘 수 없었다.

"스토커 같은 자식."

서준이 자신의 사연에 늘 관심을 가지고 있었던 것은 알고 있었다. 그 관심이 해주에게 갔다면, 그녀에겐 또 얼마나 귀찮게 굴 것인가. 행여나 그녀랑 사귀기라도 한다면 그 핑계로 카페에는 얼마나 들락날락할 것이며 애정행각을…….

아니. 모든 것은 핑계였다. 그녀 얼굴에 승호가 겹쳐 보이던 순간부터 그녀를 승호처럼 사라지게 둬선 안 될지도 모른다는 생각이 들었던 것이다.

나, 변하고 있는 걸까.

해주가 오고 나선 카페 분위기도 변하고 오는 손님들도 변했다. 하물며 어쩌다 산책을 다녀오는 것이 아니면 잠만 자던 개조차 달라지고 있었다.

조용히 죽은 것처럼, 죽지 못해 숨만 쉬고 살고 싶었는데.

그가 다락방 쪽으로 시선을 보냈다. 움직이는 소리가 들리는 것 같더니 이내 조용해졌다. 인간들의 목소리가 사라지고 어둑한 시간, 풀벌레 소리만 조용히 들려오자 이제야 평온 위에 누워있는 것 같았다.

"아무리 거지 같아도 있던 곳이 최고네."

그가 카페 천장을 올려다봤다. 창가에서는 달빛이 쏟아져 들어왔다. 풀벌레 소리와 달빛을 가만히 느끼고 있자니, 아름다웠다.

너만 즐기는 거야?

그의 눈가가 어두워졌다. 이 밤이 아무리 아름다워도 악몽은 꾸게 될 것이다. 승호가 찾아올 것이고 손을 뻗는 순간, 사라질 것이다.

손 앞에서 놓친 그 망망대해를 또 멍하니 바라보다가 고통에 몸부림칠 테지.

'전 영원을 믿지 않으니까요.'
'영원이 없다?'

'네. 본 적도 없고. 느낀 적도 없으니까.'

해주가 영혼에 대해서 말하던 것이 생각났다. 그녀는 단호했다. 망설임 없이 영원이 없다고 하는 그녀가 얼마나 부러웠는지. 사후 세계에 대해 아무 걱정도 생각도 없는 그녀가 차라리 자신이길 바랐다.

그런 그녀랑 사귀게 되면 자신도 그렇게 단호해질 수 있을까? 이건 꿈이고, 승호가 찾아오는 건 더 이상 현실이 아니라고, 그렇게 말하게 될 날이 올 수 있을까?

"나쁘지 않겠네. 나쁘지 않아."

그럴 수만 있다면 승호에겐 미안하지만 이젠 좀 잊고 싶었다. 폐허 같은 공간에서 관에 누운 것처럼 잠드는 게 당연했던 밤이 지나는 동안, 그는 꿈틀대고 있었다. 환한 빛을 향해.

**

"꺄아!"

해주가 놀라 소리쳤다. 은태가 좀비 같은 몰골로 화장실 문을 연 것이다.

분명 문을 잠갔는데!

지난번 다락방 문도 그렇고, 손잡이 가운데 버튼을 눌렀지만 멀쩡하게 잠기는 문이 없었다.

그가 졸린 눈으로 그녀를 멍하니 바라보고 있었다. 그녀가 뒤늦게 몸을 가렸지만 어디부터 가려야 할지 몰라 우왕좌왕하며 눈을 흘기자 그가 어깨를 으쓱했다.

"아, 너 있었냐?"

너 있었냐? 도대체가 이 남자가 자신을 어떻게 생각하는 걸까. 그래도 나름 사귀는 사이고 사실은 진짜는 아니지만 그래도 어떻게든 이참에 사귀는 사이로 우겨볼 요량이라, 이래저래 사귀는 사이가 되었다고 볼 수 있건만.

"걱정 마. 너무 졸려서 안 보여."

그가 눈을 비비며 태연히 문을 닫았다. 빠르게 몸을 씻은 그녀가 밖으로 나갔다. 그가 그 팔짱을 끼고 앉아서 졸다가 문 여는 소리에 고개를 들었다.

"다 했냐?"

"네."

"그럼 비켜."

그가 화장실 안으로 들어갔다. 잠시 후, 화장실에서 나온 그가 서 있는 해주를 보고 의아한 표정을 지었다.

"더 안 자고 뭐해?"

"자긴요. 샤워까지 했는데. 카페 문 열어야죠."

"벌써? 몇 신데?"

"여덟 시요."

"여덟 시? 여덟 시에 왜 카페를 열어?"

"물건 받아야 하는…… 오늘 물건 받는 날이라 일찍 일어나신 거 아니었어요?"

"오늘 그런 날이었어?"

"아니, 그럼 형님은 대체 이 시간에 왜 일어나신 거예요?"

"쉬 마려서."

그가 휘적대며 자던 자리로 돌아가 그대로 누웠다.

대체 매일 몇 시에 자는 걸까. 눕기는 같이 누운 것 같은데.

"카페 문 열어야 하는데요."

"물건만 받는 거라며."

"물건 받고 바로 열 거예요. 형님도 도와주세요."

"너 머리 말려야 되지 않냐? 머리부터 말리고 와."

그가 파리를 쫓아내는 듯 손을 휘휘 저었다. 그러고 보니 샤워를 하고 너무 당황해서 머리에 그대로 수건을 만 채였다.

자신의 벗은 몸을 보고도 저렇게 아무렇지도 않다니, 너무 하잖아.

그녀가 수건을 털어내며 눈을 흘겼다.

"그러니까 그냥 다락에서 주무시면 되잖아요."

"아, 그러네."

그가 벌떡 일어나 다락으로 향했다.

"물건은요?"

"……."

"좀 있다 올라가세요. 저 머리 말려야 돼요."

"말려라."

"시끄러울 텐데요?"

그제야 그가 눈을 뜨고 그녀를 돌아봤다. 금방까지 졸렸던 눈이라고 믿을 수 없을 만큼 너무도 멀쩡해서 순간, 움찔했다.

"카, 카페에서 말릴게요. 올라가서 주무세요."

그가 그녀에게 다가왔다. 너무 가까이 다가와 내려보니, 위압적인 기분이 들었다. 그녀의 어깨가 움츠러들었다.

"왜, 왜요?"

"나 웬만한 소리에 안 깨거든? 카페 문 열리고 손님들 들어와서 떠들고 어쩌고 해도 안 깨."

"네, 그러실 것 같아요."

"근데 드라이기 소리에 깰 것 같아?"

"네?"

"눈치 보지 마."

그녀의 심장이 쿵 내려앉았다.

지금 감동적인 말씀하신 거…….

"네 카페다 생각하고 다 네가 꾸려. 물건도 받고, 돈도 네가 벌어서 네가 갖고 다 네 맘대로. 나는 잠만 잘게."

"네에?"

"그럼 즐."

그가 다락방으로 올라갔다.

"아, 진짜 난 또 감동할 뻔했잖아요."

아니다. '뻔'이 아니라, 정말 감동 받았다.

눈치 보지 말라고? 자신이 그런 버릇이 있는 건 또 어떻게 알았을까. 가족 중에도 그런 말 한 사람 없었는데.

"안 보는 것 같아도 또 다 보는 것 같단 말이지."

그녀가 뒤따라 올라갔다. 이불이라도 덮어주고 싶었다. 그가 그녀의 자리에 그대로 엎어져 누워있었다.

"이럴 줄 알았어."

그녀가 미소를 지으며 그에게 이불을 덮어주었다. 그리고 작은 소리로 드라이기를 켰다. 힐끗 그를 보는데 그의 목소리가 들려왔다.

"눈치 보지 말라니까?"

"안 잤어요?"

"이제 잘 거야."

그가 이불 안으로 들어가 몸을 돌렸다. 그의 등이 보였다.

"나도 옆에서 같이 자고 싶다."

"들이대면 헤어진……."

윙-! 그녀가 드라이기 단계를 높였다. 머리를 열심히 말리다가 웃음이 났다.

뭐야, 그래도 아직은 안 헤어진 건가 봐.

'그 자식이 너랑 사귀면 이 카페에 매일 출근할 거 아냐? 지금도 피곤한데. 우리 둘이 사귄다 하면 삐쳐서 카페 쪽에 관심 끊을 거야. 너도 안 피곤하고 좋잖아.'

'그래서 거짓말로 사귀는 척하시는 거예요?'

'아니. 진짜로 사귀는 건데? 그 자식 스토커야. 우리 둘 맨날 지켜볼 텐데, 사귀는 척했다가 걸려봐. 피곤한 걸 어떻게 버티라고.'

'그러면 사귀는 거예요?'

'뭐, 비슷하지.'

'비슷? 비슷한 건 뭔데요?'

'사귀듯 안 사귀듯 사귀는 사이?'

'그게 뭐예요?'

'이서준한테만 안 들킬 정도로.'

'……속임수였네요?'

그가 사귀자고 했을 때 얼마나 떨렸던가. 그런데 의도가 다르다고 생각하니, 너무 실망스러웠다.

하지만!

해주는 긍정적으로 생각하려고 했다. 이걸 계기로 그를 꼬셔보자는 생각. 그런데 벗은 몸을 보고도 이렇게 태연하게 잠을 자다니. 그는 어쩐지 속세에서 살고 있는 사람이 아닌 것 같았다.

희망이 있을까?

머리를 다 말린 그녀가 그를 바라봤다. 그는 미동도 없이 잠들어 있었다.

"진짜 잘 주무시네."

가만히 바라보자 심장이 콩닥콩닥 뛰었다. 볼, 만져보고 싶다.

들이대지 않기로 했는데.

그녀가 망설이다가 가만히 볼을 만졌다. 생각보다 부드러워

흠칫, 놀랐다. 그의 눈썹이 꿈틀대는 것 같아 벌떡 일어나 그대로 다락방을 나섰다.

"윤해주."

"네, 네? 아, 안 주무셨어요?"

"불 꺼."

"아, 불. 네."

그녀가 얼른 불을 끄고 그대로 내려왔다. 뒤늦게 놀란 심장을 부여잡았다.

"아, 안 자고 있었어?"

심장이 마구 뛰었다.

*
**

"에취."

은태가 해주에게 눈을 흘기자 그녀가 바짝 얼었다.

"창문을 안 닫어, 네가?"

"아니, 저는…….."

가볍게 노려보는 것도 힘든 일이었다. 저렇게 눈치 보는 사람에게.

은태는 장난으로 던진 잔소리를 멈췄다. 장난으로도 해서는 안 되는 것이 있는 법이었다.

눈칫밥 먹고 자란 사람에게 눈치를 줄 순 없지.

부모 없이 할머니와 자랐다는 해주가 어떻게 컸을지는 뻔했다. 어린 나이에 척척 일을 해내는 것도 눈치 볼 일들이 있었기 때문에 스스로 해야 했다는 것이니까.

"어디 가세요?"

"약 사러. 며칠 동안 통 안 낫잖아."

그가 콧물을 훌쩍이며 말했다.

"제가 사올게요."

여기서 약국까지 얼마나 걸리는지는 아나? 차도 없는데 약을 사러 어떻게 가겠다는 건지.

버스가 40분에 한 대씩 오기는 하지만 제 시간을 놓치면 적어도 한 시간 이상을 기다려야 했다.

"그럼 내가 카페 봐야 하잖아."

"카페 보는 게 사장님 일일 걸요?"

"알바 일은 사장 돌보는 거고? 네가 내 비서냐?"

"죄송해서 그러죠."

죄송한 사람이 사람 몸은 왜 만져? 그러니까 도망치다가 환기시키려고 문 열어 놓은 것도 몰랐지.

한 마디 하려다가 말았다. 그녀가 부끄러운 표정을 짓거나, 창피해하면 당장 며칠 전 아침에 있던 일이 떠오를 듯했다.

이런, 이미 떠올라 버렸네.

그녀의 알몸이 떠오르자마자 아래쪽으로 살짝 피가 몰리는 기분이었다. 이런 짐승 같은 놈. 상대 앞에 두고 이게 무슨 짓이냐. 벗은 몸이라고 함부로 발기나 해대는 형편없는 몸은 아니었는데.

샤워하는 여자를 보다니. 오랜만이기도 했고, 그게 얼떨결에 사귀기로 한 윤해주이기도 해서 그는 사실 그날부터 태연한 척하기가 힘들었다.

얼떨결에 사귄 것부터 잘못된 일이긴 했다.

'아닌데요? 전 정말로 형님 좋아하는데요?'
'나도 아우 좋아해. 그래서 사귀는 거고.'

그렇게 시시하게 답했는데, 그녀는 진심일지도 몰랐다. 그녀가 잠이 든 자신에게 손을 뻗지 않았다면 이런 미안함은 없었을 텐데.

불안했다. 그런 손길.

웬만하면 화를 내려고 했는데 윤해주의 손이 차가웠다. 그렇게 차가울지 몰라서 놀랐다. 샤워를 한 뒤끝이라 그렇겠지만 그런 여자에게 더 이상 차갑게 굴긴 싫었다.

그렇게 들이대지 말라고 일렀건만, 잠든 사이에 손을 대다니. 그게 싫지 않다는 사실을 알아버리고 나니 모든 게 위험해지는 것 같았다.

그래. 감기는 해주 탓이 아니었다. 식은땀 나는 이 모든 일을 모른 척하고 자느라고 열린 창문에 바로 감기에 걸린 것이다.

게다가 가슴을 정통으로 본 후 잔상이 사라지질 않아 그는 최대한 그녀를 멀리하고 싶었다. 그가 애써 지워보려고 눈썹을 찡그렸다.

"많이 안 좋으세요? 표정이 나빠요."

그래, 표정이 참 불결하겠지. 미안하다, 윤해주.

"어. 지금 상태 엄청 안 좋아."

"그냥 올라가서 좀 쉬세요. 감기약은 제가 구해볼게요."

"괜찮아. 아무것도 하지 마."

"그래도……."

"관둬. 감기약 먹을 정도 아니야."

"감기약 사러 가신다면서요?"

"농담이야. 다른 할 일 있어."

"뭔데요?"

뭐긴. 문 고치는 일이지.

카페 일이라고는 손 하나 안 대고 있었다. 그런데 해주 때문에 화장실 청소를 시작하더니, 이제는 곳곳을 고치는 신세가 되었다.

역시 쫓아내야 했는데.

투덜거리며 창고로 들어간 은태가 공구가 든 통을 찾았다. 원래 같으면 거미줄이 가득해야 했지만 창고 안 역시 이젠 반질반질했다. 그가 고개를 들었다.

깨끗하다.

아직 한쪽 구석이 정리가 되지 않았지만 다른 곳은 모두 깨끗해졌다. 이 더러운 창고가 언제 깨끗해진지 알 수 없었다. 하지만 누가 깨끗하게 했는지는 확실했다.

"진짜 자기 카페인 줄 아나."

언제 쫓겨날지도 모르는 곳에 뭐 하러 지극정성을 들인 걸까. 원래 있던 소품들이 하나 둘 닦여서 카페에 자리를 차지한다 싶었는데 창고 청소까지. 벌레에 가끔 쥐까지 있어서 쉽지 않았을 텐데 미련하기 짝이 없는 여자였다.

깜빡깜빡. 불이 깜빡댔다. 조명을 고쳐야겠다는 생각이 들자마자 그가 인상을 찌푸렸다.

"아직 못 찾았다. 좀 견뎌라. 조명아."

공구를 찾던 그가 천장을 향해 고개를 들었다.

"그냥 가야 하는데. 대체 내가 왜 이것까지!"

그러나 어느새 그는 사다리를 찾고 있었다. 어두운 창고에서 깜빡거리는 조명으로 벌레와 곰팡이 같은 것과 싸우며 청소했을 그녀를 떠올리니, 그냥 갈 수가 없었다. 게다가 청소를 다 한 것도 아니니, 조만간 또 시간이 나면 하러 올 것이다. 그때 조명이 안 켜지면 얼마나 무섭겠는가.

"안 해, 안 해. 안 한다고."

말은 그래놓고 한쪽에 잘 놓인 사다리를 꺼내 조명을 확인한 그가 아직 청소가 안 된 부분까지 치워놓고 밖으로 나왔다.

새 전구도 필요하네.

그가 두 사람이 함께 쓰는 화장실로 향했다. 문이 망가졌지만 다른 아르바이트생들과 쓸 때는 의식도 하지 못한 일이었다.

문고리도 사야겠고.

고치기엔 너무 오래됐다는 걸 깨달은 그가 나가는 길에 더 살 게 없는지 필요한 것들을 살피기 시작했다. 그런데 자신이 물건이라는 걸 좀 써 봐야 필요한지도 아는 것 아닌가. 자신보다는 해주가 카페에 무엇이 필요한지 더 잘 알 터였다.

은태가 바쁘게 음료를 준비하는 해주를 보았다. 그냥 보면 평범한 스물 초반의 여자. 그녀는 뭐가 필요할까?

'그게…… 너무 따뜻해서……. 사람 온기가 너무 오랜만이라서…….'

온기라…….

딱, 눈이 마주쳤다. 그녀가 싱긋 웃었다.

"하실 말씀 있으세요?"

"아니."

고개를 돌리던 그가 다시 그녀를 보았다.

"너 뭐 필요한 거 있어?"

"네?"

"나갈 일 있어서 사오게."

"정말요? 있죠. 감기약."

참나. 지 필요한 거 말하라니까.

"그건 됐고 다른 거나…… 에취!"

하필 타이밍 좋게 재채기를 하자 해주가 걱정스러운 표정을 지었다.

"괜찮아."

"누가 봐도 안 괜찮아 보이는데요?"

"몰라. 다른 필요한 거 없으면 간다."

그녀가 그를 막더니 이마에 손을 짚었다. 차가워. 그가 미간을 좁혔다.

"뭐하냐?"

"열 있는 것 같아요."

"네 손이 찬 거야."

"제 손이요?"

그녀가 제 손을 목에 가져다 댔다.

"아닌데."

그러더니 또 금세 제 팔에 가져다 댔다. 이리저리 제 몸에 손을 대보는 걸 보자니, 그녀의 몸이 골고루 잘도 떠올랐다.

아, 진짜 열 오르네.

"간다."

"안 돼요. 같이 가요."

"뭘 같이 가. 가게 봐야지."

"가게 끝나는 시간에 가면 되잖아요."

"어두워."

"밤에 활동하시는 분이요? 같이 가요, 네? 저도 오랜만에 시내 구경하고 싶단 말이에요. 사귀니까 데이트도 좀 하고……."

데이트라…….

윤해주, 네가 진심……이라면 어떻게 해야 하는 거야. 난 네가 원하는 걸 그 온기란 건 줄 수 없을 텐데.

그가 꽁, 하고 메모한 종이로 그녀의 이마를 쳤다.

"어디서 나랑 데이트를 하려고 해?"

"왜요, 사귀는 사인데 데이트하면 좋죠. 같이 나가면 서준 오빠한테 보여주기 딱 좋잖아요?"

"어쭈? 내가 이용한 걸 역이용해?"

"머리 완전 좋죠."

그녀가 헤, 웃었다.

"겸사겸사 좋잖아요. 기다려보세요. 음료 만들고 필요한 거 적어볼게요."

즐거워하는 그녀가 귀여워서 말리기가 어려웠다.

"맘대로 해라."

해주가 오고는 진짜 귀찮은 일들뿐이었다. 가장 크게 귀찮은 건, 얼어붙은 자신의 마음이 녹아 온몸이 젖어들어가는 것이었다. 닦을 용기가 아직은 없었다.

8.

"시내라서 엄청 기대했는데."

시내의 큰 마트에서 필요한 것을 산 그녀가 차에 올라타고는 주변 구경을 했다. 제주도의 시내는 그다지 화려하지 않았다. 게다가 저녁엔 불이 꺼진 상점이 많았다.

"너 시골 출신이냐? 무슨 읍내 나온 시골 사람처럼 굴어?"

"그건 아닌데 지금은 시골 사람 맞죠, 뭐. 오름 앞에 사니까."

"그러고 보니 그렇다."

"뭐가요?"

"행색이 딱 시골 사람 같네. 옷부터 사야 되는 거 아니냐?"

"네에? 남 말 하실 거예요? 형님은 완전⋯⋯."

"완전?"

완전 지저분하다고 말하려고 했는데 얼굴을 보자마자 한 마디도 나오지 않았다. 이렇게 잘생긴 사람한테 그렇게 쉽게 들이

댔다니, 설레기만 했던 가슴이 마구 두근거렸다.

처음 카페에서 일하게 해달라고 할 때는 갈 곳이 없는 탓에 간절할 수 있었다. 그런데 사귀자고 한 건 무슨 용기였는지 모르겠다.

그녀가 제 행색을 내려다봤다. 좀 더 예쁘게 입고 올 걸 그랬나 보다.

"그래서, 뭘 기대했는데?"

"네? 뭐가요?"

"데이트로 뭘 하고 싶었냐고."

그녀가 운전에만 열중하고 있는 그를 놀란 눈으로 보았다.

"데이트로 인정해주시는 거예요?"

"데이트든 볼 일 보러 나온 거든 무슨 상관이겠냐. 그저 단어 차이지."

그는 그 어떤 것에도 의미가 없다는 듯 말했다. 사귀자고 할 때도 그랬다. 그 단어에 의미가 없다는 듯. 어차피 같이 지내고 있으니, 사귀나 그냥 지내나, 덜 귀찮은 쪽으로 가자는 느낌이었다.

"전 엄청 상관있어요."

"그럼 상관하시고. 배 안 고프냐? 밥이나 먹자."

그가 어딘가로 차를 몰았다. 여기서 얼마나 살았을까? 길이 익숙해 보였다.

조용한 밥집에 들어가서 이곳에서 맛있다는 음식을 멋대로 시킨 그는 음식이 나오자마자 빠르게 먹기 시작했다.

"안 먹어?"

"첫 데이트에 백반은 너무 해요."

"그래서 안 먹는다고? 그럼 나 주든가."

"그건 아니고요."

밥그릇을 가져가려는 그를 말리고 숟가락을 들었다.

"깨작거리지 말고."

"안 그래요."

"안 그러긴. 딱 그래 보이는데. 편식하지 마라."

"편식 같은 거 없어요. 다 잘 먹어요."

"근데 왜 그래? 밥다운 밥 먹어본 지 오래된 거 아니야?"

순간 '댕' 하고 머리를 맞은 것 같았다.

"그거 생각해서 여기 들어온 거예요?"

"아니. 나 여기밖에 몰라."

"감동할 뻔했잖아요."

"해도 되지. 결과는 같은데."

"그럼 할래요. 나 집밥 구경하라고 이런 데도 와주시고 감사합니다."

그녀가 크게 밥을 떠 입에 넣었다. 자신이 먹는 모습을 보던 그가 다시 밥을 먹었다. 꼭 밥도둑이 밥을 잘 먹나 확인하는 것 같은 눈빛인데. 그렇다면 진짜 감동이었다. 그녀가 밥을 잘 먹는지 안 먹는지 확인했던 건 할머니뿐이었다. 그러니까 착각이라도 감동하고 싶었다.

"물은 안 먹냐?"

"할머니께 밥 먹을 때 물 먹지 말라고 배워서."

입에 음식을 잔뜩 물고 이야기하자 그가 코웃음을 쳤다.

"밥 먹을 때 말하지 말란 말씀은 안 하셨고?"

"하셨지만 어른이 여쭤보시는데 대답하라는 가르침도 중요하니까."

"그래서, 부모님은 안 계시고 혼자 자랐다고?"

그의 기습 질문에 그녀가 잠시 씹는 걸 잊은 채 눈을 동그랗게 떴다.

"……네."

비슷했다. 엄마가 있지만 없는 것과 다름없었다. 가족이라고 하기엔 끼기가 어려웠다.

"학교는?"

"고등학교 졸업은 했어요."

"뭐, 혼자치고는 잘 자랐네."

그녀가 옅은 미소를 지었다. 학교를 다니기 위해, 무사히 그곳을 나오기 위해 매 순간 눈치를 살피고 살가움을 장착하며 살아왔다. 그것도 잘 살아온 거라고 누군가 말한다면 아니라고 말할 수는 없을 것이다.

"형님은요?"

"나? 나 뭐. 아, 나는 대학도 졸업했지."

"이 동네 출신……."

"다 먹었으면 가자."

"저 아직 질문 안 끝났……."

"주인어른 노려보는 거 안 보이냐? 여기 문 닫아야 돼."

그녀가 주인을 향해 돌아보는 사이, 그가 먼저 일어났다. 노려보긴커녕 주인은 어디 있는지 보이지도 않았다.

자기 얘긴 하나도 해주기 싫다 이거구나.

그녀가 그를 살짝 노려보다가 눈이 마주치는 순간, 얼른 미소를 짓고 그의 앞으로 다가갔다. 그가 다 안다는 듯 눈을 가늘게 뜨고는 빨리 오라는 듯 손가락을 까딱거렸다. 그녀가 물컵을 들고 그의 앞으로 갔다.

"약 드세요."

"이따가."

"안 돼요, 지금."

그녀가 얼른 약을 까서 그에게 주자, 그가 아주 못마땅한 표정으로 약을 바라보다가 마지못해 먹었다.

"가자."

빠르게 나가는 그를 그녀가 얼른 따라나섰다.

"이제 어디 가실 거예요?"

"집에 가야지."

집. 그 말에 두 사람이 서로를 바라봤다. 집이라는 말에 그녀는 알 수 없는 뭉클함을 느꼈다. 일그러지는 듯했던 그가 그녀를 보고 당황스러운 표정을 지었다.

"왜요?"

"뭐가?"

"표정이 이상해서요."

"너 나 좀 그만 봐라. 닳아 없어질까 봐 무섭다."

"안 없어질 정도로만 볼게요."

"하, 내가 왜 서준이 떨구려고 너를 선택했을까. 한 마디도 안 지는 너를."

"제가 덜 귀찮아서요?"

"그래, 그런 줄 알았지."

그가 못 이기겠다는 듯 고개를 저었다.

왜 괜히 그를 괴롭히고 싶어지는 걸까?

그녀가 음흉하게 웃었다.

"집에 가기 전에 뭐 하나만 더 하면 안 돼요?"

"뭘 또 해."

"뭘 했다고 또에요? 밥밖에 안 먹었는데."

"인생은 밥 먹는 거 말고는 할 게 없어요."

"커피 사주세요."

그가 인상을 찌푸렸다.

"너 우리 카페 잊어먹었냐? 맨날 먹는 커피를 왜?"

"맨날 타주기만 했고요. 다른데 맛있는 커피도 마셔보고 싶어요. 혹시 알아요? 우리 카페에 도움될지."

"누가 보면 네가 사장인 줄 알겠다."

"사장 여친이죠."

그는 반박하지 않았다. 따지는 게 무슨 의미가 있냐는 표정인 걸 보니, 사장이든, 사장 형님이든, 사장 아버지든 다 상관없어 보였다.

그런데 왜 집이라는 말에는 그런 표정을…….

"왜 넋 빼고 있어? 빨리 유명한 데 찾아봐."

"정말요? 지금 찾아요, 지금."

그녀가 휴대전화로 주변 검색을 했다. 근처에 유명한 카페가 세 개나 있었다.

외관이 예쁜 곳으로 가고 싶었으나, 그는 가까운 곳을 원했다. 시내는 주차가 힘든 탓이었다. 얻어 타는 처지인지라 당연히 얌전히 그의 말을 따랐다. 그게 기특했는지 도착하자마자 그가 커피를 종류별로 세 개나 시켜주었다.

"월급 받으면 제가 꼭 쏠게요."

커피를 앞에 둔 그녀가 황홀한 표정으로 말했다.

"너 2주 전에 월급 받았거든?"

"그건 제가 필요한 거에 썼죠."

그 말에 그가 좀 흥미를 느낀 듯 눈을 빛냈다.

"네가 필요한 게 뭔데?"

"그야 먹을 거 하고 입을 거 그리고…… 형님이요."

푸시시, 그의 반짝이던 눈빛이 꺼졌다.

"먹고 살기 힘들겠다, 너도. 나한테 잘 보이려고 애를 쓰니."

"혹시 이런 거에 내가 이쁘게 보여요? 이런 거 통해요?"

"안 통하니까 안 됐다고 하는 거지."

그녀가 입을 실룩였다.

"근데 사실이란 말이에요. 전 형님이 필요해요."

"네네. 안 그래도 오늘 잘 쓰고 계시네요."

햇살이네
카페에서

"아직 진짜 필요한 거에는 못 썼어요."

"뭐? 야, 나와서 운전해줘, 밥 사줘, 커피 사줘, 뭐에 더 필요한데?"

"같이 자고 싶어요."

휘둥그레 눈을 뜬 그가 주변을 살피더니 미간을 좁혔다.

"너 미쳤냐? 지금 뭔 소리 하는 거야?"

"뭐가요. 형님 등 안고 자고 싶어요. 전부터 말했잖아요. 그래서 사귀자고 한 거고."

그가 커피를 마셨다. 마시고, 또 마시고, 또 마셨다. 그러더니 한참 후에야 입을 벌렸다.

"안 돼."

"아, 왜요?"

"내 몸은 소중하니까."

"제 몸은 안 소중해서 형님을 필요로 하는 게 아니라고요."

"누가 뭐래? 하여튼 안 돼. 쪼끄만 게 되바라지긴."

"아니, 안고 자고 싶은 게 왜 되바라진 겁니까? 사귀는 사이에선 당연한 거지."

"손도 안 잡았는데 안고 잔다는 게 되바라진 거지. 하여튼 요새 애들 무섭다니까. 어디서 진도를 띄엄띄엄……."

그가 놀란 눈으로 그녀를 보았다. 그녀가 덥석, 그의 손을 잡은 것이다. 자신도 해놓고 놀랍긴 해서 같은 눈으로 그를 보았다. 눈이 마주치는 순간, 심장이 터질 것 같았다. 그가 놀란 듯 입을 오물거렸다.

"어……, 어쭈……?"

그가 손을 치우려고 하는 것 같아 엉겁결에 그녀가 더 강하게
잡았다.

"무, 무섭게 왜 이러냐?"

"아니, 그게요……. 손이 너무 따뜻해서 좋아……요."

"뜨겁진 않고? 지금 열 뻗치는데?"

그가 짜증스럽다는 듯 말하자 그녀가 순진무구한 눈으로 고
개를 저었다.

"엄청 따뜻해요."

"진짜 미치겠네."

그녀가 헤, 웃자 그가 뿌리치려던 손을 멈췄다. 그녀가 반가
운 기색으로 물었다.

"저 옆에 앉아도 돼요?"

"안 돼. 들이대지 말라고 했지? 확, 그냥."

손을 치우려는 모양새에 그녀가 잠시 움찔하더니 곧 슬금슬
금 얼굴을 들이밀었다. 그가 뒤로 물러섰다.

"안 돼. 안 돼, 너. 안 된다고 했다?"

거부감이 너무 커서 그녀는 상처받기 일보 직전이었다.

"치. 안 가요, 안 가."

그녀가 손을 거뒀다. 철판을 깔고 얻은 따뜻함이 손안에 남았
다.

아, 오늘 밤 이걸로 견딜 수 있겠다. 같이 자면 좋을 텐데. 그
의 온기를 느낀 후부터 다락방이 너무 쓸쓸했다.

"근데 형님, 추운 데서 자면 입 돌아간다고 말하시던 분이 왜 카페에서 자는 거예요."

"그럼 어디서 자? 서준이네선 자기 싫은데."

그가 그녀가 잡았던 손을 괜히 여기저기 닦으며 말했다. 하여튼 싫은 티는 엄청 냈다.

"다락방에서 자면 되잖아요."

"안 돼. 덮칠까 봐 무서워."

고집불통. 알긴 알았지만 보통 고집이 아닌 듯했다.

"안 덮칠게요."

"뭐?"

인상을 쓰던 그가 갑자기 피식, 웃었다. 그는 자신이 무슨 말만 하면 입술 끝을 살짝 올리며 웃었다. 비웃는 것 같기도 하고 속을 모르겠지만 기분이 나쁘지 않은 이유가 뭘까. 그를 정말 좋아하게 됐나 보다.

"매트리스 꺼내놓을게요. 그냥 원래 자리에서 주무세요. 전 다른 알바생들 잔 곳에서 자면 돼요."

"됐으니까요. 님이나 다락에서 많이 주무세요."

"다락에서 안 자면 매일 손 잡을 거예요?"

"그걸 협박이라고 하는 거냐?"

"응? 안 통하나?"

그녀가 손을 뻗자, 그가 급하게 뒤로 물러섰다. 겁먹은 표정이 재미있어 웃음이 났다.

"쪼시긴."

"그래. 나 쫄보니까 함부로 손대지 마."

그의 말에 웃긴 했지만 곧 씁쓸함이 느껴졌다. 그가 자신을 많이 좋아해주면 얼마나 좋을까. 먼저 손을 잡아주고, 놓기 싫어하고, 말 안 해도 안아주고, 내내 따뜻함을 느끼게 해준다면.

어쩌면 그런 날은 오지 않을지 모른다. 하지만 언제나 없었으니까, 괜찮을지도. 그래도 이 순간은 행복하니까.

슬퍼지고 싶지 않아 그녀는 다시 웃었다.

*
**

아, 다락방에서 자고 싶다.

해주가 늘 다락방에서 자라고 해서가 아니었다. 카페에서 자니 아침에 부산스럽게 일어나는 해주 때문에 늦잠을 잘 수 없었다. 그녀가 일어나서 카페를 열 준비를 하면 다락방에 올라가서 좀 더 잠을 청하는 형국이었는데, 그게 참 뜻대로 되지 않았다.

대게는 청소 때문이었다. 더 정확히 말하면 청소를 하는 그 도구들 때문에.

그녀는 바닥뿐 아니라 테이블과 의자 모두를 닦았다. 보통 테이블만 신경 쓰기 마련이지만 사실은 의자가 더 더러울 수 있다나. 어쨌든 보이는 모든 곳을 닦고 나면 몇 개나 되는 걸레를 손으로 빨았다.

그러고 나선 주방으로 들어가서 보이는 모든 것을 닦고 또 닦는 것이었다. 그러면 또 행주 몇 개가 빨래로 나왔다. 그럼 또

햇살이떠 카페에서

그 손으로 빨래를 했다.

"그만 좀 해."

"아직 안 올라가셨어요?"

"올라가게 생겼어?"

"왜요? 저 보고 나니까 눈을 못 떼겠어요?"

"그런 말을 어떻게 아무렇지도 않게 할까?"

그가 그녀를 빤히 보았다.

"왜……요?"

"아무렇지도 않은 게 아닌 거 아닌가?"

"네?"

그래, 보통의 사람이라면 저런 말이 술술 나올 리가 없었다.
애초에 애교가 철철 넘치거나, 아니면, ……연습?

번쩍, 그의 머리에 번개가 치는 것 같았다.

"아직 잠 덜 깨셨어요?"

뻔뻔한 척 넉살을 떠는 것들이 태생이 아니라 애써 연습을
하는 걸지도 모른다고 생각하자, 그의 마음 한쪽이 아릿했다.

"그거나 이리 줘."

"네? 뭐요?"

"뭐긴. 행주지."

"네?"

그녀 앞에 들린 행주 몇 개를 뺏어서 싱크대 앞으로 갔다. 물
을 틀자 그녀가 눈을 크게 떴다.

"뭐하시게요?"

"빨게."

"네?"

그녀가 그에게 다가와 얼굴 앞으로 손을 휘저었다.

"아직 잠 덜 깨신 거 맞죠?"

미치겠네. 순진하게 왜 이렇게 붙어?

은태는 그녀가 가까이 다가오는 게 무서웠다. 잊으려 애썼던 잔상은 사라지지 않았다. 오히려 눈덩이처럼 다른 상상, 자극과 함께 불어났다.

승호가 떠난 이후 시체처럼 살아내느라고 단 한 번도 성욕을 느껴본 적이 없었다. 배가 고파지는 자신도 경멸했는데 하물며 여자에 대한 생각 따위를 할 리가.

유혹해 오는 여자가 없었던 것은 아니었다. 이곳은 카페였고 별의별 사람들이 다 다녀갔다. 그런데 이렇게 폭발하듯 성욕을 느끼게 하는 인물이 나타날 줄은 몰랐다.

아마도 너무 오랜만이라고, 그래서 그런 것이라고 자신을 다독이는 밤을 보내고 있는데, 그녀가 수시로 이렇게 다가와 자신을 괴롭히는 것이었다.

그녀가 멋대로 손을 잡은 이후로는 순간순간 자신의 건강함을 확인하게 되는 것 같아서 무서운데, 더 무서운 건, 덮칠까 봐 무섭다는 말의 주어를 그녀가 곽은태가 아닌, 윤해주로 알아듣는다는 것이었다.

아무것도 모르는 애를 두고 이게 무슨 짓이야.

아침이라 더 그럴 것이다. 아침엔 원래가 자동 아닌가. 그가 귀찮다는 듯 손으로 그녀를 보내는 시늉을 했다.

"아니. 난 자는 중이야. 몽유병 있거든. 신경 끄고 가서 일
봐."

"와, 유익하다, 몽유병."

갈 생각을 하지 않고 자신의 앞에서 웃는 그녀를 보자니, 안
고 싶다는 충동이 일었다. 안아도 그녀는 화를 내지 않을 것이
다. 사귀는 사이에 당연한 거라고 좋아할지도.

그런 식으로는 안 돼!

그가 행주를 꽉 잡았다.

"네가 빨래?"

"아니요!"

"그럼 가서 얌전히 형님이 빨아 주시는 행주 쓸 생각에 설레
기나 해라."

"네. 잘 부탁드립니다."

그녀가 커피머신 앞으로 가서 커피잔을 정리했다. 잠시도 쉬
지 않는 게 그녀의 장점이자 단점이었다.

얼마나 일을 하며 살아왔을까.

그녀를 잠시 바라보니, 시선을 느꼈는지 해주가 고개를 돌렸
다. 눈이 마주치자 그녀가 미소를 지었다.

예쁘긴…… 예쁘네.

생각하자마자 아랫도리가 뻐근해졌다.

짐승남이라고 큰소리쳤는데 언제 이렇게 아예 짐승이 됐지?

"하아."

그의 큰 한숨에 그녀가 눈을 흘겼다.

"알았어요, 안 볼게요."

멍청하긴.

"그래. 제발 좀 가만히 있어라."

그가 중얼거리듯 말하며 박박 행주를 빨았다. 경건한 마음으로 행주를 하얗게 만들며 자신을 가라앉히는 차에 카페 문이 열렸다.

"이거 지금 제 꿈속입니까?"

해주가 인사를 하기도 전에 요란스러운 소리가 들려왔다. 서준이었다.

"아니, 지금 이 시간에 형이 일을 하다니요?"

"안녕하세요, 서준 오빠. 오빠 꿈속이 아니라, 형님 꿈속이에요."

"응?"

"지금 몽유병 중이시래요."

해주의 말에 무슨 소리냐는 듯 바라보는 서준을 향해 늘 하는 인사를 했다.

"넌 아침부터 왜 왔냐?"

"왜요? 내가 형 여친 뺏어갈까 봐 겁나요?"

이건 또 뭔 헛소리야. 하여튼 징그러운 녀석.

그가 피식, 웃자, 서준이 발끈했다.

"응? 지금 비웃는 겁니까?"

"당연하지. 우리 해주가 네가 뺏는다고 막 가고 그럴 애가 아

158 햇살이며
카페에서

니거든."

그가 장난 반을 섞어 믿음직스러운 눈으로 그녀를 보았다. 그런데 그녀의 눈빛이 이상했다.

뭔가 실수했나. '집'에 가자고 말할 때도 저런 표정을 지었던 것 같은데.

시내에 나갔다가 집에 가자고 했을 때, 자신이 말해놓고도 놀랐었다. 집이라니. 은태에게 이곳은 무덤일 뿐이었다. 그런 데 자연스럽게 집이라고 말하고 있었다. 저도 모르게 튀어나온 단어가 마음에 들지 않아 미간을 좁히고 있는데 그녀가 눈에 들어왔다. 마치 처음 듣는 단어처럼 뭔가 그녀의 마음을 건드린 것만 같았다.

설마, 마음의 집조차 없이 살아온 건 아니지?

아니, 그럴 수 있었다. 부모가 없었다면. 그런데 지금은 왜 그런 표정을 짓는 건데?

"우리 해주우? 우우리 해주우? 지금 우리라고 했습니까?"

뜻하지 않게 서준이 힌트를 주었다. 설마 '우리'라는 말 때문에? 그가 의아한 눈으로 그녀를 보았다. 그녀가 얼른 그의 팔짱을 끼었다. 찌리리릿. 그의 몸에 전기가 흐르며 열심히 잊고 싶은 그 잔상이 팔에 닿는 게 느껴졌다.

아니, 겨우 가라앉혔는데.

"당연히 우리 해주죠. 우리는 사귀니까요."

그녀가 그를 올려다봤다. 예쁘다. 예뻐서 죽을 것 같고 어디에 피 쏠려 죽을 것도 같았다.

죽이고 싶다, 윤해주.

그의 눈빛을 눈치챘을 거면서도 그녀는 굴하지 않고 미소를 지었다. 그는 잠시 생각했다. 이거 진짜 꿈 아닐까. 대체 왜 예뻐 보이냐고.

"와, 진짜. 너무하네. 두 분 모솔 앞에서 이러지 맙시다."

서준의 울먹이는 목소리에 해주가 얼른 팔을 빼고 사과했다.

"앗. 죄송해요. 모솔이신지 몰랐어요."

"그지? 나 완전 여자 많게 생겼지?"

"네? 아, 네……."

은태가 큭, 웃었다. 해주는 거짓말을 하면 티가 났다. 그가 곤란한 해주를 대신해 말을 돌렸다.

"상처받고 안 올 줄 알았는데 왜 왔냐?"

"왜긴요. 심심해서죠."

실연의 아픔도 심심함은 못 이기나보다. 그래도 꽤 갔지. 열흘 넘게 얼굴을 안 보였으니까.

"저 한동안 무지 아팠습니다."

서준이 처진 목소리로 말하자 해주가 놀란 눈을 떴다.

"독감이라도 걸리신 거예요?"

"독감? 그래. 그런 거랑 비슷한 거에 걸렸지."

"진짜요? 병원은 다녀왔어요?"

거짓말은. 잘 있는 건 틈틈이 확인했었다. 아는 사람이 잘못되는 게 싫어 자신도 모르게 살피는 버릇이 생겼다. 그래서 아는 사람을 만드는 게 싫었다. 서준이 따라다니는 게 싫었던 것도 그 이유였는데 이젠 해주까지 생겨버렸다.

도대체 무덤이 이렇게 시끄러워서야.

"그럼 둘이 놀아라."

어디 가세요! 두 사람이 동시에 물었다. 그가 다락방을 가리켰다.

"자러."

서준의 눈이 휘둥그레졌다.

"네에? 두 분 벌써 다락에서 동거하시는 겁니까?"

"아니……."

"세상에! 하여튼 불타는 청춘들. 내가 이럴 줄 알았지. 이럴 줄 알았어. 그때 같이 잤다고 할 때 알아봤어야 했는데, 나만 미련스럽게 고백하고 차이고."

"아니, 아니요, 그게 아니라 서준 오빠."

"됐어. 설명하지 마."

은태가 그녀를 말렸다. 설명해봤자 이미 늦었다. 믿고 싶은 대로 믿는 이서준은 오늘 또 독감에 걸릴 것이다. 이번 건 한 3주쯤 갔으면.

이렇게 사람 사는 느낌이 나는 게 아직 그에겐 무섭고 떨렸다.

다시 발을 들일 수 있을까?

다락으로 올라온 그가 해주의 살림을 찬찬히 보다가 들려오는 웃음소리에 눈을 질끈 감았다.

연관이 생기고 깊은 유대감을 갖고 관계가 이어지는 삶에

적응할 자신이 없었다. 누군가가 또다시 눈앞에서 사라지고 그것을 견뎌낼 자신도 없었다. 누군가를 사라지지 않게 만들 자신은 더더욱 없었다.

모두 사라질 것이다.

그 생각을 하자마자 바다에서 갑자기 사라진 승호의 모습이 떠올랐다. 뻗은 손 앞에서 사라져버린 승호.

덜덜 손이 떨려왔다. 못할 것이다. 안 할 것이다. 그가 무너지듯 주저앉았다.

해주가 오기 전까지는 생각할 필요도 없었는데.

당연히 아무 생각도 안 하고 살아갈 삶이었다.

대체 왜 내보내지 못한 것인가. 그녀의 무엇이, 이토록 그를 미련하게 만드는 것인지, 그는 알고 싶지 않았다. 그저 이 이상은 가까이하지 않도록 노력해야 한다는 생각뿐이었다.

9.

"꺄악!"

카페 소파에서 자던 은태가 벌떡 일어났다. 우당탕탕 한바탕 큰 소리가 나더니, 누군가의 실루엣이 보였다.

"뭐야, 악몽이야?"

귀신 보이는 꿈인가 싶었는데 숨결이 느껴졌다. 제대로 살아 있는 숨결, 해주의 숨결이었다. 귀신이라고 생각할 때도 그렇지 않았는데 해주의 숨결에 단번에 그의 몸이 오싹해졌다. 그에게 발정 귀신이 붙은 모양이다.

"뭐야, 무슨 일이야?"

"버, 벌레 있어요."

그녀와 있으면 정말이지 웃음밖엔 나오지 않았다. 지금 벌레에 이 야단을 친 거야?

"난 또 무슨 일이라고. 가서 잘 잡고 자라."

그가 도로 벌렁 누웠다. 그녀가 머리까지 덮으려는 이불을 꼭 붙들었다.

"아니, 그렇게 태연할 문제가 아니에요. 엄청 큰 지네라고요."

"이런 곳에 지네 있는 게 무슨 큰일이라고. 날씨 따뜻해져서 슬슬 기어나오나 보네."

"그렇게 태평하실 거예요? 뭐가 간지럽기에 머리카락인 줄 알고 잡았는데 지네였어요! 걔가 내 몸을 막 기어다녔다고요."

"뭐? 걔를 잡았어? 어딘데? 물린 데 없어?"

그가 벌떡 일어났다. 그녀가 목덜미를 가리켰다. 그가 휴대전화로 조명을 켜고 그녀의 목덜미를 밝혔다.

혹, 하고 한눈에 보이는 하얀 목덜미에 그는 순간 아찔해졌다. 저도 모르게 꼴깍 마른침을 넘겼다. 다행히 그녀는 정신이 없어 보였다.

"물리진 않았는데 그때부터 이상한 냄새가 나요."

"무슨 냄새."

"맡아봐요."

그녀가 다시 목덜미를 가리켰다.

제길. 얘가 대체 나한테 왜 이럴까.

그가 머뭇거리자 다급한 그녀는 빨리 좀 맡아보라는 듯 더 가까이 다가왔다. 그가 조심스럽게 목덜미에 코를 댔다.

윽. 약물 냄새 같기도 하고 노릿한 냄새 같기도 한 이 냄새, 뭔지 알 것 같았다.

"이건 지네 아니고 노래기잖아."

"네? 노래기가 뭐예요?"

"있어. 나쁜 거 아니야. 그냥 좀 건드리면 냄새 나서 그렇지."

"그, 그래서요?"

"그래서는 무슨 그래서야. 가서 그냥 자면 된다고."

"혀, 형님?"

"아, 그래. 좀 씻고 자라. 냄새 심하다."

그가 다시 누우려고 했지만 성공하지 못했다. 그녀가 멱살을 잡은 것이다. 그가 놀라 그녀를 보았지만 그녀는 자신이 지금 뭘 하는지도 모르는 듯했다.

"어이, 동생? 지금 뭐하는 걸까?"

"형님, 진짜 너무 하시는 거 아니에요?"

"더 너무한 사람 찾는 거면 네가 너무하지. 형님한테 지금 무슨 짓……."

"그 징그러운, 다리가 수백 개 달린 벌레를 제가 만졌다고요. 그런데 그냥 가서 자라고요?"

"아니, 씻고 자. 냄새 심하다."

"난 못 자요."

"난 잘래."

"형님!"

그녀가 더 바싹 그에게 다가와 목덜미를 조였다. 이러다가 그녀가 자신의 무릎에 앉을 것 같았다. 은태가 한숨을 쉬었다.

"알았어. 내가 잡아줄게. 일단 넌 좀 씻고 와. 냄새 엄청나서 숨 쉬기 힘드니까."

"정말요? 가, 감사합니다."

그녀가 잡았던 멱살을 풀고 꾸벅꾸벅 인사를 했다. 그가 코웃음을 쳤다.

"이제 와서 예의를 차린다 한들 내가 널 곱게 볼 것 같냐?"

"진심에서 우러난 인사였을 뿐이에요."

표정이 밝아진 그녀가 쏜살같이 화장실로 달려갔다.

"하여튼 신경 쓰게 하는데 일인자야."

그가 자리에서 일어나 다락으로 올라갔다. 생각보다 훨씬 두껍고 큰 노래기가 바닥 구석을 기어가고 있었다. 보자마자 단번에 미간이 좁아졌다.

"이런 게 그 목에서 꿈틀거렸으니, 무서울 만도 하네."

그녀가 멱살을 잡았던 걸 떠올리자 웃음이 났다.

"귀여운 짓도 가지가지지."

그가 창문을 열고 휙, 노래기를 던지고는 아래로 내려왔다. 아직도 씻고 있는지 물소리가 났다.

샤워하나.

생각하다가 고개를 저었다. 그가 자신의 자리에 누웠다. 당연히 잠은 오지 않았다. 목덜미 생각이 났다. 하얗고 부드러워 보이던 목덜미. 그러자 무심코 보았던 그녀의 몸이 천천히 떠오르며 그의 아랫도리에 힘이 들어갔다.

"안 돼, 안 돼, 안 돼. 생각하지 마. 짐승 놈아."

스스로 다그치는 중에 물소리가 끊기더니 한참 뒤에야 화장실 열리는 소리가 났다.

올라갈 줄 알았던 그녀가 자연스럽게 그의 옆에 자리를 만들었다. 그가 몸을 일으켰다.

"너 뭐하냐?"

"오늘 여기서 잘래요."

"그래? 그럼 내가 올라가서……."

"안 돼요!"

그녀가 그를 붙들었다.

"형님은 옆에서 자줘야 돼요."

빚 받으러 온 것만 같은 당당한 태도에 그가 눈만 깜빡깜빡 떴다.

"내가 왜?"

"사장님이잖아요. 책임져야죠."

"야, 사장이 무슨, 직원 잠자리를 책임지냐?"

"여기 숙식 제공이잖아요. 먹을 걸로 치면 음식에서 벌레가 나온 거잖아요. 근데 벌레 나온 음식을 그냥 먹으라는 겁니까?"

"말은 바로 하자. 벌레 나온 음식이 아니고 벌레 나온 잠자리……."

그게 그거긴 하네.

계속 말하다 보면 그녀에게 말릴 것만 같아 그가 입을 다물었다. 그사이 그녀가 그의 자리 옆으로 완벽하게 자리를 잡았다.

"가지 마요. 벌레 나타나면 잡아줘야 하니까. 이 카페는 복지가 안 돼 있어."

"뭐야? 해고 안 시키고 다니게 해줬더니, 복지를 찾아?"

"인지상정이죠."

"안 돼. 장난치지 말고 빨리 올라가."

"장난 아니에요. 진짜 무섭다고요. 봐요. 여기를 막 그 다리 많은 벌레가 기어다녔다고요."

그녀가 옷을 획 젖히고 목덜미를 보였다. 의식하지 않으려고 애썼지만 결국 하체가 뜨거워지는 것을 느꼈다.

아, 제발, 저를 시험에 들게 하지 마십시오.

"알았어, 알았어. 자."

"나 잠든 줄 알고 뒤늦게 올라가서 자면 따라갈 거예요."

"알았어. 알았다고."

그가 그대로 누워서 등을 돌렸다. 뭐라도 생각해서 평온을 찾고 싶은데 아무 생각이 나지 않았다. 다큐멘터리 공부를 했던 그로서는 그녀의 목덜미 위를 부드럽게 건드리며 천천히 걸어가는 노래기 영상이 떠올랐다. 아니, 실은 그것에 간지러워하고 있던 그녀의 목덜미였지만 깊이 생각하지 않으려고 애썼다.

그때 무언가가 등에 닿았다. 그녀의 이마였다. 그가 놀랄 만큼 움찔하자 그녀가 고개를 들었다.

"죄송해요, 놀랐어요?"

"당연히 놀라지. 뭐 하는 거야?"

"아니, 그냥…… 자세를 돌렸는데 이마가 닿아서요."

거짓말. 그녀의 거짓말은 정말 티가 많이 났다.

"너, 내가 남자인 거 잊었냐?"

"아니요. 근데 어차피 형님은 제가 여자인 건 모르시잖아요."

속웃음이 났다.

모르긴 뭘 모르냐. 너무 알아서 미치겠는데.

"그래. 맞다. 난 아무것도 모른다."

모르고 싶다. 아무것도. 누군가 죽어도 식욕이 있다는 걸 알 았지만 성욕까지 있다는 사실 같은 거 진짜 모르고 싶다. 그러 면 진짜 너무 짐승이잖아.

"형님."

고요하고 컴컴한 밤에 두 사람이 나란히 누웠다.

"왜?"

"등 조금만 빌려주세요."

"넌 왜 그렇게 등을 노리냐?"

"그냥 형님 등 너무 따뜻해요."

"네가 찬 거야."

"네?"

"네가 차가운 거라고."

그녀가 잠시 말이 없었다. 자나 싶었는데 그녀가 그를 돌아 봤다.

"형님."

"왜."

"우리 진짜 사귀면 안 돼요?"

"사귀고 있는 거 아니었어?"

"아직 형님에게 아무 의미도 없는 거잖아요."

그가 그녀를 돌아봤다. 알고 있었구나. 눈치가 빠르다는 게 가엾어진다.

"이대로가 좋아."

"역시 다른 사람 있는 거죠? 마음에 둔 어떤 사람."

단번에 승호가 떠올랐다. 내가 행복하면 미안할 사람.

"그래."

그의 말에 그녀가 잠시 침묵했다.

"그래도 저도 좀 생각해주세요."

어둠 속에서 그녀의 말이 울렸다. 사실은, 생각하고 있다. 승호 다음으로 그녀도 생각하고 있다. 그런데 언젠가는 그녀만 생각할까 봐 그게 너무 무섭다.

"해주야."

"네?"

"그러지 마."

그의 간절함을 읽었는지 그녀는 작게 속삭였다.

"네…… 죄송합니다."

기가 죽은 그녀의 목소리와 함께 몸을 돌리는 게 느껴졌다.

울까? 울리기 싫은데. 아프게 하기도 슬프게 하기도 싫은데.

"너한테 등 빌려줄 수 없는 이유가 있어."

"알아요. 다른 사람 때문에……."

그가 휙, 그녀의 몸 위로 올라갔다. 그녀가 놀란 듯 눈을 크게 떴다.

몸이 제어가 되지 않아. 등만으로는 안 된다고.

그가 얼굴을 가까이하자 그녀가 저절로 눈을 감았다.

다른 사람이 있다는데 허락하지 말아야지, 바보야.

입술이 닿을 때까지는 번뇌에 둘러싸인 인간이었다. 그러나 입술이 닿는 순간부터는 그 어떤 생각도 하얗게 분해되어 가루처럼 날렸다. 자신의 인간성마저 그렇게 사라져버렸다. 그의 머릿속은 눈보라였고 그의 몸은 뜨거운 마그마였다. 이성이 사라져갔다.

제어, 제어해야 돼. 제어……!

그가 겨우 입술을 뗐다. 천천히 눈을 뜨는 그녀의 모습이 보였다. 그저 예뻤던 그녀가 이제는 더 이상 그렇게 보이지 않았다.

그녀는 이제 마녀였다. 그에게 욕정을 품게 하고 소유욕을 만들고 철저히 동떨어졌던 이 세상에 유대감을 만들 마녀. 그걸 거부할 힘을 방금 빼앗겼다. 뜨겁고 달콤한 그녀의 입술에.

아니, 아직은 아니야.

"자라, 그만."

그가 그녀의 몸 위에서 내려와 등을 돌렸다.

잠시 후, 그녀의 이마가 등에 닿는 게 느껴졌다. 그는 거부하지 않았다. 아마도 해주를 향한 죄책감이었다.

＊
＊＊

해주는 눈치를 보고 있었다. 그가 혹시나 와서 어제 일을 사과할까 봐.

그녀는 사과를 받고 싶지 않았다. 그를 유혹했다고 비난받아
도 좋았다. 그녀는 그와 접촉을 하고 싶었고, 그게 등이든 입술
이든 좋았다. 그는 따뜻했다.

'네가 차가운 거라고.'

그는 알고 있었다. 자신이 그저 햇살을 받아야 보이는 달처럼
아무 생명력 없는 돌덩이일 뿐이라는 것을.

그제야 자신이 왜 이렇게 따뜻한 것을 찾는지 알 것 같았다.
햇살이 필요했다. 자신에게 빛이 되어줄 햇살이.

그래서 은태에게 끌렸던 거겠지.

개에게 햇살 같은 미소를 지으며 이마를 비벼주던 그에게서
그 빛을 본 것이다.

진짜로 사귀고 싶다. 그에게서 햇살을 받고 열기를 얻고 싶
다. 자신을 잘 알고 있는 그를 가지고 싶다.

'우리 진짜 사귀면 안 돼요?'

그에겐 다른 사람이 있다고 했다. 그게 마음속 깊이 있든 가
득 차 있든 어쨌든 몸은 자신과 있었다. 그래서 이용해버렸다.
그의 눈빛엔 번민이 가득했지만 그녀는 모른 척 눈을 감았다.
그의 실체를 붙들고 입을 댔다. 어쨌든 몸은 자신에게 있다고,

햇살이여
카페에서

그렇게 그를 유혹했다.

이기적인 인간.

나쁜 건 그가 아니라 자신이었다. 그러니까 사과를 한다면 자신이 해야 했고 그에게는 절대로 사과를 받고 싶지 않았다.

그가 다락방에서 내려왔다. 그를 보자마자 심장이 쿵쾅쿵쾅 뛰었다. 그가 장갑을 벗어 턱턱 바지에 털었다.

"일단 구석구석 손 봤다. 걔네들 습하면 나오는 것들이야. 가뜩이나 햇빛도 잘 안 들어오는데 보일러도 좀 잘 틀어놔."

"네."

서로 얼굴을 보지 않은 채 대화를 했다.

자신이야 떨려서 그를 똑바로 볼 수가 없었다 쳐도 그는 왜일까. 혹시 실수를 하게 만든 장본인이라 싫어진 걸까.

"문도 다 고쳐놨어."

"네."

"그리고 어제 일은⋯⋯."

"죄송합니다."

그녀가 다급하게 그의 입을 막듯이 말했다.

"어제는 죄송했어요."

눈이 마주치자 심장이 파르르 떨렸다. 그런데 그는 비웃듯 입술 끝을 올리고 팔짱을 끼었다.

"그래. 네가 네 죄를 알긴 아나보네? 아무리 무서워도 그렇지, 감히 내 멱살을 잡아?"

"네?"

"건방 떨지 마라? 하극상은 안 돼. 한 번만 더 그러면 쫓아낼 줄 알아."

"아……, 네."

"간다."

"어디요?"

"창고에 등 달러."

"네."

그가 그대로 나갔다. 키스에 대해 한 마디라도 할 줄 알았는데 아무 말도 하지 않았다.

어떻게 키스를 해놓고 저렇게 똑바로 쳐다보면서 쫓아낸다고 할 수가 있어? 설마, 아예 없는 일 취급한다는 건가.

그럴 가능성이 농후했다. 그게 없는 일이 될 수가 있나 생각하자 미간이 절로 좁혀졌다. 하긴. 그가 간절히 말했었다. 그러지 말라고. 그런데도 자신이…….

"아닌데? 그러지 말라고 해서 그 뒤로 사과하고 바로 등 돌렸는데 형님이 갑자기 올라왔잖아."

그래서 키스하고 등에 기대서 잤다. 얼마나 좋았는지 그는 모를 것이다. 그의 본능을 이용해 원하는 걸 이뤄버리다니.

"하아. 내가 이런 인간이었나."

그녀가 괴로운 듯 손에 얼굴을 묻었다.

"그러게. 반성 많이 해야 돼, 너."

깜짝 놀라 고개를 드니, 그가 구석에서 우산을 뒤적거렸다.

"어, 언제 들어오셨어요?"

"네가 나한테 멱살 잡은 거에 대해서 반성하는 순간에."

누구는 키스 생각만 하고 있는데 누구는 멱살 잡은 생각만 하고 있는 거냐, 쪼잔한 인간?

"비 온다."

"정말요?"

밖을 내다보니 꽤 굵은 빗방울이 떨어지고 있었다.

"많이 오네요? 어쩐지 손님도 없더라."

하필 이럴 때에 그와 단둘이 카페에 있게 생겼다. 순간순간 그가 사과할까 봐 걱정스러웠다.

"미안했다. 어제 키스."

헉. 갑자기 사과를 하다니.

"뭐, 뭐가요? 서로 성인으로서 그냥 끌리는 대로 한 건데."

"그래? 그렇게 이해해주니 고맙네."

"게다가 우린 사귀는 사이잖아요."

"아, 그랬지."

"아, 그랬지라뇨?"

그 뜻은 네가 더 잘 알잖아, 라는 듯이 그가 빤히 바라보았다. 명목상 서준 때문에 사귀게 된 것뿐 진짜는 아니라는 거 네가 더 잘 알잖아, 라는 뜻이었다.

"뭐가. 사귀는 사이라는 거 다시 상기한 건데."

어깨를 으쓱한 그가 우산을 들고 다시 밖으로 나갔다.

"왜 저렇게 심플한 거야. 나이 들면 저런 게 가능해지나?"

자신은 그의 움직임, 말 한마디에도 심장이 쿵, 했다가 뭉클

했다가 설레었다가 떨렸다. 그런데 그는 대체 어떻게 된 것인지 도무지 속을 알 수가 없었다.

역시 다른 사람이 마음에 있어서 그런 거겠지. 그런데 그 사람과 같이 할 수 없는 걸까. 정말 유부녀거나 떠났거나 죽기라도 한 것인가.

어쨌든 지금은 같이 할 수 없는 사람인 게 분명했다. 그러니까 자신에게 흔들린 게 아닌가.

"키스는 나랑 했으니까."

어쩌면 자신에게도 희망이 있을지도 모른다는 생각이 그녀를 들뜨게 했다.

"그래, 이왕 이렇게 된 거 부딪혀 보지, 뭐."

그녀가 두근거리는 심장을 붙들고 카페 밖으로 나갔다. 굵은 비가 마구 떨어지는 것도 신경 쓰지 않고 그를 향해 창고로 향했다.

그녀는 망설이지 않고 벌컥, 창고 문을 열었다. 사다리를 타고 조명을 만지려고 하던 그가 그녀를 보며 놀란 듯 행동을 멈췄다.

깜빡깜빡. 조명이 깜빡거렸다.

"너…… 뭐해?"

"그 사람, 잊게 할래요!"

번쩍, 불이 켜졌다. 말문이 막힌 그가 멍하니 그녀를 보고 있었다.

"난 형님을 가지고 싶어요. 그러니까 어떻게든 나한테 넘어오

게 할래요. 그 사람 잊힐 때까지. 그러니까 난 절대 포기하지 않
겠다고요!"

할 말을 잊은 그의 눈을 보자 강한 의지를 내뿜은 그녀의 마
음이 약해질 것만 같았다. 그녀가 재빨리 돌아섰다.

어떻게 보게 된 햇살인데, 어떻게 알게 된 따뜻함인데 내가
포기하겠어?

그녀가 가슴을 붙들었다. 생애 처음으로 탐이 난 사람이니
까, 그녀 뜻을 이뤄보고 싶었다.

우르릉 쾅쾅! 천둥소리가 났다. 아니다. 천둥소리가 아니라,
창고에서 뭔가 떨어지는 소리였다. 창고 밖을 나섰던 그녀가
놀란 듯 도로 창고로 들어갔다.

"형, 형님!"

사다리는 넘어져 있고 그 앞으로 그가 무릎을 붙들고 있었
다.

"형님, 괜찮으세요?"

"괜찮겠냐, 이 높이에서 떨어졌는데? 아씨, 아파."

"어디 봐봐요. 어디 다쳤는데요?"

"됐어. 놔."

"부축할게요."

"됐다고. 조명 고쳤으니까……."

확, 하고 등이 꺼졌다. 사방이 껌껌해졌다.

"하, 진짜. 미치겠네."

그의 목소리가 들려왔다. 아무래도 사고 쳤나 보다.

"죄송해요. 제가 부축할게요."

어둠 속에서 어디가 어딘지도 모른 채 그를 붙들었다.

"됐어. 내가 걸을게."

"아니에요. 저한테 기대세요. 어디 부러졌으면 어떻게 해요."

"너 젖었어."

"네. 젖었어요. 그래서 싫어요?"

"아니, 그건 아니고. 하, 됐다. 무슨 대화가 이래. 일단 나가
자."

그가 그녀에게 기댄 채로 일어서자마자 번쩍 불이 들어왔다.

"오, 다시 들어왔다."

웃으며 그를 보는데 생각보다 그의 얼굴이 훨씬 가까이 있었
다. 뚫어져라 바라보는 그의 눈빛에 갈비뼈 속까지 저릿해지는
것만 같았다.

또 눈을 감으면 혼나려나.

그녀가 떨리는 마음으로 그를 보았다.

"잊게…… 해준다고?"

그가 속삭이듯 물었다. 그녀가 망설임 없이 고개를 끄덕이자
그가 낮게 웃었다. 그녀가 결연한 표정으로 그를 바라봤다.

"비웃지 마세요. 진짜로 열심히 할 자신……."

"그래. 어디 한번 해봐."

"네?"

"어디 한번 해보라고."

그의 말에 그녀가 눈을 크게 떴다.

"형님!"

"어? 또 멱살 잡으면 혼……."

쪽. 그녀가 그의 멱살을 잡고 입맞춤을 했다. 입술을 떼는데 그의 얼굴이 따라와 다시 한 번 입술을 물었다. 그녀가 의아하게 보자, 그가 고개를 돌렸다.

"하아, 진짜. 멱살을 왜 자꾸 잡아?"

절뚝절뚝. 그가 앞서 나갔다. 그러더니 우산을 폈다.

"빨리 와. 우산 네가 들어야지. 난 환자니까."

"네, 넵."

그녀가 얼른 그를 쫓았다. 그가 웃고 있는 그녀의 볼을 쿡 눌렀다.

"뭐가 그렇게 좋냐, 너는?"

"형님이 좋아요."

"사람 다쳤는데 좋기는."

"많이 아파요?"

"엄청 아프다."

"가자마자 찜질해줄게요."

"그러든지."

됐다고 할 줄 알았는데. 마음대로 해도 되나 보다. 그녀의 심장이 막 쿵쾅쿵쾅 뛰었다. 행복이 뛰어다니는 것 같았다.

10.

이제 비까지 새는 거냐.

그동안 어떻게 참은 건지 모르게 봇물 터지듯 카페에는 문제가 생기고 있었다. 아니, 문제는 늘 있었다. 큰 비가 올 때마다 다락에는 비가 샜고 그러면 아르바이트생과 함께 카페에 내려가서 아무 데서나 잤다.

가끔 불만을 토로하는 아르바이트생이 있으면 서준의 펜션을 이용하게 했다. 문고리가 고장 나거나 창고의 불이 안 들어오는 문제는 애초에 문제라고 생각지도 않았다. 문을 함부로 연다고 큰일이 날 일도 없거니와 창고에는 갈 일도 없었다.

현실감각이 떨어지는 건 당연했다. 그나마 그에게 현실을 느끼게 하는 일은 그저 서준의 수다뿐이었다. 물론 그마저도 허영에 찬 이야기가 많아서 진짜 현실이라고 말하기 어려웠다. 거기다 서준의 수다는 듣는 둥 마는 둥 할 수 있었다. 그런데 해주가

햇살아머
카페에서

오고 나서는 모든 게 달라졌다.

　마치 해주가 후, 하고 정성스럽게 입김을 불어 그의 세계에 드리웠던 먼지를 걷어내는 것 같았다.

　서서히 그가 발 딛고 선 곳이 무덤이 아닌 사람 사는 곳임이 보였다. 죽은 척하지 말라고. 네가 아무리 친구에 대한 미안함으로 죽은 척을 해도 너는 살아 있다고.

　"그동안도 쭉 이랬던 거예요?"

　또다시 자다가 벼락을 맞듯 빗물을 맞은 그녀가 상태를 보여 주기 위해 그를 불렀다. 똑, 똑, 똑. 떨어지고 있는 물방울이 꽤 굵었다.

　"웬만큼 와도 이 정도로 물이 새지는 않았는데."

　"그게 무슨 말이에요? 비가 샌다는 걸 알고 있었단 뜻이에요?"

　"응."

　"이걸 알고도 안 고쳤다고요?"

　"응."

　그녀가 황당하다는 듯 새는 빗물과 자신을 번갈아 보았다.

　너 어떻게 이렇게 살았니? 아니, 아닌가. 너 앞으로도 이렇게 살 거야? 이런 건가.

　"이러니까 습했죠. 노래기가 습한 곳을 좋아한다면서요. 가뜩이나 밖에 있는 나무 때문에 햇빛도 잘 안 드는데 비라뇨. 벌레가 괜히 나왔겠어요? 알도 까고 다 했겠다."

　어쨌든 그 뜻은 확연하게 보였다. 너는 살아 있고 이 카페의 관리자고 비를 막아야 한다고.

"알았어. 막으면 되잖아."

"그렇게 귀찮다는 듯 말하지 마시고요."

귀찮다는 듯 말하지 않았다. 그냥 좀 기가 죽은 것뿐이었다.
그는 그녀가 무서웠다. 정확히는 무서워졌다는 게 맞을 것이다.

그녀가 박력 있게 창고로 달려와 잔뜩 젖은 채로 자신에게
'그 사람을 잊게 하겠다'고 소리쳤을 때 그는 오랜만에 두근거림
을 느꼈다. 그것은 설렘이었다. 오랜만에 느껴보는 인생에 대한
설렘.

그 누구도 잊어도 된다고 말해주지 않았다. 자신조차도.

어떻게 친구의 죽음을 잊겠는가. 자신과 함께 있다가 죽은 친
구를. 눈앞에서 사라져버린, 어쩌면 자신이 살릴 수도 있었던
친구가 아니었는가.

심장이 들끓었다. 평생 안고 살아가야 한다고 생각했었으니
까. 그런데 잊게 해주겠다니. 그를 가볍게 해주겠다니. 이 녀석
과 함께라면 어쩌면 괜찮지 않을까, 싶은 생각이 들었다.

자신에게 기대라고 했을 때, 모든 것을 맡겨보고 싶었다. 혼
자서 안 된다면 도움을 받아보자고. 그러자 그녀는 뭐랄까, 보
호자 같은 존재가 되고 말았다. 말을 잘 듣고 싶어진다고나 할
까. 물론 그녀는 무서운 보호자였다.

"나 다리도 아직 다 안 나았잖아."

"아, 맞다."

"그새 잊은 거야? 날 밀어놓고?"

"네에? 제가 언제 형님을 밀었어요."

박력으로 밀었지. 멱살 잡고 당기고. 밀당 천재 윤해주.

그가 그날의 입맞춤을 떠올리며 입꼬리를 올렸다.

"아 진짜. 지금 웃음이 나와요? 다락이 이렇게 됐는데?"

"그럼 우냐? 어차피 오늘은 못 해. 가서 잘 거야."

"같이 자요."

그가 그녀를 휙 돌아봤다.

"그놈의 자자는 얘기. 너 그거 다른 사람들한테도 맨날 했
지?"

"아니거든요. 형님한테밖에 한 적 없어요."

"거짓말 마라. 그렇게 쉽게 나올 말이냐, 그게?"

"자자는 말이 뭐가 어렵습니까? 진짜 그냥 자러 들어온 사람
도 있는데."

그가 술 취해서 그녀의 매트리스에 잔 것에 대해 지적하고
있었다. 갑자기 할 말이 확 사라진 은태가 그대로 다락방을 내
려갔다. 그녀가 종종 따라오는 소리가 들려왔다. 그가 카페로
내려와 소파를 가리켰다.

"넌 여기, 난 저기."

"네에? 따로 자자고요?"

"당연하지."

"아, 왜요. 우리 사귀는 사인데."

"그래서 그러지. 난 이런 데서 첫날밤 치르기 싫거든."

"네? 처, 첫, 뭐요?"

"잔다."

은태가 자리로 돌아가 누웠다. 그제야 뜻을 이해했는지 음흥하게 헤, 하고 웃은 그녀가 그가 가리킨 자리가 아닌 제일 가까운 소파에 누웠다. 등받이를 사이에 두고 두 사람이 같이 천장을 바라보았다.

"형님."

"왜?"

"그냥요."

"실없는 짓 하지 말고 자라."

"형님."

"허허, 그냥 좀 주무시죠, 아우?"

"신기해요."

"뭐가?"

"그냥 모든 게요."

"나도 신기하다. 네가."

"내가 왜요?"

대체 자신이 뭐가 좋다고 그러는지, 뭐, 그런 것들. 궁금해서 질문이 튀어나오려고 했다. 특별히 잘해주는 것도 없는데 대체 왜 그렇게나 자신에게 매달리는지.

"나 신기하다고 하는 사람은 형님이 처음이에요."

"그래? 다른 인간들한테는 요란 안 떨었냐?"

"무슨 요란이요?"

"사귀자고 요란 떨었잖아."

"형님이라서 그런 거예요. 형님 등이 너무 따뜻했으니까."

"그날 거기서 잔, 날 탓하라 이거냐?"

"형님."

"왜?"

"고맙습니다."

"뭐가?"

"사귀어주셔서요."

자신이 그녀에게 그런 말을 들어도 되는 존재일까. 무섭고
두렵고 설레었다.

"지금은 그날을 탓하시겠지만 언젠가는 그날의 형님을 칭찬
하시는 날이 오게 해드릴게요."

"결심 좀 그만하고 좀 행동을 해봐. 뭐 보여주는 건 없고 맨
날 말만…… 헉!"

그가 소파등받이 위로 떠오른 귀신같은 여자의 머리카락에
놀라 입을 벌렸다. 해주가 등받이 위로 머리를 내민 것이다.

"너 뭐하냐?"

"결심 그만하고 보여드리려고요."

그녀가 등받이 너머로 건너왔다. 그가 긴장한 듯 뒤로 물러
섰지만 물러설 곳이 없었다.

"야, 야, 너 뭐하냐?"

그녀가 그의 위로 올라타는 듯싶더니 그대로 그의 옆구리에
파고들었다.

"자꾸 스킨십 같은 거 해야 정 생기잖아요."

"정은 개뿔. 사리 생기겠지. 얼른 가라?"

"뽀뽀해주시면 갈게요."

그녀가 그를 올려다보며 미소를 지었다.

"들이대지 말라니까."

말은 그렇게 했지만 몸은 이미 그녀의 입술로 향하고 있었다. 쪽.

소리가 달콤하게 그의 귀를 파고드는 순간, 그의 아랫도리가 찌리릿, 하고 신호를 보냈다. 그녀의 촉촉한 눈빛이 생글거리는 걸 보자니 무척이나 견디기 힘든 밤이었다. 그가 천장을 향해 고개를 돌리고 그녀가 팔베개를 하지 않은 다른 쪽 팔로 눈을 가렸다.

"너 자꾸 이런 식으로 승부 보려고 할래?"

"그거 아세요?"

"뭐."

"눈에서 멀어지면 마음에서 멀어진다. 그걸 바꿔 말하면, 마음에서 멀어지려면 눈에서도 멀어져야 해요."

"그래서?"

그녀가 눈을 가린 팔을 내리고 얼굴을 마주했다.

"그러니까 눈을 감지 말고 저를 보시라고요. 저만 보다 보면 마음에 있는 분은 잊히고 제가 자리하겠죠."

그녀는 옳았다. 옳은 말만 했다. 아마도 그는 이 순간 마음에 있던 모든 것을 잊게 될지도 모르겠다. 그녀를 안고 싶다는 생각 외에는 그 어떤 생각도 할 수 없게 될지 모르겠다.

신이시여, 아무리 급해도 사귄 지 며칠 만에 홀랑 기회를 노리는 나쁜 놈은 되지 않게 해주세요.

"넌 잘 때 눈 뜨고 자냐? 자자, 좀."

"네."

아, 진짜 따뜻하고 좋다. 그녀가 중얼거리듯 말하고 잠이 들었다.

결국은 네 뜻대로 됐구나, 윤해주.

그녀는 그의 옆구리를 심하게 파고들며 잤다. 투덜거리면서도 그가 그녀에게 온기를 주기 위해 깊게 안았다.

"어른답게 살기 힘들다, 윤해주."

얼른 다락방 지붕을 고쳐놔야겠다. 어떻게 고칠지 구상은 완벽히 끝났다. 도무지 잠이 오지 않는 밤이었으니까.

*
**

"일단은 사귀는 거니까 날 싫어하는 건 아니겠지?"

해주가 개에게 사료를 부어주며 중얼거렸다.

"생각해봐. 어떤 미친놈이 관심도 없는데 사귄다고 하겠어, 그렇지, 밥도둑?"

그러나 개는 사료를 먹는 일 외에는 관심도 없었다.

"어휴, 누구네 개 아니랄까 봐 나한텐 관심도 안 주네."

아무리 생각해도 그는 자신에게는 관심이 없는 듯했다. 같이 자자는 말에 첫날밤 이야기를 하기에 그래도 그가 자신을 여자로는 보나 보다 했는데 옆에 다가가 유혹해도 돌부처나 다름없었다.

그것뿐인가.

다음 날 일어나자마자 다락방을 고치기 시작하더니, 하루 만에 새는 비를 모두 막아버렸다. 보통 같이 자고 싶은 핑계를 대기 마련일 텐데, 그는 어떻게든 그녀와는 자고 싶어하지 않았다.

"따뜻하고 좋았는데."

누군가가 같이 잠들고, 이름을 부르면 대답을 해주는 것. 그것이 그녀에게는 너무도 신기했다. 더 정확히는 그래도 된다는 것이 신기했다. 아무렇게나 부르고 아무 말이나 해도 된다는 것은 그녀의 삶에서는 없었던 일이었다. 엄마 집에서 살게 됐을 때부터 그녀는 모든 것에 눈치를 봐야 했다.

할머니와 살던 그녀에게 어느 날 엄마가 찾아왔을 때는 행복했다. 엄마랑 살게 된다니. 얼마나 행복한 일인가. 그런데 행복은 거기서 끝났다. 할머니의 손을 놓고 엄마의 손을 잡았을 때 그녀는 손끝에서 추위를 느꼈다.

가면 얌전히 있어라. 사고 치지 말고.

엄마는 다정히 말했다. 하지만 다정함 속에 무관심과 냉혈이 있을 수 있다는 것을 그녀는 어린 나이에 깨달았다. 그때의 그 차디참은 지금까지도 잊을 수가 없었다.

엄마는 언제나 새아버지의 눈치를 살폈고, 그녀 역시 눈치 있게 행동하길 바랐다. 존재는 하지만 눈에 띄지 않은 채 존재하지 않은 인간처럼 있기를 바랐다.

밤은 언제나 무서웠다. 엄마는 어쩌다 방문을 열고 그녀가 자는지 확인했지만 한 번도 그 방문을 넘어 들어온 적은 없었다.

그녀가 깨어 있으면 안 자고 뭐하니, 얼른 자라라고 말했지만 그것은 그저 엄마로서의 역할일 따름이지 엄마로서의 마음은 아니었다.

엄마는 도대체 왜 날 데리고 온 걸까?

언제나 불편해하면서 자신을 데려온 이유를 알 수 없었다. 묻고 싶을 때도 있었지만 말이 잘 나오지 않았다. 그 정도로 엄마와의 관계는 늘 서먹함 그 자체였다. 하지만 그녀는 그저 이해하려고 했다. 모든 것은 엄마의 성격일 뿐이라고. 저렇게 차가워도 결국 자신을 데려온 이유는 딸이기 때문이라고. 옆에 두려고 한 것이라고.

그런데 아니었다. 그녀가 온 지 한 해가 지나고 나서 엄마는 임신을 했다. 학교 끝나고 돌아왔는데 무서운 할머니를 마주쳤다. 깡마른 얼굴이었지만 눈빛이 무서워서 보자마자 무서운 할머니, 라고 생각했다.

그래, 이 애구나? 생김새가 완전히 다른 게 너는 닮지 않은 모양이구나?

엄마가 자신을 보던 눈빛이 잊히지 않는다. 그것은 수치심과 모멸감 그리고 창피함이 뒤섞인 원망의 눈빛이었다.

넌 왜 하필 지금 이 시간에 들어왔니?

결혼 전 엄마의 삶을 단번에 보인 셈이니, 그럴 만도 하겠지.

할머니는 해주에게 이혼 후에 엄마가 떠났다고 했지만 사실 엄마와 아빠는 이혼을 한 게 아니라 어린 나이에 사고를 친 것이었다. 지우지 못해 낳은 자식. 버리듯 할머니에게 주고 떠나왔는데 어쩔 수 없는 사정 때문에 그녀를 데려온 것이다. 그러니 자신이 얼마나 부끄럽고 껄끄러웠을까. 볼 때마다 부정하고 싶은 존재였을 것이다.

물론 그건 커서야 알게 된 것이고 어린 해주는 아무것도 몰랐다. 그저 슬펐다.

자신을 경멸하듯 바라보는 무서운 노인 앞에서 눈물도 나오지 않았다. 그저 그녀는 입을 꼭 다물고 고개를 숙였다.

해주는 그날 자신이 왜 이곳에 왔는지 알게 되었다.

결혼한 엄마가 자식이 생기지 않은 이유가 출처를 모를 자식이 터를 잡고 버티기 때문이라고. 그녀를 데려와서 옆에 두고 조금씩 터를 내주게끔 해야 한다는 무당의 말 때문이었다.

결혼 전 아이가 있다는 것을 알고 있던 새아버지가 그 말을 듣고 시댁에 사실을 이야기했고 한바탕 난리가 난 후, 해주가 그 집에 들여졌다.

무서운 노인을 본 이후 엄마를 위해, 동생을 위해 살아가는 것도 나쁘진 않겠지라는 생각을 한 사람처럼 해주는 더욱 눈에 띄지 않게 살았다. 그녀가 나가도 티가 나지 않을 것처럼 정말 최소한의 존재감으로 살아갔다. 언젠가 엄마가 알아주겠지, 하는 마음으로. 하지만 그런 일은 없었다. 엄마는 이제 와 그녀를 버리지 못해 데리고 사는 것처럼 보였다.

그녀는 점점 지쳐갔다. 인간인지라 마음을 다잡을수록 외로움은 더더욱 커졌다. 밤마다 방 안 가득 퍼지는 외로움에 매일 눈물이 났던 것 같았다. 누군가 단 한 번이라도 저 문 건너로 자신에게 들어와 온기를 주길 간절히 바랐다. 하지만 그 누구도 그녀에게 그런 걸 나눠주지 않았다. 그녀는 혼자였다.

성인이 되고 가장 먼저 한 일은 편지 한 장을 두고 집을 나와 할머니를 찾아간 것이었지만 할머니는 더 이상 가족이 아니었다. 자신을 알아보지 못했다. 그녀는 진짜 혼자가 되었고, 할머니가 돌아가시고 여행을 시작했다.

그렇게 할머니의 옛 동네에서 우연히 은태를 보았다. 개에게 마저 따뜻한 이마를 내주던 남자, 언제나 까칠한 말투지만 그 안에는 온통 다정함과 따뜻함 뿐인 남자, 세상에 관심 없는 듯 굴어도 주변에 있는 사람에게 온갖 배려를 해주는 남자를.

어쩌면 그녀의 여행은 자신에게 온기를 줄 사람을 만나고 싶다는 간절함이 준 이끌림인지도 몰랐다.

"근데 좀 힘든 남자야, 그렇지?"

그는 그녀를 신기하게 여겼지만 오히려 그녀에게는 그가 참 신기한 남자였다.

"왜 나에게 맡긴다고 했을까, 도둑아?"

그가 누군가를 잊을 수 있게 맡겨준 것까지는 좋았는데, 생각보다 쉽지 않은 것 같았다.

"그까짓 첫날밤 아무 데서나 치르면 어때? 장소가 중요하니? 어떻게 생각해, 밥도둑?"

개가 밥을 더 달라는 듯 끼잉, 하고 앉아서 그녀를 바라보고 있었다.

"벌써 다 먹었어? 진짜 밥도둑이네."

그녀가 사료를 더 부어주었다. 꼬리 치고 사료만 먹는 개를 보자 한숨이 나왔다.

"땅 꺼지겠네."

그녀가 뒤를 돌아보았다. 서준이 그녀 옆에 쪼그려 앉았다.

"뭐가 잘 안 돼?"

"아, 서준 오빠. 아뇨……. 아무것도 아니에요."

"왜 형이 잘 안 해줘?"

"네? 아뇨, 잘해줘요."

"에이, 얼굴에 다 써 있구먼."

그녀가 두 손으로 제 뺨을 비볐다.

"쉬운 남자는 아니지? 그냥 나를 선택했어야지. 왜 그런 남자를 선택했어?"

"쉬운 남자는 재미없잖아요."

그 말에 서준이 금방 입을 내밀었다. 정말 알기 쉬운 사람이었다. 그녀가 웃음을 지었다.

"죄송해요. 전 형님이 좋았어요. 잘생겼잖아요."

그 말에 서준이 크게 인상을 찌푸렸다. 그녀가 얼른 손을 내저었다.

"아, 그렇다고 서준 오빠가 못생겼다는 뜻은 아니에요."

"흥. 잘생겼다는 뜻도 아니잖아."

"그냥 형님이 더 잘생긴 거뿐이에요."

그 말이 혹시 상처가 될까 그녀가 눈치를 살폈다. 의외로 서준은 가볍게 고개를 끄덕였다.

"뭐, 사실이니까."

그녀가 미안한 듯 멋쩍게 웃었다.

"그럴 거 없어. 어차피 너랑 형님이랑 될 줄 알았다."

"네? 그걸 어떻게 알아요?"

"어떻게 알긴. 눈치로 알지. 내가 여기 있을 때 형님이 일하는 걸 한 번을 못 봤는데 너 오자마자 화장실 청소를 했어. 그게 무슨 뜻이겠냐?"

화장실 청소에 무슨 뜻이…….

"사랑한다는 뜻이지."

"네에?"

듣기만 해도 두근거리는 말이었지만 황당해서 반문을 할 수밖에 없었다.

"그게 다 사랑의 시작 아니겠어? 내 여자 손에 더러운 걸 묻히기 싫다, 이거 아니야."

"정말 그럴까요?"

"왜 의심하는데? 내 말이 틀렸다는 거야?"

"틀리지 않았으면 좋겠지만, 조금 확대해석 같기도…….”

"그것뿐이야? 다락방도 내줬잖아."

"그거야 당연히 숙식 제공이니까 그런 거죠."

"에이. 사귄다더니 뭘 모르네. 다락방이 형님한테 무슨 의미인지 알아?"

"무슨 의미인데요?"

"죽을 때까지 함께 할 동반자."

너무 기가 차서 그녀는 입을 꼭 다물고 물끄러미 서준을 보았다.

"뭐, 대략 내가 관찰했을 때 그런 느낌이었다 이거지."

"……."

"왜 말이 없어? 내 말이 의심스러워?"

"아뇨. 오빠 말이 의심스럽다기보다는 그렇게까지는 확신이 안 들어서요."

"아하. 대충 알겠다."

그가 탐정처럼 엄지와 검지 사이에 턱을 댔다.

"형이 잘 안 해주는구나?"

"아니, 잘해주시긴 하는데요."

"마음이 없다, 이거잖아?"

"오, 맞아요. 바로 그거 같아요. 잘해주시는데 마음은 잘 모르겠어요."

"그럴 땐 시험해보면 되지."

"뭐……를요?"

"질투 작전이라고나 할까?"

"무슨."

서준이 턱, 하고 그녀의 손목을 잡았다.

"자, 어디 한 번 시험해볼까?"

"네? 뭘요?"

"가보면 알지. 갑시다."

서준이 동무처럼 어깨에 팔을 둘렀다. 믿고 맡겨도 되는 걸까. 안 될 게 뻔했지만 그녀는 서준을 따라 카페로 들어갔다. 은태는 입구 앞에 의자를 고치고 있었다. 창고에만 두기엔 아까워서 겨우 끌고 나온 것인데 팔걸이 한쪽이 떨어져 나가서 어떻게 고쳐야 하나 하고 있던 것이었다. 그런데 그가 알아서 고치고 있었다.

이젠 말 안 해도 척척이네.

망가진 문고리 때문에 그녀가 샤워하던 화장실에 그냥 들어온 날 이후부터 그는 계속해서 카페를 고치고 있었다.

그날의 일로 그가 카페의 일꾼으로 거듭나는 것은 무척이나 고무적인 일이었다. 다만 그녀가 그에게 여자가 아닐 수도 있다는 슬픈 확신이 쉽게 지워지지 않는다는 게 문제였다. 키스까지 했는데 도대체 그 이상의 진도가 없는 게 그 증거가 아닐까. 차라리 안 했으면 몰라도.

인기척에 문득 고개를 들었다가 의자로 시선을 보내던 은태가 두 사람의 모습을 확인하고 다시 고개를 들었다.

"뭐하냐?"

"네?"

"소풍 가냐?"

그가 심드렁하게 물었다.

"네. 소풍 갑니다."

서준이 해주의 손을 꼭 잡았다.

"아니, 이것들이?"

이것 봐, 이제 화낼 거야. 질투지, 질투.

서준이 자신을 믿으라는 듯 확신에 찬 눈빛을 보냈다.

"죽을래!"

저거 봐, 엄청난 반응이지?

"남은 힘들게 의자 고치고 있는데 니들끼리 소풍을 가? 소풍은 이따 가고 이것 좀 잡아봐."

"네?"

이게 아닌데. 가지 말라고 해야 하는 거 아닌가. 서준도 당황한 눈으로 해주를 보았다. 은태가 재촉했다.

"뭐하냐? 빨리 안 오고?"

"네, 넵. 갑니다."

서준이 후다닥 은태에게 다가가 그가 말하는 대로 손잡이를 잡았다.

나란히 손을 잡은 게 남매 같아 보였나? 어쩌면 저렇게나 반응이 없어?

그녀가 흥, 하고 두 사람을 지나쳤다. 그가 망치를 들고 내려치는 순간 서준이 기겁을 했다.

"뭐, 뭐 하는 겁니까?"

"뭐가?"

"아니, 망치질을 왜 내 손에 하는데요?"

"네가 잘못 잡고 있으니까 그렇지."

"그럼 어떻게 잡는지 말은 해줘야죠."

"그걸 말해야 아냐?"

"그럼 어떻게 알아요?"

햇살이머
카페에서

"너는 펜션 관리하는 애가 왜 이런 건 못 잡아? 남의 여자 손은 잘 잡으면서."

웅? 지금 반응한 건가?

해주가 얼른 두 사람을 향해 돌아봤다. 서준도 눈을 크게 뜨고 해주를 돌아봤다. 둘이 눈빛을 주고받았다.

오호, 질투인가?

"뭐하냐? 빨리 잡고 빨리 가."

"어딜요?"

"해주 데리고 소풍 간다며."

"제가 데리고 소풍 가도 돼요?"

"그럼 누가 데리고 가. 카페에 손님 있는데 문 닫으랴?"

에이, 뭐야. 질투도 안 해.

푸시식. 모든 게 식은 듯 두 사람이 서로 실망감을 안고 시선을 돌렸다. 서준이 투덜거렸다.

"형은 진짜 최악의 남자예요."

"내가 왜?"

"고자잖아요."

"이 자식이 점심을 잘못 먹었나 무슨 헛소리야?"

"아니, 그렇잖아요. 어떻게 여자친구가 다른 남자랑 소풍 간다는데도 질투도 안 해요?"

"질투를 왜 해?"

"네에? 아니, 왜 질투를 안 해요? 우리 둘이 눈 맞으면 어떻게 하려고."

"첫째, 일단 내 여친이 너 같은 놈이 눈에 찰 리가 없고."

귀신이네. 그녀가 마음으로 고개를 끄덕였다. 서준이 입을 내밀었다.

"와 씨. 어떻게 그런 심한 말을."

"둘째, 네가 나를 배신할 리 없지."

서준이 눈을 크게 떴다.

"그 말씀은 저, 저를 믿는단 뜻입니까?"

"당연하지. 난 언제나 널 믿어왔어."

"형!"

서준이 덥석 그를 안았다. 해주의 눈이 커졌다.

아니, 내 남자를 막 안다니. 나도 못 해본 건데!

해주가 억울해하는 사이, 은태가 인자한 사람처럼 서준을 다독였다. '그래, 그래. 넌 좋은 놈이야' 하고 말하듯이 따뜻하게 토닥이자 슬금슬금 서준에게 질투가 났다.

"서준 오빠!"

그녀가 큰 소리로 콧소리를 냈다. 서준이 놀라서 은태에게서 몸을 떼고 느껴지는 살기에 본능적으로 변명을 했다.

"어? 아니, 이건 그냥 형과 나의 오랜 우정으로서⋯⋯."

"가요, 소풍. 지금 당장!"

그녀가 둘 사이를 떨어뜨리고는 서준을 끌고 밖으로 향했다.

"야, 이것들아! 마저 잡아주고 가야지!"

은태의 목소리가 들려왔지만 해주는 뒤돌아보지 않았다. 카페에서 처음으로 한 일탈이었다.

11.

"와! 바다 좋다!"

해주가 숨을 크게 들이셨다. 은태랑 오면 좋았을 텐데, 언젠
가는 그럴 날이 오겠지, 서두르지 말자고 생각하자 어쨌든 누구
랑이든 왔으니 그걸로 됐다 싶었다.

"뭐야, 바다 처음 봐?"

"네."

"네?"

"학교에서 수학여행 갈 때 지나가면서 보긴 했어요."

"제주도에 여행 온 거라고 하지 않았어?"

"맞아요. 근데 바다 말고 거기부터 갔거든요. 할머니가 사시
던 동네 먼저 빨리 보고 싶어서."

거기서 은태를 만나 발이 묶여 버린 셈이었지만 오히려 그녀
는 좋았다. 할머니 덕분인가. 혼자 남을 손녀가 외롭지 말라고

그렇게나 자신에게 그곳에 좋았던 기억을 남겨주었나 보다.

"그럼 이게 두 번째라고?"

"뭐 숫자가 중요한 건 아니잖아요."

그녀가 웃자, 서준이 미간을 좁혔다.

"왜요?"

"왠지 은태 형 말고 사연 있는 사람 한 명 더 추가인 것 같아서."

"그렇게 대단하지도 않아요. 그냥 바다에 못 왔던 것뿐이거든요. 이제 제주도에서 일하니까 담에는 형님이랑 오면 돼요."

"형이랑 바다를?"

"네."

"힘들걸?"

"네? 왜요?"

서준은 특별한 대답 없이 입을 다물었다. 캐묻고 싶어 그녀가 다시 질문을 던지려 했다.

왜 힘든 건데요? 형님이랑 저 가망성 없어 보여서요?

하지만 꾹 참았다. 은태가 말한 게 아닌 이상 서준이 아니라고 말하는 것은 어차피 의미가 없었다. 하지만 서준이라도 그렇다고 말하면 그건 너무 슬플 것 같아 아예 안 묻는 게 좋을 것 같았다.

질투 작전이 완전히 실패로 돌아가고 결국 소풍을 서준과 나오다 보니 가뜩이나 없던 확신이 더 크게 흔들리고 있는 차였다.

"나온 김에 커피나 먹고 가요."

"그럴까?"

"근데 저, 돈 안 가지고 나왔는데."

"괜찮아. 내가 살게."

"운전도 해주셨는데."

"에헤, 우리 사이에 무슨."

"하긴, 거반 남매 사이잖아요, 그죠?"

"거반 남매? 무슨 거반 남매야 우리 사이가. 완전 남매지."

서준의 말에 해주가 눈을 크게 떴다.

"오빠도 그거 느꼈어요?"

"그래. 형한테 완전 남매 취급당했잖아."

"나만 그런 느낌인가 했는데."

"그러고 보니 우리 좀 닮은 것 같기도 하고."

"맞아요. 형님이 맨날 서준 오빠나 나나 귀찮아하잖아요. 서준 오빠보다 내가 덜 귀찮은 줄 알았는데 내가 더 귀찮더래요."

둘이 쿡쿡 웃었다.

그런데 웃을 일이 아니잖아?

웃음 뒤끝이 서로 서글퍼 보여 동지애가 생겼다.

"가자. 이 오빠가 진짜 맛있는 거 쏜다."

"정말요? 야호, 신난다!"

카페에 있다 보니, 오빠도 생기고, 남자친구도 생겼다. 그렇게 생각하자 뭉클해졌다.

"여긴 바다가 잘 안 보이네. 바다 잘 보이는 데로 왔어야 했는데."

유명한 카페에 들어간 두 사람은 자리를 잡고 앉았다.

"괜찮아요. 전 바다보다는 카페 메뉴가 더 중요해요."

"아이고, 사장님 나셨네. 알바가 너무 열심히 일하는 거 아니야?"

"사장님이 일을 안 하셔서 그런 것도 있지만 사장님이 알바가 하는 대로 그대로 다 믿고 맡겨주시다 보니까 운영하는 재미가 있어요."

"하여튼 열혈 알바생. 어? 그래도 저쪽으로 멀리 바다 보인다."

"아? 그러네. 확실히 바다가 저만큼이라도 보이니까 뷰가 좋다. 우리 카페도 바다 보이면 좋을 텐데."

"바다? 그럼 형을 못 만났겠지."

"왜요?"

서준이 다시 입을 다물었다. 이번엔 참을 수가 없었다.

"저기, 오빠? 형님이랑 바다랑 무슨 상관인데요, 원수진 거 있어요?"

"원수? 뭐, 비슷할 수도 있지."

서준이 말을 아끼는 듯했다. 해주가 빤히 보자, 그가 곤란한 듯 이마를 긁적였다.

"그래, 어차피 너도 알게 되겠지. 그게……."

"아니에요. 어차피 알게 될 거라면 저도 형님한테 직접 들을게요."

그녀가 중지시키듯 두 손을 들었다. 그녀가 거절하자 서준도 더 말하지 않았다.

"그래. 과거에 무슨 일이 있었든 중요한 건 어쨌든 형이 널 만나고 완전 달라졌다는 거니까."

"정말요?"

"그래. 너 오고 나선 완전 딴 사람이야. 질투는…… 실패했지만."

"네. 그랬죠……."

질투를 안 하는 이유를 알고 있었다. 아직 그렇게까지 마음이 없기 때문일 것이다.

언제쯤 그가 질투 같은 걸 해줄까.

상상이 안 되어서 그냥 카페를 둘러보며 마음을 달랬다. 단순하지만 깔끔한 내부 구조가 마음에 들었다. 다음에는 그와 꼭 같이 오고 싶었다.

"여기 정말 깔끔하다."

"어? 저도 그 생각했는데."

"우리 진짜 좀 통한다?"

"그러니깐요."

서준을 사귀었으면 편했을 텐데.

인간은 쉬운 길을 두고도 각자만의 갈등과 사정을 만들면서 살아가는 것 같다.

"우리 마지막 질투 작전을 쓸까?"

그녀가 조금 침울해 보였는지 서준이 휴대전화를 들었다.

"자, 사진."

"응?"

서준이 그녀와 붙어서 사진을 찍었다. 카페 '포토존'을 배경으로 예쁜 파르페와 소다수를 든 친근한 사진 몇 장을 은태에게 보냈다.

"이거 정말 통할까요?"

"이렇게까지 하는데 질투를 안 한다? 그럼 헤어져야지."

어쩐지, 그 말 불길해. 그녀가 인상을 찌푸렸다.

"사귄 지 얼마 되지도 않았는데요?"

"사귄 지 얼마 안 됐으니까 더더욱 빨리 헤어져야지."

그녀가 눈을 흘겼다.

"남 말이라고 너무 쉬운 거 아니에요?"

"남이라니. 우리 남매 아니었어?"

"아, 그랬지."

그녀가 웃는 모습을 흐뭇하게 보던 서준이 진지한 눈으로 말했다.

"혹시나 헤어지면 나한테 와라. 내가 받아줄게."

"남매끼리 사귀는 건 좀 별로지 않아요?"

"의형제끼리는 사귀어도 되냐?"

아, 그렇지.

은태와 해주는 의형제로 시작된 사이였다. 그런데 이제는 사귀기까지 하다니. 인생이란 참 모를 일이었다.

그때 생각이 난 해주가 싱긋 웃었다. 그 모습을 본 서준이 삐죽 입술을 틀었다.

"형님 생각하니까 그렇게 좋아?"

"네, 아무래도."

헤헤, 해주가 웃었다. 서준이 못마땅한 듯 눈을 흘기다가 금방 말을 바꿨다.

"좋다. 아무래도 여긴 완전 틀린 것 같으니까 노선을 바꾸자."

"무슨 노선이요?"

"너, 친구들 없냐?"

"친구야 있죠. 고등학교 친구들."

"그래? 그럼 소개 좀 시켜줘."

"오빠가 제주도에 있는데 어떻게 소개시켜줘요?"

"그거야 간단하지. 언제 한번 제주도 놀라 오라고 그래. 펜션 공짜로 빌려준다고. 온 김에 나 좀 소개시켜주고."

서준의 의도에 해주가 웃음을 지었다.

"다들 대학 다녀서 바쁠 텐데."

"하긴 그럴 나인가? 그러고 보니 넌 왜 대학 안 가고 여기 있는 거야?"

"안 간 게 아니라 못 간 거예요."

"아, 공부 못해서?"

해주가 슬쩍 눈을 흘겼다가 네, 하고 금방 웃었다.

"하긴 대학이 인생의 전부인 시대는 끝났지, 뭐. 넌 눈치 빠르고 싹싹해서 뭘 해도 대성할 거야."

"정말요?"

"그렇다니까. 날 믿어. 내가 또 사람 보는 눈 하나는 끝내주잖아. 내가 너 처음 보자마자 뭐라고 했냐?"

"뭐라고 했더라."

"형수님이라고 했잖아. 근데 지금 봐봐. 둘이 사귀고 있잖냐."

그땐 그냥 떠본 말 같은데.

"근데 이 형 진짜 답장도 안 오네. 너무 한 거 아니야?"

서준이 흥분한 듯 말했다가 금세 시무룩해지는 해주의 표정을 보고 말을 바꿨다.

"일하느라고 바쁜가보다. 요새 네 덕에 손님 미어터지잖아."

"네, 그렇긴 하죠."

아무리 그래도 그렇지, 이렇게 반응이 없어?

"그냥 갈까?"

"아니요. 더더 있다가요."

혼자 고생 좀 해보라지.

그녀가 입을 삐죽거렸다. 아직 마음이 없다는 건 머리로는 이해가 됐지만 마음은 또 다른 거니까.

"아, 근데 오빠가 일찍 들어가야 하는 거 아니에요?"

"아니. 나 진짜 심심했거든. 오랜만에 친구랑 이런 데 와서 좋다."

"다음엔 노래방도 갈까요?"

"노래방? 좋지. 내가 아는 데 있어. 가자, 가자."

해주는 친구 같은 남매가 생겼다는 생각에 기분이 좋았다.

"담에 저희 카페 오면 제가 맛있게 커피 타줄게요."

엄청나게 꾸며진 파르페를 먹고 나온 해주는 기분이 한껏 좋아졌다. 주차장으로 향하며 그녀가 서준에게 큰소리를 치자 서준이 당부하듯 답했다.

"너 진짜 약속하는 거다. 형이 카페에서 나 내쫓아도 네가 막아줘야 돼."

"그건 나도 자신 없는데, 나도 잘 보여야 하는 처지라."

"야, 너 그렇게 자존심 없이 굴면 안 돼. 남자는 말이야 그렇게 매달리면 싫어해요. 아주 뻔뻔하게 나가야 한다고."

뻔뻔하게? 은태에게 뻔뻔하게만 굴어왔는데 더 뻔뻔하게 굴어도 될까?

최고의 뻔뻔함으로 여기까지 오기는 했지만 이제는 좀 잘 보여서 마음을 녹이고 싶었다. 자신이 먼저가 아니라 그가 먼저 한 번쯤 다가오게 하고 싶었다.

"응? 이게 뭐야?"

차 앞으로 다가간 서준이 눈을 크게 떴다. 서준의 자랑인 외제차에 엄청난 홈집이 나 있는 것이었다.

"누구야! 어떤 새끼야!"

서준이 흥분하기 시작했다.

"오, 마이 갓! 대체 누구야? 누구냐고!"

사뭇 바나나를 눈앞에서 뺏긴 아기원숭이처럼 길길이 날뛰었다.

"어? 너네 여기 있었냐?"

"형?"

형이라니, 서준의 놀란 목소리를 따라 고개를 돌리던 해주는
심장이 쿵 내려앉았다. 은태가 그녀의 앞에 서 있었다. 가뜩이
나 멋있는 남자인데 석양빛이 그를 더욱 그윽하게 만들었다.

천천히 그가 그녀의 앞으로 다가왔다. 심장이 조여드는 것 같
았다. 한 번쯤 먼저 다가왔으면 좋겠다는 생각이 들자마자 그가
오다니. 그녀는 꼼짝도 못한 채 그저 그를 바라보았다.

훅, 그에게서 담배 냄새가 퍼져왔다.

*
**

"서준 오빠?"

아니지.

"오빠앙?"

은태가 신경질적으로 카페 음료를 만들었다. 오늘따라 손님
도 많았다.

카페에 쉬는 날이 따로 없는 탓에 해주는 한 번도 쉬지 못했
다. 카페에 쉬는 날을 만들 이유가 없었다. 손님이 없는 날이 많
았으니까. 그런데 그녀가 오고 나서 카페가 서서히 이름이 알려
지면서 굳이 이런 오름까지 찾아오는 관광객이 많아졌다. 그래
서 많지는 않지만 어쨌든 예전에 비해서는 훨씬 많은 손님들
이 매일 찾아왔다.

"진작 쉬는 날을 만들었어야 했는데."

자신이 아니라 서준이 그녀를 데리고 나가는 건 정말 탐탁지

208 햇살아래
      카페에서

못한 일이었다. 하지만 아침부터 저녁 늦게까지 카페에서 꼼짝도 못하는 그녀가 몇 시간이라도 쉬기를 바라는 마음이 더 컸기에 핑계 김에 그녀를 내보내기로 한 것이다.

"근데 뭐? 서준 오빠앙?"

자신한테는 멋없이 형님이라고 부르면서 서준에게는 오빠도 아닌, 오빵이란다.

퍽, 그가 음료를 내려놓자 손님이 놀란 듯 고개를 들었다. 해주 생각을 하다가 너무 세게 내려놓은 탓이었다.

"죄송합니다. 제가 힘이 좀 세서요."

"아, 아니에요. 괜찮아요."

은태의 얼굴을 확인한 손님이 금방 얼굴을 붉혔다. 은태가 돌아서자 자기들끼리 어떻게 해, 진짜 잘생겼어. 진짜 쩐다. 어쩌고 까르르 수다를 떨었다. 개중에 꽂히는 소리가 있었다.

"SNS에 나온 얼굴이 진짜라니."

뭐가 진짜라고? 얼굴이 뭐라?

그가 손님 자리로 다시 돌아갔다.

"저 죄송한데요, SNS에 나온 얼굴이란 게 뭐죠?"

"네? 아, 그게 SNS에서 얼굴을 봤거든요."

"제, 얼굴을요?"

"여기서 올리신 건데 모르세요?"

그가 미간을 좁혔다.

"여기서 뭘 올려요?"

"이거요, 이거."

손님이 휴대전화를 보여주었다. SNS에 자신이 주방에서 고개를 숙인 채 일을 하는 모습이 보였다. 마치 음료를 흘러흘러 만드는 모습 같아 보였지만 사실은 행주를 빨고 있는 거였다.

이게 언제 올라온 거야?

게다가 그 내용이 더 어이없었다. '#제주도에서잘생긴사장님을보고싶다면 #햇살아래 #제주카페 #제주맛집 #제주얼짱……'라니.

어쩐지 손님이 많더라. 이 귀여운 알바생아, 이런 식으로 영업을 한 거냐고.

"질투가 없는 게 누군지 모르겠다."

"네?"

"아닙니다. 즐거운 시간 되세요."

즐거운 시간 되세요? 안 하던 말을 하고 나니 미간이 절로 좁아졌다. 그녀가 손님에게 하던 말이 저절로 나온 것이다.

언제 이렇게 물이 든 거야?

든 자리는 티도 안 난다는데 티 엄청나게도 그녀에게 물들어가고 있었다.

무서워. 윤해주에게 온통 지배당하고 있다니.

주방으로 들어온 그가 케이크 냉장고에 이마를 댔다. 그녀에게 키스했을 때 느꼈던 감정이 또 느껴졌다. 그날도 친구에 대한 죄책감보다 그녀에게 함부로 키스했다는 죄책감에 사로잡혔었다.

친구가 죽고도 배가 고파 밥을 먹을 때마다 느꼈던 죄책감이

210 햇살아래
카페에서

언제나 그를 괴롭혔는데, 이젠 친구에 대한 죄책감이 아니라, 그저 자신의 등만 원하는 그녀의 입술을 훔쳤다는 죄책감이 더 그를 괴롭혔었다.

무서웠다. 잊는지도 모른 채 그렇게 다 잊을까 봐. 어쩌면 이미 꽤 진행 중일까 봐.

하긴. 그녀에게 해보라고 한 것이 자신이었다.

난 어쩌고 싶은 걸까?

잊어선 안 된다는 생각과 이젠 잊고 싶다는 생각의 공존이 그를 괴롭혔다.

음료를 만든 후, 뒷정리를 하는데 문자가 들어왔다. 서준과 해주가 다정히 찍은 사진이었다.

"어쭈, 진짜 해보자 이거냐?"

아까 그 망치로 손 좀 봐줄 걸 해주 바람 좀 쐬게 해주려고 그냥 참았더니.

그가 눈을 가늘게 떴다. 다시는 까불지 못하게 해줘야겠다. 남의 것을 탐내면 어떤 대가를 치르는지.

"형이 그런 거죠?"

서준이 은태를 보자마자 인상을 찌푸렸다.

"뭘?"

"차 말이에요. 차, 차! 내 차 여기 스크래치 낸 거!"

서준과 달리 은태는 매우 침착했다.

"무슨 소린지 모르겠네. 내가 네 차를 왜 망가뜨려?"

"왜긴요. 내가 형 여친이랑 손도 잡고 카페에 와서 다정히 사진도 찍고 하니까…….."

"듣고 보니 너 진짜 나쁜 놈이다? 벌 받아도 싸네."

그의 태연한 표정에 서준이 열 내듯 물었다.

"그래서 진짜 벌을 줬다고요?"

"아니, 내가 안 그랬는데."

"그럼 누가 그래요?"

"모르지 나는."

"형!"

"됐고, 이제 다 놀았으면 얼른 펜션 가봐. 손님들 계시잖아."

"지금 그게 문제예요?"

"그게 문제죠. 그럼 뭐가 문젤까요? 손님들이 펜션에 잘생긴 사장 있다고 갔다가 다른 직원 있는 거 보고 많이 실망해서 카페 와서 투덜거리더라. 여자들이던데."

"저, 정말요?"

"그래."

서준이 얼른 운전석으로 향했다. 차에 타려던 서준이 문득 그를 돌아봤다.

"근데 이거 형이 그런 거 맞죠?"

"아니, 내가 왜 네 차를 건드려. 네가 내 여자 건드린 것도 아닌데."

불쑥, 서준의 입술이 나왔다. 은태가 어깨를 으쓱하자, 서준이 인상을 팍 쓰고는 차에 올랐다.

"내가 블랙박스 뒤져서 어떻게든 범인 찾아낸다!"

"그래야지."

"잡히면 죽는다, 그 범인!"

들으라는 듯 은태를 보며 소리치는 서준을 향해 그가 손을 흔들었다. 부웅! 하고 액셀을 세게 밟은 소리와 함께 서준이 사라졌다. 순식간에 주변이 조용해졌다. 은태가 해주를 돌아봤다.

"뭐하냐. 가자."

그가 차에 올랐다. 그녀가 조수석에 따라 타며 안전벨트를 했다.

"여기 있는 거 어떻게 알았어요?"

"……."

"네? 대체 어떻게 온 건데요?"

그가 그녀를 돌아봤다.

"데리러 왔어."

"……."

"너 데리러."

해주는 아무 말도 하지 못했다. 자신을 데리러 왔다니. 그럴 이유도 없는 상황에서.

엄마야 당연히 그럴 리 없었지만 할머니조차 편찮으셔서 비 오는 날에도 그녀를 데리러 온 적이 없었는데.

코끝이 찡했다.

"카페 탐방은 했고, 밥 먹을래?"

고작 이런 것으로 눈물이 나는 제 처지를 그에게 들키기 싫어 그녀가 고개를 돌렸다.

"카페는 어쩌고 온 거예요?"

"넌 그놈의 카페 생각 좀 잊을 수 없냐? 솔직히 말해. 그 카페 차지하려고 나랑 사귀자고 한 거 맞지?"

"네, 뭐, 이왕이면 카페도 차지하고 형님도 차지하고."

"흥. 카페는 차지할 수 있어도 나는 그렇게 쉽게 차지 못하지."

"정말요?"

"당연하지. 난 귀하신 몸인데. 그래, 어디 갈래?"

"호텔이요."

켁. 그가 당황한 듯 헛기침을 했다.

"뭐? 뭔 텔?"

"카페에서 첫날밤은 싫다면서요. 그럼 딴 데로 가야죠."

"갑자기 왜 가는데?"

"형님 차지하려고요."

그가 피식, 웃었다.

"넌 애가 생각하는 게 왜 그러냐. 몸으로만 가지면 뭐, 다 갖는 거냐?"

"말했잖아요. 마음보다 몸이에요. 진짜 눈앞에 만질 수 있는 그게 중요한 거죠. 현재, 지금 이 순간, 여기 우리."

그가 자신을 데리러 와줬다는 것이 그녀에게 용기를 주었다. 그녀는 그 기운을 그러모아 강하게 그의 손을 잡았다.

"형님 마음속에 있는 사람이 아무리 마음으로 손을 잡아준다 한들 지금 내가 잡아준 손이 훨씬 잘 느껴지고 따뜻할걸요?"

엄마가 아무리 자신을 보호해도 거기서 느껴지는 온기는 없었다. 차라리 그녀를 데려오지 않고 그냥 그대로 한 번 안아주고 떠났다면 그녀는 평생 그 온기를 안고 힘을 내며 살았을 것이다. 그러니까 중요한 건 마음 그 자체가 아니라, 마음이 가는 대로의 행동! 그녀는 그렇게 믿고 있었다. 직접 닿은 은태의 등이 그녀를 위로했을 때, 그녀는 그 생각을 더욱 확신했다.

그의 눈동자가 흔들렸다.

"아, 이래서 내가 넘어갔구나."

그가 혼잣말하듯 말하고 고개를 돌렸다. 생각지도 못한 말에 그녀가 놀랐다.

"응? 지금 뭐라고 했어요? 넘어갔다고요? 벌써요? 형님 벌써 나한테 넘어온 거예요?"

"가자."

그가 시동을 걸었다. 잔뜩 긴장한 표정으로 그녀가 물었다.

"호, 호텔이요?"

"미쳤냐? 밥 먹으러."

*
**

너무 감동을 줬나.

해주가 자신을 바라보는 눈빛이 훨씬 더 반짝였다. 은태가 피곤한 듯 눈을 감았다. 그러자 그녀가 그를 흔들어 도로 눈을 뜨게 했다.

은태에게는 밤이 무서웠다. 악몽과 죄책감이 가득한 밤, 언제나 잠들지 못하는 밤이었다. 그러나 그동안 겪었던 밤과는 완전히 다르게 더 무서운 것도 있다는 것을 알았다.

"안 돼요?"

"안 된다니까."

"정말 안 돼요?"

해주가 그를 흔들었다.

"다락 수리도 다 했는데 같이 자면 좋잖아요."

"에헤. 이 여자가 세상 무서운 줄 모르고."

"옆에서 같이 자 달라는 것도 아닌데 뭘요. 그냥 위에서 매트리스 따로 하고 자자는 거죠. 다른 아르바이트생들 하고 한 것처럼."

"그건 안 돼. 넌 다른 아르바이트생이 아니잖아."

"그럼 손만 잡고?"

그녀가 애교스럽게 얼굴을 들이댔다. 그가 이마를 푹 밀어댔다.

"그래서 안 된다는 거다?"

"진짜 너무 안 넘어온다. 그냥 어차피 잘 거 따로따로 자지 말고 다락방에서 같이 자면 심심하지 않고 좋잖아요."

"자는데 심심할 게 뭐 있어?"

"그래도 잠들기 전에 누가 내 옆에 있다는 생각을 하면 든든

하고 좋더라고요."

"그런 거면 밥도둑이랑 하면 되겠네."

그녀가 벌떡 일어났다. 화가 났나 싶어 눈을 뜨고 고개를 들었는데 그녀가 환하게 웃고 있었다.

"야, 너 설마?"

"아. 내가 왜 그 생각을 못했죠, 형님? 우리 도둑이가 있잖아요. 개도 덩치 크고 좋아서 안고 자면 딱 따뜻할 텐데."

"으응? 그게 무슨 뜻이야? 너 지금 나를 밥도둑 그 자식이랑 같이 취급하는 거야?"

"어쩌면 더 좋을지도 모르죠. 도둑이는 말을 안 하니까."

"뭐?"

그녀가 카페 밖으로 나갔다. 그가 놀라서 그녀를 쫓았다.

"야, 너 뭐 하게?"

"도둑이 목욕시키게요."

"진짜 데리고 자려고?"

"네. 안고 자면 따뜻할 것 같아요."

"갑자기 똥이랑 오줌 싸면 어떻게 하려고? 얘 똥 못 봤어? 똥오줌도 못 가리는 앤데. 저거 봐, 저거."

그가 푸석하게 부서진 큰 똥들을 가리켰다. 영문도 모르고 꼬리를 흔드는 개발 아래는 오줌도 흐르고 있었다.

그러고 보니 오늘 서준이 그녀를 데리고 돌아다니는 일 때문에 신경을 쓰느라고 청소를 못했다. 아무리 무딘 해주라도 그런 개를 데리고 자기는 쉽지가 않았는지 잠시 흠칫했다. 그런데

217

결심을 한 것인지 다시 개에게로 향했다. 그가 얼른 그녀의 팔을
붙들었다.

"제발, 저것만은 하지 마라?"

"그래도."

"그래도 뭐. 안 돼. 무조건 안 돼. 쟤 똥오줌 가리는 개 아니
야. 그냥 싸는 개라고. 안 돼. 알았어?"

"저도 안 돼요. 이젠 밤에 혼자 자기 싫어요."

그녀의 강한 의지에 그는 어쩔 수 없이 이 말을 해야 했다.

"아, 알았어. 내가 잘게."

"……네?"

"내가 옆에서 잔다고."

"정말요?"

"그렇다니까."

"매일?"

"매일?"

"안 돼요?"

"아, 그래, 알았어. 돼, 돼."

"진짜로요?"

"한 번만 더 물어보면 너 두고 펜션 가서 잔다?"

엄포를 놓자 그녀가 두 팔을 뻗었다. 또 멱살인가 싶어 움찔
했는데, 그녀가 그의 허리를 안고 가슴에 얼굴을 묻었다.

"저 진짜 안 덮칠게요. 그냥 옆에서만 자주시면 돼요."

얘가 아직도 본질을 모르네. 그게 문제거든, 윤해주?

고개를 든 그녀가 밝게 웃었다.

이게 문제라고, 윤해주.

그가 콩, 하고 그녀의 이마를 손가락으로 밀어내고는 그대로 먼저 다락방으로 향했다.

결국은 이렇게 되는 건가.

방황 끝에 결국 그는 제 방을 되찾았다. 언제나 지옥 같은 밤을 주던 방. 이젠 다른 의미의 지옥이 그를 기다리고 있겠지 싶어 앞이 컴컴했다. 그런데 그녀는 아무것도 모르고 천사같이 웃으며 매트리스 두 개를 붙이고 있었다.

"뭐하냐, 같이는 안 잔다고 했잖아?"

"그냥 나란히 자게요."

"이건 법칙에 어긋나는데?"

"아휴, 안 건드릴게요. 걱정 마세요."

네가 덮칠까 봐 걱정하는 게 아니라고. 내가 덮칠까 봐 걱정하는 거지.

답답해진 은태가 더 이상의 설전은 의미가 없다고 보고 그대로 자리에 누웠다. 그녀가 불을 끄고 얼른 따라 누웠다. 어둠 속에서 오감이 예민해지는 것 같았다. 붙어 있는 것도 아닌데 그녀의 향기가 났다. 같이 쓰는 샴푸에 같이 쓰는 섬유유연제, 비누, 칫솔인데 그녀에게서 나는 향은 모든 게 다 다르게 느껴졌다.

"너무 좋다, 그죠?"

그녀의 목소리마저 그의 숨을 짙게 만들었다.

그래, 너는 좋겠지. 근데 대체 뭐가?

"그렇게 외로워?"

"네?"

"나 아니면 밥도둑이라도 데리고 자야 할 만큼?"

누군가와 함께 하고 싶다는 간절한 생각이 안쓰럽게 느껴졌다.

왜 하필 자신에게 해주가 왔을까? 자신은 따뜻한 사람이 아닌데.

"우냐?"

"아니요. 그냥…… 외롭냐고 물어본 사람이 없어서. 형님이 처음인 것 같아요."

그것조차 처음이라고?

진짜 단단히 잘못 걸린 게 아닌가 싶다. 그인지, 그녀인지는 모르겠지만.

"처음이라……. 그런 거에 일일이 의미 심지 마. 원래 외롭냐고 물어보는 일은 가족끼리도 잘 안 해."

"그래요?"

"가족은 그렇다 치고 넌 친구도 없었냐? 아니다, 됐다. 진짜 없었다고 할까 겁난다."

"왜요? 내가 친구도 해달랄까 봐?"

"그래."

"맞아요. 나 친구도 없었어요. 형님이 첫 친구예요."

"어이고. 그러다가 내가 첫사랑이라고까지 하겠다?"

햇살이여
카페에서

"……."

"너 설마?"

그가 고개를 돌렸다. 어두운 방 안에 자신을 보고 있는 그녀의 눈동자가 반짝이더니, 점점 그녀의 얼굴 윤곽이 보였다.

"첫사랑은 아니에요."

"아, 그래? 다행이네."

그래? 친구는 없었는데 첫사랑은 있다는 거지?

어둠 속이라 다행이었다. 괜히 입술이 삐죽, 움직였다.

"왜 다행이에요? 보통은 첫사랑이면 좋아하지 않아요?"

"난 그런 거에 의미 안 심어. 그래서, 어떤 놈인데?"

"네?"

"첫사랑 말이야."

"음, 초등학교 때 선생님이요."

"성숙하셨네요, 초딩이?"

"그분이 저한테 엄청 다정하셨거든요. 항상 칭찬해주셨어요."

"아하. 그땐 칭찬에 넘어갔다?"

"당연하죠. 칭찬에 안 넘어가는 사람도 있어요?"

"하긴 내 등짝에 넘어가는 여자가 뭐에는 안 넘어가겠어?"

"형님 등은 특별해요."

"뭐가?"

"날 따뜻하게 만드는 마법의 등."

"허허, 그런다고 내가 쉽게 내줄 것 같아?"

"그럼 손은요?"

"당연히 안……."

이미 손이 잡혔다.

물어보지나 말지.

잡힌 손을 움직이자 뺄 줄 알았는지 더 강하게 잡았다. 그가 그녀의 손목을 잡고 손을 뺐다. 그리고 다시 편한 자세로 부드럽게 잡아주었다.

"이 자세가 편해."

다시 손을 잡아줄지 몰랐는지 그녀가 잠시 말이 없었다.

"감동했냐?"

"형님."

"왜?"

"전 평생 형님 사랑할래요. 허락까지는 괜찮으니까 안 된다고만 하지 마세요."

그의 대답을 완벽히 차단하는 그녀가 귀여워 웃음이 났다.

"너, 그 얘기 서준이한테도 했지?"

"네에? 서준 오빠한테 왜요?"

"서준이도 네 손 잡아줬잖아."

"에이. 그건 남매끼리 잡은 손이죠."

"이거는?"

그가 잡은 손을 들어 올렸다.

"이거는 의형제."

농담을 해놓고 쿡쿡 웃는 그녀를 확 당겨 얼굴을 가까이했다.

"그래. 요새 의형제끼리는 키스도 하고."

눈이 마주치자 그동안의 박력과는 다르게 쑥스러운 듯 그녀가 눈길을 내렸다.

"질투도 안 해놓고."

"질투를 내가 왜 해. 넌 평생 나만 사랑한다면서? 거짓말이야?"

"아니요. 형님만 괜찮으면 난 그러고 싶어요."

"대체 왜?"

"형님하고 있으면 외롭지 않으니까."

나도. 나도 너랑 있으면 자꾸 뭔가를 잊는 것 같아. 그래서는 안 되지만 그러고 싶은 그 일들을 옛일이라고, 이젠 네 삶을 살라고 말해주는 것 같단 말이야.

"윤해주."

가만히 들여다보자 그녀의 눈동자가 이리저리 흔들렸다. 그가 뭘 할지 아는 사람처럼 부끄러운 듯도 하고 두려워하는 것도 같았다.

"무서워?"

"아니요."

"난 무서워."

"뭐가요?"

"못 멈출까 봐."

이 마음도, 이 행동도.

그가 살짝 입을 벌려 그녀의 입술을 물었다. 그녀는 놀라지도,

거부하지도 않았다. 가만히 그녀를 당겨 입 안에 혀를 넣어 입 속을 매만졌다. 그녀는 그의 움직임을 가만히 느끼고 있는 듯하더니, 잠시 후 그를 안고 그녀도 혀를 움직이기 시작했다.

따뜻할까? 그녀는 지금 따뜻할까? 나 같은 놈이 안아줘도 따뜻할까? 친구를 두고 행복해지려는 배신자가 그녀를 만져도 따뜻함을 느낄까?

그랬으면 좋겠다. 그녀를 따뜻하게 해주고 싶다. 그러면 행복할 것 같으니까.

혼자서는 도저히 안 되던 그것을 하게 하는 그녀에게 해줄 수 있는 모든 것을 해주고 싶어졌다.

12.

행복해서 무섭다. 아침 청소를 하던 해주는 요즘 생활이 믿기지 않았다. 이곳에서 머물고는 줄곧 좋은 일뿐이었다. 일도 적성에 잘 맞았고 남자친구와 오빠도 생겼다. 무엇보다 혼자 자지 않는 게 좋았다.

모두 은태를 만나고부터였다.

"아흐. 이렇게 행복해도 되나?"

접시를 정리하던 해주는 가슴이 뭉클해져 잠시 눈을 꼭 감았다. 밤마다 하는 키스가 절로 떠올랐다. 부드럽고 따뜻하고 감미로운 그 키스.

멈추지 못할 것 같다는 그는 그 선 이상은 넘어오지 않았다. 키스를 하다가 조금 깊어진다 싶으면 갑자기 데인 사람처럼 행동을 멈추고 자리로 돌아갔다.

이제 자자.

정말 멋없이 그렇게 말하고 잠이 들었다. 그런데 멋없이 말하는 부분도 좋았다. 여운이 전혀 없는 목소리라 아쉬웠지만 그래도 형님다웠다.

왜 늘 여기서 끝낼까.

잠들기 전에 한 번씩 불안한 마음도 있지만 또 새로운 밤이 오면 여지없이 그는 키스를 했다.

밤이 기다려졌다. 그가 자신에게 키스하는 밤. 그가 잠든 것을 확인하고 몰래 손을 잡는 밤. 운이 좋으면 그의 품에서 잠들 수 있는 밤.

행복해.

그녀가 헤헤, 웃으며 설거지를 했다. 얼른 밤이 왔으면 좋겠다.

"굿모닝."

서준이 카페에 들어왔다. 매일은 아니지만 자주, 비슷한 시간에 들어오는 탓에 그녀는 익숙하게 서준을 맞이했다.

"좋은 아침이에요, 오빠."

해주의 인사에 서준이 인상을 확 찡그렸다.

"아, 눈부셔라. 뭐야, 얼굴이 왜 이렇게 환해졌어?"

"응? 왜요? 내 얼굴 좋아 보여요?"

"완전 좋아 보이는데? 뭐, 좋은 일 있어?"

요새는 좋은 일뿐인 것 같았다. 하지만 서준에게 특별히 말할 수 있는 부분이 아니라서 그녀가 고개를 저었다.

"별일은 없는데. 카페가 잘된다는 것 빼고는."

"야, 장사하는 사람한테 그게 제일 좋은 일이지."

"그렇죠, 그게 제일 좋은 일이죠."

"형은 좋겠다. 아르바이트생 잘 들어와서 장사도 잘되……
아, 깜짝이야!"

서준이 화장실에서 나오는 은태를 보고 놀란 눈을 떴다. 누
가 봐도 퀭한 얼굴에 피골상접한 매우 피곤하고 지친 얼굴이었
다.

"뭡니까, 이거?"

"이거? 너 지금 나한테 이거라고 했냐?"

"네? 아니, 그러니까 그 모습. 그 모습이 뭐냐고 물은 거죠."

"아닌데, 너 나한테 분명 이거라고 했는데?"

은태가 서준을 보자마자 예민하게 말을 잡고 늘어졌다. 서준
이 눈을 깜빡였다.

"죄송합니다. 근데 무슨 일 있어요?"

"무슨 일이 있겠냐. 없어서 문제지."

은태의 시선이 느껴져 해주가 의아한 듯 그를 보았다. 눈이
마주치자 그가 쌩하니 돌아섰다.

"응? 뭐지? 한 명은 눈이 부시고 한 명은 음침하고. 이게 무
슨……. 아! 그런 거구나?"

서준이 두 사람을 보고 놀리듯 웃었다. 영문을 모르는 해주
가 궁금한 눈을 했지만 서준은 그냥 생글거리며 웃었다.

"형 너무 무리시키는 거 아니에요, 형수님?"

"네? 형수님이요?"

무슨 소리인지 몰라 잠시 생각하던 해주가 서준의 눈빛을 읽고 얼른 고개를 저었다.

"그런 거 아니에요, 우리."

"에이, 아니긴 뭐가 아니에요, 형수님. 둘이…… 에이, 형수님, 형 꼴이 저게 뭡니까, 저게. 형 좀 잘 먹여가면서 그래야지. 형, 어떻게, 장어 한 마리 잡아다드려요?"

"시끄러워. 누굴 죽이려고."

"에이. 제가 사드릴게요. 아니면 뭐, 뱀으로 할까? 우리 아버지 집에 뱀술이 있는데."

"그, 그런 거 아니에요. 저희 아무 일도……."

은태가 등 뒤로 다가와 해주의 입을 막았다. 매일 키스하는 사이라도 갑작스러운 그의 손길에는 심장이 내려앉았다. 두근두근. 심장이 뛰었다. 은태가 서준에게 고갯짓을 했다.

"안 가냐? 빨리 가라?"

자연스러운 스킨십에 서준이 눈을 흘겼다.

"내 차 수리비를 줘야 가죠."

"수리비를 내가 왜 줘."

"글쎄. 왜 줘야 하는지 본인이 제일 잘 알 텐데요?"

"증거 있어?"

"지금 둘이 그러고 있는 게 증거 아닙니까? 둘이 진짜, 진도 엄청나네."

"그런 거 아니……."

해주가 말을 할수록 은태가 더욱 그녀의 입을 강하게 막았다.

"가, 얼른 가."

은태가 파리를 쫓듯 서준을 보냈다. 나갔던 서준이 도로 얼굴을 내밀었다.

"내가 어떻게든 받아낼 겁니다. 수리비."

"쟤는 왜 아침마다 와서 헛소리냐."

그가 천천히 그녀 입을 막고 있던 손을 풀었다. 그녀가 그 손이 다 내려가기 전에 덥석 잡고는 그를 올려다봤다. 그러고 보니 꽤 수척해 보이는 것도 같았다.

"아파요?"

"그래. 아프다."

"어디가 아픈데요?"

"너 모르는 곳. 네가 상상도 못하는 곳. 너는 알고 싶어하지도 않는 곳."

"그게 어딘데요."

"몰라. 걸레 널러 간다."

그가 밖으로 나갔다. 창문 밖으로 그가 걸레를 있는 힘껏 털어서 빨래걸이에 너는 게 보였다.

"걸레 빠는 거 시켜서 화났나?"

아침잠이 많은 남자였다. 거의 오후가 다 되어서야 일어나던 사람이었는데 아무래도 기상 시간이 빨라진 탓인 것 같았다.

"더 자도 되는데."

그녀가 특별히 부탁하지 않아도 이제 알아서 척척 카페 일을 해내고 있었다. 안 하던 사람이 너무 일을 한 탓인가. 걱정

된 그녀가 부지런히 밖으로 나갔다.

"뭐 하러 나왔어?"

"걸레 너는 거 도우려고요."

"됐어. 몇 개 있지도 않은데. 들어가."

"아프다면서요."

"안 아파."

"아깐 아프대 놓고."

"아팠다 안 아팠다 하는 거야."

"언제 제일 아픈데요?"

"너랑 있을 때."

그녀가 놀라서 걸레를 떨어뜨렸다.

얼마나 무서운 말인가. 그녀와 있을 때 가장 아프다니.

"농담이다, 바보야."

그가 걸레를 주워 넣고는 그녀에게 손짓했다.

"들어가자."

그녀가 꼼짝 없이 서 있자 그가 도로 다가왔다.

쪽.

갑작스러운 그의 입맞춤에 그녀가 정신이 들었다.

"농담이라고 했잖아."

"세상에서 제일 무서운 농담이었어요."

"그래? 좀 오싹해지냐? 넌 벌 좀 받아도 돼."

"왜요?"

"그걸 모르니까."

그가 투덜거리며 카페로 들어갔다.

넌 벌 좀 받아도 돼.

너무 행복해서 무서운 상태라 그럴까. 그 말이 좀 가슴에 남
았다.

* * *

은태가 퀭한 눈으로 일어났다. 아침마다 기분이 안 좋았다.
여러 가지 이유가 있지만 명확하지는 않았다. 눈 뜨면 언제나
꺼림칙한 아침이었다.

옆자리는 잘 정돈돼 있었다. 언제나 소리 없이 그녀는 일을
하러 먼저 빠져나갔다. 그가 텅 빈 다락방을 바라보다가 일어
났다.

밤엔 잠이 잘 오지 않았다. 그 이유는 명확히 알았다. 해주
때문이었다. 혼자였다는 그녀가 혼자 자기 싫어하는 탓에 그는
그녀와 함께 자고 있었다. 자리를 따로 하고 자면 그만일지도
모르지만 그건 또 싫었다.

명색이 사귀는 사이에 키스 정도도 못한다면 비참하지 않은
가.

그는 더 많은 것을 하고 싶었다. 그녀가 상상도 하지 못한 것
들을 그녀와 하고 싶었다. 하지만 그는 차마 그러지 못했다. 그
녀가 원하는 따뜻함을 빌미로 그녀가 손을 뻗기도 전에 먼저 뻗
는 것은 너무 비겁했다.

그 비겁함이 그의 목을 졸랐다. 안고 싶다. 그의 아랫도리를 졸랐다. 가지고 싶다.

언젠가 그런 날이 올 거라고 서두르지 말라고, 언제는 시체처럼 살기로 해놓고선 그 생각은 다 어디로 집어던지고 육체를 탐하는 인간이 되려 하는 거냐고 스스로를 달랬다.

"어? 일찍 일어났네요? 잘 잤어요?"

해주가 화사하게 웃었다. 그녀가 날이 갈수록 예뻐지는 게 그를 더 힘들게 했다.

"넌 대체 몇 시에 일어나는 거냐?"

그의 목소리에는 실체 모를 비아냥이 섞여 있었다. 그녀는 저렇게나 예쁜데 자신은 무엇이 마음에 안 드는 것일까.

"저야 늘 여덟 시에 내려오죠. 청소해야 되니까."

"청소를 왜 맨날 해?"

"그거야 손님이 매일 오니까. 근데 나한테 화나는 일 있어요?"

아마도, 있는 것 같다. 단순히 욕구불만 같은 게 아니다. 그거 말고 더 화나는 일이 있다. 그게 뭘까.

"그냥 가서 주무세요. 제가 일할게요."

"됐어. 내가 할 거야."

"아니에요. 피곤해 보이는데 그냥 쉬세요."

"됐거든. 일이라도 해야 돼. 안 그러면 머리가 터져 죽을 것 같으니까."

"머리 아파요?"

"그래. 아주 골치가 아프다."

그가 걸레를 잔뜩 들고 화장실로 들어갔다. 이상하게도 깨끗해 보였다. 그가 벌컥, 화장실 문을 열었다.

"너 혹시 화장실 청소했어?"

"아, 아니요……."

아니긴. 그녀의 거짓말은 티가 났다.

"너 한 번만 내 일에 손대면 혼난다?"

"네. 근데요."

"근데요는 무슨 근데요야."

"얼마 전부터 계속 아프다고 해서. 갑자기 안 하던 일하셔서 그런 것 같기도 하고."

"그래서? 네가 다 하시겠다?"

"그건 아니지만 도와드릴 수 있는 부분은 도와드린다, 이거죠."

"까분다. 이거 다 네 일이거든? 내가 도와주고 있는 거고."

"네, 네, 그렇죠. 압니다. 사장님."

"알면 다신 내 일에 손대지 마. 아니, 내가 도와주는 일."

그의 말실수에 그녀가 큭큭 웃었다. 그녀가 웃는 걸 보는 게 좋아서 잠시 멍하니 바라보자 그녀가 금방 웃음을 그쳤다.

나 때문에 웃을 수 있는 사람이 있다는 게 이렇게 좋은데 나는 지금 그녀의 무엇이 마음에 들지 않는 걸까.

그가 못마땅한 눈으로 밖으로 나왔다.

"굿모닝입니다."

서준이 다가왔다. 그가 미간을 좁혔다.

"넌 왜 이렇게 아침마다 와?"

"그거야 아침에 와야 여유 있게 인사를 하니까 그렇죠. 수리비 독촉도 아침에 해두는 게 좋고."

"대체 수리비를 왜 나한테 와서 독촉해? 무슨 상관이라고."

"내가 블랙박스 확인했는데요."

"그래서 증거 나왔어?"

"아니요. 그건 아니지만."

"아닌데 왜 나한테 그래?"

서준이 눈을 흘겼다.

"치밀한 놈."

"뭐?"

"아니, 그 차 긁은 놈 말입니다."

은태가 코웃음을 쳤다.

"멍청하긴. 번지수 틀렸으니까 그만 가봐."

"어? 왔어요, 서준 오빠?"

해주가 나오자마자 서준에게 반갑게 인사했다.

"안녕, 형수님?"

"형수님은 무슨."

그가 투덜거리자 해주가 흘깃 눈치를 보았다.

저 눈치 보는 버릇 좀 없애고 싶네.

그가 또다시 못마땅하게 바라보자 그녀가 기죽은 눈빛을 내리깔았다.

"들어가요, 서준 오빠. 커피 드릴게요."

"역시 아침엔 모닝커피지. 내가 이것 때문에 맨날 아침에 온다니까."

"아까는 수리비 때문이라며?"

안 들리는 듯 서준이 해주를 따라 안으로 들어갔다. 문이 닫히고 두 사람의 모습이 순간 안 보이자 헉, 하고 숨이 막혀 왔다.

아……, 이거였구나.

그가 그녀에게 마음에 안 드는 것. 그것은 바로, 눈 뜨면 그녀가 사라지고 없다는 것.

그녀에 대한 감각은 온몸에 그대로 남은 채로 아침마다 공허하게 혼자 남은 것을 확인하는 일이 못마땅한 것이었다.

승호처럼 갑자기 사라져버리는 게 아닐까.

어느 날 눈을 떴을 때, 그녀가 갑자기 나타났던 것처럼 갑자기 없어지고 모든 것은 꿈이고 자신은 누구에게도 온기를 줄 수 없는 사람이고 이제는 더 이상 시체처럼 살고 싶지 않은 마음으로 시체처럼 살아야 하는 게 아닐까.

심장이 꽉 조여졌다. 그가 자리에 주저앉았다. 숨이 쉬어지지 않는 기분, 그가 머리를 붙들었다.

무섭더라. 어쩐지 무서웠어.

그 짧은 시간에 그녀에게 모든 것을 의지하고 있었다. 자신에게 다가온 그녀를 말리지 않은 게 잘못이었을지도 모르겠다. 하지만 다시 돌아가도 그는 또 말릴 수 없었을 것이다.

그럼 난 어떻게 해야 하지? 이 공포를 어떻게 해야 하지?

그가 카페 안에 있는 해주를 보았다. 그녀가 환하게 웃고 있었다. 이 카페에서 사라지는 해주는 상상할 수 없을 것 같았다. 그녀는 햇살 아래 그 자체였다. 이제 더 이상 해주가 없는 카페는 의미가 없었다. 그리고 그녀가 없는 자신은 아무것도 아니었다.

은태가 카페 안으로 들어갔다.

"형님도 커피 드려요?"

"윤해주."

"네?"

"갑자기 사라지지 마."

"네?"

그녀로서는 이해할 수 없는 말을 그는 멋대로 던지고 도로 밖으로 나왔다. 땅이 치솟아 파도가 되어 카페를 덮치는 것 같았다.

무서워.

그의 발밑이 무너지는 것만 같았다.

* *
* *

무슨 뜻이었을까. 갑자기 사라지지 말라니.

해주는 혼란스러웠다. 근래의 은태는 매우 혼란스러워 보였다. 그런데 그게 자신 때문일까 봐 그녀는 묻지도 못하고 같이 혼란스러워하고 있었다.

들이대지 말라고 했는데 멋대로 들이대서 그런 건가.

자신이 분명 무슨 잘못을 한 것 같은데 그게 뭔지를 알 수가 없었다. 그는 쉽게 말을 해주지 않았고 물어보면 더욱 입을 닫았다. 그에 대해서 모르는 게 너무 많았다.

"진실게임을 하자고?"

"네."

그녀가 그의 옆에 엎드렸다. 밤이 되면 유리했다. 그와 그녀, 둘만 남으니까.

그럴 때면 멋대로 들이대도 되는 기분이었다. 그녀는 늘 밤을 기다렸다. 그와 함께 있어 외롭지 않다는 것을 느낄 수 있는 이 밤, 그녀는 또 멋대로 들이대고 있었다. 그런 그녀를 보던 그가 쯧쯧 혀를 찼다.

"넌 그 게임 이름 자체에 어떤 어폐가 있는지 모르지?"

"무슨 어폐요?"

"이 세상에 진실이란 게 없어. 그런데 어떻게 그걸 두고 게임을 하냐?"

그는 뭔가를 회피할 때 어휘력이 출중해졌다. 적어도 이것 하나는 그에 대해서 아는 듯했다. 그럴 땐 무시하는 게 답이었다.

"내가 먼저 질문할게요."

"한다고 안 했는데."

"나랑 자는 거 싫어요?"

"어이고. 단도직입적이네."

"얼른요."

"아니."

휴, 다행이다. 환하게 웃던 그녀가 미간을 좁혔다.

"세상에 진실은 없다면서요? 그럼 이 대답 가짜 아니에요?"

"후후. 그렇지. 넌 이제 나한테 무슨 대답을 들어도 정답을 알 수 없어지는 거야. 늪에 빠진 거지."

"못됐어."

"나 원래 착한 남자는 아니었는데."

"알고 있었어요."

"아는 데 왜 나랑 사귀어?"

"그거 질문이에요?"

"그래."

투덜투덜 뭐라고 하더니 결국은 그가 게임에 참여했다. 그녀가 그를 보며 턱을 괬다.

"말했잖아요. 잘생겼다고."

"이거야말로 늪이네, 진짜. 뭐 그건 확실히 진실이긴 하지만."

그가 그녀를 보며 눈을 흘겼다.

"똑바로 대답 안 하지?"

"바른 대답이었어요. 이번엔 내 차례요. 형님은 날, 음, 날⋯⋯. 후, 나를⋯⋯."

과호흡을 하는 그녀를 보며 그가 미간을 좁혔다. 그래도 입술 끝이 올라간 게 표정이 웃긴 모양이었다.

"뭐하냐, 너."

"좋아해요? 나요?"

두서없이 물어놓고 또 심장을 붙들었다. 그는 금방 답하지 않았다. 아니, 못한 건지도 모른다. 그녀가 들이대서 사귀게 되었고, 들이대서 만남이 이어지고 있었고 들이대서 같은 방을 쓰게 됐으니까.

그가 입을 오물거렸다가 금방 취소하듯 입을 다물었다. 픽, 그녀가 베개로 얼굴을 쳤다.

"앗! 왜 때려?"

"왜 이렇게 늦어요?"

"늦게 말할 수도 있지. 이제 말하려고 했어."

"바로 나와야 하는 거 아니에요? 그렇게 그 말이 픽픽 안 나와요? 고민해야 하는 거예요?"

"그래, 그렇다. 어쩔래?"

그럴 수가!

너무 상처가 커서 할 말이 없었다. 그녀가 베개를 안고 자리에서 일어났다.

"어디 가냐?"

"내려가서 잘게요."

"뭐? 내려가서 잔다고?"

"네, 같이 자기 싫어졌어요."

"뭐?"

그가 벌떡 일어났다. 그녀가 슬픈 눈으로 그를 보았다.

"이제 키스도 안 할래요. 들이대지도 않을 거예요."

"뭐, 뭐, 뭐라고?"

"안녕히 주무세요."

떠나려는 그녀를 그가 강하게 잡았다.

"갑자기 사라지지 말랬지?"

"무슨 갑자기예요? 인사하고…….."

처음 보는 그의 불안한 표정에 더 이상 장난을 치는 게 불가능해 보였다.

"형님……."

그녀가 빤히 보자 그가 베개를 챙겨 들었다.

"내가 내려가서 잘게."

"네?"

그가 그대로 카페로 내려갔다.

무슨 일이 벌어진 것인가. 정말 힘들게 그와 같이 자는 기회를 얻었는데 이렇게 단번에 그 기회를 박탈당하다니.

그에겐 이렇게 쉬운 일이었나? 말도 안 돼, 나쁜 놈.

그녀가 울상이 되어 그대로 서 있었다. 자신이 화를 냈으니, 잘못했다고 내려갈 수도 없었다.

자신 있다고 생각했다. 그가 자신을 좋아하게 되었다고, 그렇게 생각했다.

너무 서둘렀나? 참을 걸 그랬나?

그가 없는 빈자리를 보자니 마음이 허했다. 어쩔 줄 모르고 있는데 다시 그가 올라오는 소리가 들렸다. 빠르게 올라오는 소리였는데 그 소리의 두 배로 심장이 뛰었다.

햇살이며
카페에서

역시. 사과하러 오나 봐!

그를 보자마자 그녀의 얼굴이 절로 환해졌다. 그가 곤란한 듯 이마를 긁적였다.

"이불을 안 가지고 갔어."

"이 나쁜 놈!"

이불을 챙기는 그를 보며 저도 모르게 욕설을 뱉었다. 뱉어 놓고 자신도 놀라 얼른 입을 막았다. 그가 놀란 듯 툭, 이불을 떨어뜨리고 그녀에게 다가왔다.

"너 지금 뭐라고 했냐?"

"⋯⋯."

"뭐라고 했냐고?"

화를 낼 것 같은 그의 표정에 그녀도 기분이 상했다.

"나, 나쁜 놈이라고 했어요. 왜요! 뭐요?"

"아, 그래?"

"네. 그래요."

"욕먹은 김에 해야겠다, 그럼."

"뭘 해요?"

"나쁜 놈."

"네?"

그가 그녀를 번쩍 안아 매트리스에 눕혔다.

"뭐, 뭐하시는⋯⋯."

그가 그녀의 위로 올라타자 그녀의 몸 전체가 찌릿거렸다.

"진짜 나쁜 놈. 하, 더는 못 참겠어."

그의 뜨거운 숨이 훅, 하고 그녀의 얼굴에 닿았다. 그가 뭘 할지 알았다. 심장이 기대로 가득 차는 것만 같아 숨이 잘 쉬어지지 않았다.

그의 몸이 그녀에게 닿은 것뿐인데 숨이 저절로 가빠졌다.

"나 진짜 나쁜 짓 할 거야. 싫으면 말해."

"형님은 좋아하지도 않는데 어떻게 해요?"

"싫다는 뜻이야? 내가 나쁜 짓 하는 거?"

"나한테 제일 나쁜 짓은 나랑 같이 안 자는 거예요."

"그럼 최악은 아니네."

그가 그녀의 입술을 물었다. 세상에서 가장 달콤한 키스, 그러나 오늘의 키스는 너무나도 찐득했다.

그가 그녀의 옷을 벗기고 몸을 만졌다.

왜 이렇게 무섭게 만지는 걸까?

그가 그녀의 곳곳을 집요하게 파고들었다. 처음 느껴보는 감각이 그녀에게 밀려 들어와 그녀를 짐승처럼 만들었다. 이상한 소리가 입 안에서 흘러나오고 이성적이지 않은 생각들이 그녀를 지배했다.

그의 손길이 스치는 곳이 모두가 짜릿했다. 부싯돌이 부딪히는 것처럼 불꽃이 튀어 올랐다.

따뜻해. 아니, 뜨거워. 가슴 깊이 시렸던 가슴까지 모두 데워지는 것 같았다.

잠시 후, 그의 것이 안으로 들어왔다. 훅, 하고 숨을 들이켰다. 커다란 것이 그녀의 몸 안에서 이질적으로 움직였다.

으읏! 불이 붙었다.

뜨거워. 아니, 따뜻해. 그의 입술, 손길, 몸짓 모든 게 급하면서도 조심스러웠다.

세상엔 진실이 없었다. 진실은 오직 그의 몸에 있었다. 그녀를 간절히 원하는 그에게 있었다. 그가 아직은 자신을 좋아한다 말하지 못해도 괜찮을 것 같았다. 이대로라면 언젠가 그는 자신을 반드시 좋아하게 될 것이다.

"괜찮아?"

그가 몸을 움직이며 조심스럽게 물었다.

"네, 괜찮아요."

"아프지 않아? 내가 너무 정신없이……."

그녀가 그를 안았다.

"형님."

"그래."

"형님을 만나서 너무 행복해요."

진짜였다. 단순히 포옹하는 것과는 완전히 다른 행복이 그를 따라 밀려들어오고 있었다.

그녀가 행복하니까, 그러니까 다 된 거 아닐까. 이 행복을 안고 이제 그를 행복하게 해주고 싶다. 그가 깊이깊이 들어오는 만큼 그녀도 깊이깊이 생각했다.

기분 좋아, 형님 몸, 땀, 품.

까무룩 잠이 들었다. 가슴 깊이 그가 들어와 있어서 정말로 외롭지 않은 밤이었다.

미친놈.

눈을 뜨자마자 그런 생각이 들었다. 나쁜 놈이 아니라 미친놈이었다.

대체 무슨 생각인 거냐.

말도 안 되는 상황에서 다짜고짜 그녀를 안았다. 분위기도 안 잡고 사전에 예고도 없이.

거부해주지 않아서 너무 다행이긴 한데.

언제든 어떤 이유로든 그녀는 떠날 수 있었다. 사랑한다고 말해도, 말하지 않아도, 작은 일에도, 큰일에도, 그 어떤 일에도 그녀는 떠날 수 있었다. 그게 이곳이든, 세상이든, 언제든.

'어디 가냐?'

'버려가서 잘게요.'

'뭐? 버려가서 잔다고?'

'네, 같이 자기 싫어졌어요.'

'뭐?'

'이제 키스도 안 할래요. 들이대지도 않을 거예요.'

'뭐, 뭐, 뭐라고?'

'안녕히 주무세요.'

내려가서 잔다는 게 떠난다는 말로 들렸고 같이 자기 싫어졌단 말이 네가 싫어졌다라고 들려왔다. 키스도 안 하고 들이대지도 않는다는 게 마음이 떠났다는 뜻으로 들렸고 안녕히 주무세요가 안녕히 계세요로 들렸다.

그저 그녀가 다락방에서 떠날 수 있다는 사실에도 그는 불안했다.

그녀가 사라질지도 모른다. 그만 남겨두고.

제발 떠날 수 있다면 자신이 먼저 떠나고 싶었다. 그래서 내려가서 잔다는 그녀 대신 자신이 다락방을 나왔다. 하지만 그녀가 얼마나 외로운지 그는 알았다. 알면서도 그녀를 두고 먼저 떠날 수도 없었다.

다시 올라가면 참을 수 없을 텐데.

하지만 그녀를 혼자 뒀다가는 울리고 말 터였다. 그는 결국 다시 그녀에게 올라갔다. 그녀를 보는 순간, 모든 이성이 마비되는 것 같았다. 망연자실 그를 보는 그녀가 참을 수 없이 귀여웠고, 영영 떠나지 못하게 가두고 싶었다.

좋아한다는 한마디면 어쩌면 더 쉬웠을지도 모른다. 그런데 그런 단순한 말 한마디로 이 감정을 말하긴 어려웠다.

넌 말이지, 미칠 것 같아. 그냥 날 미치게 해. 내 인생이 완전히 달라지고 있거든. 내 존재 이유가 완전히 너로 바뀌고 있어. ……라고 말해도 될까? 그녀가 부담스러워서 도망가는 거 아닐까?

지금 무슨 말씀이세요, 형님? 저는 그저 형님의 등이 필요했을 뿐인데, 그래서 조금 좋아한 것뿐인데, 갑자기 무슨 존재의 이유 같은 소리를 하세요?

이렇게 말하고는 떠나버리면 그는 아무 말이나 쉽게 뱉어버린 자신을 원망하면서 또다시 시체처럼 살아야 할 것이다.

이 밤, 잠이 들지 못한 이유도 그것일 것이다. 이런 날 눈을 떴을 때 그녀가 또 사라져 있다면 그는 정말 두려울 것 같았다. 다락을 내려가도 그녀가 없을지 모른단 생각에 다락방에서 나오기 힘들지도 모르겠다.

그러니까 잠들 수 없지.

그가 그녀의 빰을 매만졌다. 간지러웠는지 그녀가 눈썹을 꿈틀거렸다. 그가 미소를 짓고 바라보는 순간, 그녀가 눈을 떴다.

"깼어?"

"응…….”

잠결에 미소를 지으며 대답하던 그녀가 갑자기 주변을 확인하더니, 그를 보고 놀란 눈을 떴다.

"악!"

그녀가 얼른 이불을 덮었다.

이건 또 무슨 짓이야? 세상에서 가장 로맨틱해야 하는 아침에?

눈을 뜨자마자 치한을 본 얼굴 같아 덜컥, 심장이 내려앉았다.

"너 뭐하냐?"

그가 이불을 당겨서 얼굴을 보려고 했지만 그녀가 이불을 꽉 붙들고 놓지를 않았다.

"자, 잠깐만요, 형님."

"왜 그러는데?"

"왜, 왜, 왜 깨 계신 거예요?"

"깼으니까 깼지."

"아니, 원래 일찍 안 일어나시잖아요."

"오늘은 일찍 깼어. 오랜만에 상쾌한 아침이라."

잠을 잔 건 아니었지만 진짜로 그랬다. 이 얼마나 맑고 밝은 아침인가. 모든 번뇌를 해결하고 게다가 눈을 뜨자마자 그녀의 존재를 확인했다. 사라지지 않는 그녀를 보는 것. 그에겐 이것만큼 아름다운 아침이 없었다.

그 말이 호기심을 자극했는지 그녀가 빼꼼 눈만 내밀었다.

"괜찮아요?"

"뭐가?"

"아니, 그냥, 형님이요."

질문의 의도를 생각하던 그가 눈을 가늘게 떴다.

"무슨 질문이 그래. 설마 너 내가 복상사로 죽을 줄 알았냐."

"아니, 그러니까…… 좋았……어요?"

"뭐?"

별걸 다 묻는다. 그가 쿡쿡 웃었다. 이렇게 귀여우면 놀리고 싶잖아.

"뭐가? 뭐가 좋았냐고 묻는 건데?"

"아니, 저기, 그러니까, 그거."

"그거가 뭐냐고."

"아, 진짜. 나하고 한 거 말이에요."

그녀가 눈 딱 감고 말했다.

말이라고. 다시 태어난 것 같은데.

그가 그녀의 눈을 보고 싶어 이불을 살짝 걷고 허리를 숙여 이마를 가져다 댔다. 그녀가 번쩍 눈을 떴다. 눈을 보기 위해 뒤로 물러서려는데 그녀가 그의 얼굴을 잡고 도로 이마를 붙였다.

"뭐하는 거야?"

"이러고 얘기해요."

"이러면 눈이 안 보이잖아."

"그래도 체온은 느껴지잖아요."

"허리 아픈데?"

그가 자신의 꾸부정한 자세를 가리키자 그녀가 놀란 눈을 떴다.

"많이 힘들었어요, 어제?"

힘들었냐고? 그것도 많이? 아니, 내가 왜!

"그런 거 아니거든. 그냥 지금 이 자세가 힘들어서 그런 거야."

말했는데도 그녀가 의심스럽게 바라보는 것만 같아, 그가 아예 그녀의 위로 올라타고 다시 이마를 붙였다.

"이렇게 하면 허리 안 아파. 멀쩡해."

"……정말 괜찮은 거죠?"

"야, 나 그렇게 죽어가는 체력 아니거든."

정신이 죽어가긴 했지만.

"그게 아니라, 어제, 나랑 한 거……."

좋았어, 환상적이었어, 꿈꾸는 것 같았어, 너보다 내가 더 행복했어.

많은 말들이 가슴 속에서 한꺼번에 쏟아져 나오는 바람에 목구멍이 확 막힌 것 같았다. 가슴이 뭉클하고 코끝이 찡했다.

"기억이 잘 안 나네. 한 번 더 해야 하나?"

"말도 안 돼. 그렇게 오래 해놓고."

빤히 보는 그녀의 얼굴에 코를 비볐다.

"그러는 너는?"

아무렇지도 않은 척 물어놓고 꽤 긴장이 됐다.

"저는 뭐……, 그냥."

"그냥?"

"그냥 뭐. 좀, 그냥."

"이거 왜 이럴까? 어제 행복하다고 막 좋아 죽던 여자는 어디 가고?"

그녀의 얼굴이 단번에 빨개졌다.

"제, 제가 또 뭘 좋아 죽어요. 그 정도는 아니신데요."

"어쭈? 일 끝났다 이거냐? 이게 진짜."

그가 이불을 젖히려 하자, 그녀가 강하게 저지했다.

"아, 안 돼요. 하지 마세요."

그녀가 행복하다고 말했다. 자신 때문에 행복하다고. 세상에 그 말만큼 행복한 말이 있을까? 당신과 있어서 행복하다, 고.

"그만하시고 잠깐만 눈 좀 감고 계세요."

"왜?"

"아니, 제가 옷도 안 입었고요."

"알아. 나도 안 입었어."

그가 제 몸을 가리키자 시선을 보내던 그녀가 눈을 질끈 감았다.

"아, 우리가 진짜, 뭔가 했네요."

"그랬지."

"네, 그랬어요."

그녀의 목소리가 조금 의심스러워 그가 인상을 찌푸렸다.

"뭐냐, 너 후회하는 거냐, 지금?"

"네."

"네?"

"조금요."

"조금? 조금이라도 후회를 한다고?"

"아니 그게 아니라."

그녀가 뭐라고 중얼거렸다. 도무지 알아들을 수는 없고 속은 타서 그가 확, 하고 이불을 치웠다.

"잉. 생얼인데. 얼굴 보지 마세요. 저 지금 엉망이란 말이에요."

"걱정 마. 이미 안 보고 있어."

"네?"

탐스러운 가슴이 그의 눈에 펼쳐졌다. 꿀꺽, 마른침이 절로 넘어갔다. 분명 어젯밤에 만진 가슴인데 만지면 만질수록 더 만지고 싶은 가슴이었다. 저도 모르게 말하고 나니, 픽, 하고 베개

햇살아래
카페에서

가 날아왔다.

"이 짐승 놈!"

"뭐?"

"아니, 그게……."

"그래, 너 이런 여자였지. 멱살 잡고 욕하고 막."

그가 삐친 척을 하자 그녀가 그를 달랬다.

"아니, 죄송해요. 그게요."

"그러다 결국 내 실체를 들키고 말았네."

"네?"

"사실 나 짐승 놈이거든."

"무슨 소리예요?"

"뭐긴 뭐야. 한 번 더 해야겠다는 거지. 난 짐승 놈이니까."

"아니, 잠깐만. 뭐라고요?"

그가 맹렬하게 달려들었다. 거부할 줄 알았던 그녀가 까르르 웃었다. 진짜 그런 웃음소리였다. 행복한 사람의 웃음소리. 덩달아 그도 행복해지는 기분이었다. 그녀의 행복이 고스란히 전달돼 너무도 행복해지는 기분. 미치도록 행복해서 무서울 정도였다.

13.

인생은 아름다웠다. 온통 분홍빛의 예쁜 색. 돈 주고는 절대 살 수 없는 색을 그녀는 눈앞에서 보고 있었다. 은태가 서 있는 세상이었다.

자신을 원하는 은태가 그녀를 보고 웃고 장난을 치고 함께 수다를 떠는 세상. 이게 그녀의 인생이라니 도무지 믿기지 않았다.

들이대길 잘했어.

웃음이 절로 나왔다. 서준이 기분 나쁜 표정으로 두 사람을 번갈아 보았다. 카페 안에 행복지수가 높아도 너무 높은 것이다. 태곳적부터 혼자였던 서준이 그 분위기를 알아채지 못할 리가 없었다.

"아주 둘이 살림을 차리셨구나?"

비꼬고 있는데도 은태와 해주는 서로를 보며 키득 웃었다. 서준이 놀란 듯 입을 벌렸다.

"이젠 아니라는 말도 안 해!"

흥분하는 서준을 보며 은태가 비웃었다.

"전에도 아니라는 말은 한 적 없어. 어차피 뭐라고 해도 넌 안 믿잖아."

"아니, 그래도 그렇지요. 이렇게 변명 안 하기 있습니까?"

"오빠, 여기 커피 마셔요."

"오, 그래그래. 고마워. 동생. 아니, 형수님."

해주가 서준 앞으로 커피를 내주자 서준이 싱긋 웃었다. 은태가 서준을 못마땅하게 바라봤다.

"넌 뭔데 아침마다 와? 이젠 매일 온다?"

"수리비 받으러 오는 겁니다. 보기 싫으시면 주시던가요."

은태가 어깨를 으쓱했다.

"대체 무슨 소리인지 모르겠네."

"과연 그럴까요? 난 분명히 아실 것 같은데요."

"근데 정말 형님이 그런 거예요?"

해주가 궁금한 얼굴로 물었다. 은태가 알 수 없다는 듯 과장된 몸짓을 해보였다.

"내가 뭐 하러?"

"질투 나니까 그러죠, 우리 둘 사이."

푸하하하. 은태가 크게 웃었다.

"너희들 진짜 귀엽다. 얘들아? 난 질투를 모르는 사람이다."

언제는 귀찮아 죽겠다던 두 사람을 보고 이제는 귀엽다고 하다니, 그가 즐거워 보이는 건 틀림없었다. 서준이 우습다는 듯 눈을 가늘게 뜨고 웃었다.

"정말 그럴까요?"

"그럼. 그렇다니까."

"그럼 엊그제 남자 손님이 와서 해주한테 집적거린 거, 그런 것도 괜찮다 이거죠?"

"뭐?"

"해주 보고 너무 예쁘시다고 계속 연락처 좀 알려달라고 사정사정하던데요? 계속 그래서 해주가 얼마나 곤란했었는데요. 나 아니었으면 해주는 납치 수준이었어요. 그나마 내가 있어서 산 거지."

인상을 쓰며 해주를 보던 은태가 표정을 거뒀다.

"그런 게 뭐. 그런 일은 나한테는 흔한 일이야. 얼마 전에도 여자 손님이 나 때문에 왔다고 하면서 사진 좀 찍어달라고 하더라. 거절하느라고 얼마나 힘들었는데. 근데 윤해주, 너 나한테 그런 얘기 왜 안 했어? 내가 질투 나서 하는 말은 아니야. 그런데 적어도 그런 일이 있다면 사귀는 사이끼리 서로 말하는 게 당연한 거 아니야? 그런 거 말 안 하려면 우리가 뭐 하러 사귀어. 그럴 거면 그냥 의형제로 돌아가. 그런 식으로 슬렁슬렁 사귈 거면."

"좋아한다는 말도 안 하면서 무슨."

해주의 일갈에 은태가 딱 입을 다물었다. 서준이 설레발을 쳤다.

"네에? 좋아한다는 말도 안 했어요? 뭐야, 저런 남자랑 사귀

햇살이 며 카페에서

는 겁니까, 형수는?"

"네, 제가 뭐가 씌었는지 저런 남자도 예쁘다고 봐주고 삽니다."

해주의 투덜거리는 한 마디에 그대로 입을 다문 그가 청소를 시작했다. 서준과 해주는 끊이지 않고 은태를 두고 잔소리를 했다.

슬렁슬렁 사귀는 게 누군지 모르겠네, 인간이 덜됐네, 사귀면서 고백도 안 하는 사람이 어디 있냐, 저러고도 남자냐 등등.

"야, 너희 둘 다 나가! 내가 청소 다 할 거니까!"

화난 은태가 소리치자 해주와 서준이 부랴부랴 밖으로 나왔다. 쏟아지는 햇살에 그녀가 잠시 눈을 감았다 떴다.

"우와, 날씨 진짜 좋다."

하늘이 반짝거렸다. 해주가 숨을 크게 들이마셨다. 서준이 미안하다는 듯 그녀를 보았다.

"나 때문에 괜히 쫓겨났네?"

"아니요. 덕분에 청소 안 하고 좋은데요?"

그녀는 알았다. 그가 일부러 내보낸 것이라는 것을. 그녀에게 청소를 시키기 싫은 것이다. 말투는 저렇지만 언제나 따뜻한 남자였다. 아침에 그가 더 자라는 것을 만류하고 나왔는데 그러길 잘한 것 같았다. 이렇게 아름다운 햇살을 볼 수 있으니까.

"이제 곧 여름이네."

"그러니까요. 봄이 어떻게 지나갔는지 모르겠어요. 여름엔 손님들 많이 올지 모르겠다. 작년엔 어땠어요?"

"아무래도 다들 바다로들 많이 가서. 이 근처에 계곡이 있는 것도 아니고."

"하긴. 여름에 오름이라니, 듣기만 해도 덥네요."

"그래도 네 덕분에 카페 유명해져서 오는 손님들은 있을 거야."

"네, 근데 저는 이 정도면 딱 좋겠어요."

그의 말대로 사진 같이 찍자는 여자 손님들이 신경 쓰였다. 아무래도 예쁜 카페에는 남자보다 여자들이 많이 왔는데 개중에는 은태를 보며 대시를 시도하는 여자 손님들이 꼭 있었다.

"장사 지지리도 안 되는 카페였는데 이젠 손님도 적당히 받고 싶다? 하긴, 그럴 만하지. 알바생이 이렇게 훌륭한데. 형은 좋겠다. 진짜 복 받았어."

과연 그럴까?

그에겐 아직 마음에 둔 사람이 있다. 그래서 좋아한다는 말도 쉽게 하지 못하는 사람이었다. 그런 말을 누군가에게 한다면 왜 그런 남자랑 사귀냐, 미쳤냐고 할 것이다. 하지만 그녀는 자신 있었다. 이대로라면 그는 자신에게 반드시 넘어올 거라고. 그런데 그런 근거 없는 자신감만으로 밀어붙이는 이 순간도 어쩌면 그를 힘들게 하고 있는 건 아닌지 걱정이었다.

"에잇. 나도 언젠가 내 펜션에 찾아올 인연을 기다리러 가봐야겠다."

"네, 분명히 올 거예요."

"그럴까? 근데 나는 그냥 내가 갔으면 좋겠다. 여기 너무 심심

햇살이해
카페에서

해."

　도시로 가고 싶어하는 서준이 투덜거리는 사이, 카페 문이
열리고 은태가 나왔다.

　"벌써 청소 끝났어요?"

　"어, 대충."

　"대충? 대충 안 되는데."

　해주가 의심스럽게 바라보자 은태가 눈을 똑바로 마주했다.

　"제대로 했어. 완전 깨끗하게."

　서준만 없으면 뽀뽀를 할 수 있는 자세였다. 아쉽다. 빤히 바
라보고 있는데 은태가 먼저 고개를 돌려버렸다.

　"나 좀 나갔다 올 테니까, 서준이 너 카페 좀 봐라."

　"네? 지금 이름 헷갈린 거 아닙니까? 내가 왜 카페를 봅니
까?"

　물어보던 서준이 금방 알겠다는 표정으로 웃었다.

　"아, 두 분이 데이트하려는 거구나?"

　데이트? 해주의 눈이 번쩍 뜨였다. 반가운 얼굴로 은태를 바
라봤지만 그는 단호히 고개를 저었다.

　"나 혼자 나갔다 올 거야."

　"응? 그럼 왜요? 해주 있는데 왜 내가 가게를 봐요?"

　"글쎄, 보라면 봐. 나 간다."

　"어, 어디 가는데요?"

　해주가 물어봤지만 은태가 말없이 손을 저었다. 서준이 콧방
귀를 뀌었다.

"질투를 안 해? 흥. 나보고 남자 손님으로부터 너 지키라는 거잖아. 저렇게 말하고 행동이 달라서 되겠냐, 인간이?"

"멋있지 않아요?"

"뭐? 뭐가, 어디가?"

"그냥 다요."

해주가 차에 올라타는 그의 뒷모습을 보았다. 어쩌면 저렇게 몸매도 좋고 어깨도 넓고 키도 크고 든든하게 생겼을까. 그런 남자를 어떻게 이렇게 잘 알아봤을까?

자신의 남자 보는 눈을 기특해하며 그녀는 금방 황홀해졌다. 서준이 팔짱을 끼고 그런 그녀를 보며 고개를 저었다.

"아주 따라가라, 따라가."

"그러고 싶다."

"얼씨구."

서준이 도저히 못 봐주겠다는 듯 먼저 카페로 들어갔다.

어디 가는 걸까?

궁금해하던 그녀는 금방 마음이 쓸쓸하고 불안해졌다.

역시나 마음을 가지지 못하면 이렇게 되는 거겠지?

밤에는 자신의 것이던 그는 날이 밝으면 사라지고 없었다.

"아, 빨리 그날이 왔으면!"

그녀가 다운되는 기분을 부여잡고 돌아서는데 차가 들어오는 소리가 들렸다.

은태가 다시 돌아오나?

그녀가 주차장으로 시선을 돌렸다. 그의 차가 아니었다. 렌터

카에서 여자가 내리고 있었다. 한눈에 봐도 세련된 도시 여자
였다.

"손님이구나."

그녀가 손님을 맞기 위해 바쁘게 카페로 향했다.

*
**

미친놈인 건 진작 인지했다. 매일 아슬아슬하게 선의 경계에
있던 그가 결국은 선을 넘어버렸을 때 자신은 나쁜 놈이자 미
친놈이었다. 그런데 이렇게 환장한 놈이었나. 그가 편의점에서
콘돔을 쓸어모았다.

편의점 사장이 눈치껏 이상한 인간 보듯 하고 있었지만 그는
뻔뻔하게 카드를 내밀었다.

그래, 뭐든 한 번이 어렵지.

매일 밤 그녀와 보내고 있는데 적어도 그렇게 환장했으면 개
념 찬 환장한 놈이 되어야 했다. 여자가 따로 한다 해도 남자는
피임을 기본 예의로 해야 하는 것 아니겠는가.

차에 오른 그는 곧 다른 편의점으로 향했다. 콧노래가 절로
나왔다. 이 세상의 즐거움이 모두 자신에게 몰려든 것만 같았
다.

약국에 있는 콘돔까지 모두 싹 쓸어 돌아오며 그는 또다시
콧노래를 불렀다. 햇살이 유난히 좋았다. 그래도 해주의 미소
만큼 밝지는 않은 것 같았다.

"걔는 왜 그렇게 예쁜 거야."

유난히 웃는 게 예뻤다. 어디 갔다 왔냐고 하면 입 다물고 있다가 봉지째 콘돔을 보여줘야지. 그녀는 어떤 반응을 할까.

이렇게 많이 할 거예요? 누가 한대요? 미친놈.

"흠, 아니지. 의외로······."

감당하실 수 있겠어요? 고작 이걸로 날 만족시킬 수 있으시겠냐구요.

그러고는 그의 위로 올라탈지도 몰랐다. 밤에는 자신을 지배하는 여자가 아니겠는가.

"무슨 생각하는 거냐, 곽은태. 아무리 굶고 또 굶었다고 해도."

중요한 건 그녀가 무슨 말을 해도 그는 다 재미있어 할 것이라는 것이다. 무슨 소리를 하든 다 귀엽고 무조건 예쁠 테니까.

고작 이거 사러 다녀온 거예요? 난 또 선물이라도 사오는 줄 알았네.

흠칫, 그가 인상을 찌푸렸다. 그녀가 콘돔을 보고 매우 실망할 수도 있다는 생각이 들었다. 실망이라. 그녀는 언제나 자신을 좋게 보았다. 잘생겼다고 해주고 좋아해주었다. 늘 들이대주던 그녀가 자신을 보고 그런 표정을 짓는 것만은 상상할 수 없었다.

"그건 안 되지."

그가 카페로 가던 길을 돌렸다.

"그래, 내가 얼마나 치밀한 놈인데."

그는 가장 가까운 옷 가게로 향했다. 시내에 나갔을 때 그녀가 눈여겨봤던 옷들과 비슷한 스타일을 찾아봤지만 계절이 바뀐 탓에 찾기가 어려웠다. 그는 그녀에게 어울릴만한 옷들을 찾았다.

뭘 입어도 예쁠 것 같아서 고르기 쉬울 것 같았지만 그렇기에 또 고르기가 어려웠다.

고심 끝에 그는 그동안 그녀가 추구하던 스타일 두 벌과 전혀 다른 스타일 두 벌을 골랐다. 고르고 보니 마음이 찜찜했다. 어차피 카페에서 입을 옷들이었다.

"이건 그냥 직원 복지 같잖아."

유니폼 사주는 기분이랄까.

이마를 긁적이던 그가 휴대전화로 주변을 검색했다. 선물 가게를 찾아낸 그가 다시 운전대에 올랐을 때, 전화가 들어왔다.

이장우.

"아, 이 인간이 있었지?"

실질적인 카페 사장이자 늦게 태어난 탓에 그와 비슷한 또래인 하나밖에 없는 외삼촌이었다.

"네, 삼촌."

—여보세요?

"네, 삼촌."

—곽은태 씨 전화 맞습니까?

그가 인상을 찌푸렸다.

"뭐하는 겁니까?"

—너 맞아? 전화 받아서 놀랐다.

"전화해놓고는."

—그래. 그래도 너 내 전화 잘 안 받았잖아.

"그럼 끊자, 삼촌."

—왜. 오랜만에 조카랑 통화하게 돼서 좋은데.

장우의 목소리가 밝게 들려왔다. 언제나 밝고 명랑한 탓에 통화하기 부담스러웠다. 하지만 지금은 그도 만만치 않은 탓에 이겨낼 수 있을 것 같았다.

"왜 전화했어?"

—아, 별건 아니야. 카페를 팔까 해서.

"뭐?"

—그 쓰레기 같은 카페 계속 가지고 있어서 뭐해. 그냥 팔아버리지.

홋, 그가 입꼬리를 올렸다. 그 쓰레기 같던 카페 매출을 안다면 저렇게 쉽게 말하지 못하겠지.

카페에 모든 일을 은태에게 일임한 탓에 장우는 카페 상태를 알지 못했다.

사실 장우는 피트니스클럽 대표로 매장이 수도권에 골고루 퍼져 있었다. 그걸 운영하는 것만으로도 바빠서 전화도 하기 힘들었다.

제주도 붐이 일었을 때 무심코 사둔 몇 개의 땅이 있었는데 그중 하나가 망한 카페를 안고 있는 땅이었다. 그때만 해도 그 카페에 조카를 묻게 될 줄은 몰랐을 것이다.

갑자기 친구를 잃은 조카가 정신을 놓자 그의 어머니가 동생인 장우에게 부탁을 한 것이었다.

"갑자기 왜?"

—이제 너도 복귀해야지. 언제까지 그런 촌구석에서 썩을 순 없잖아. 그렇게 열심히 공부해놓고 다 버릴 순 없잖아. 너 그 일 얼마나 좋아했어?

그의 눈빛이 단번에 어두워졌다. 복귀라니. 그 일을 어떻게 하라는 거야?

"어머니가 시켰어?"

—그런 것도 있지만 카페 산다는 사람이 나타나서 말이야.

"조카랑 통화하려고 전화한 건 확실히 아니었네. 하긴 바쁜 양반이니까."

—그래, 볼일 있을 때만 전화해서 미안하네. 근데 내가 그저 조카 생각에 전화했을 땐 네가 안 받았거든.

"그래, 하필 우연히 전화 잘 받았네."

—그러게. 고맙다, 받아줘서. 그럼 조만간 담당 부동산 팀장 보낼게.

전화를 끊은 그가 잠시 멍하니 앉았다.

카페를 판다고?

그가 핸들을 손가락으로 툭툭 두드렸다. 그녀와 자신의 안식처 같은 공간이었다. 그런데 그것이 없어진다니, 상상하기 어려웠다. 그녀가 사라질 걱정만 했었는데 카페 자체가 없어질 거라는 건 생각해본 적 없었다.

"어디 가기로 했더라."

그가 뒤늦게야 정신을 차리고 선물 가게로 향했다. 그녀가 좋아할 만한 것을 찾는데 그런 것들이 너무 많았다.

향초와 꽃다발 등 단번에 해주가 생각나는 것들을 몇 개 골라 차에 올랐다.

"엄청 좋아하겠네."

은태가 서둘러 카페로 돌아갔다. 주차장에 차가 가득했다. 날씨가 좋아지고 손님이 늘었다. 평소보다 북적거리는 게 주말다웠다.

그가 카페 밖에서 안을 들여다봤다. 투덜대더니만 서준이 즐겁게 서빙을 하고 있었다. 아무래도 펜션보다는 손님들이 금방 바뀌는 카페가 즐거울 것이다.

주방에서 고군분투하는 해주가 보였다. 일찍 돌아오려고 했는데 예상보다 오래 걸렸다. 서준에게 부탁하지 않았다면 큰일 날 뻔했다.

그가 바쁘게 카페 문을 열었다. 문 열림과 동시에 기다렸다는 듯 해주가 고개를 들었다. 그녀가 자신을 보며 환하게 웃었다. 많은 손님들 사이에서 오직 그녀만이 보였다.

윤해주.

보자마자 같이 웃음이 났다. 그가 그녀 앞으로 다가갔다.

"어디 갔다 왔어요?"

그가 다짜고짜 그녀를 붙들고 다락방으로 올라갔다. 서준이 뭐라고 하는 것 같았지만 들리지도 않았다.

"무슨 일 있어요?"

"아니."

"근데 왜요? 카페 사람 많아서 바쁜데."

"알아. 근데 내 마음이 더 바빠."

"왜요, 뭔데요. 무슨 일 있어요?"

"있지. 자, 이거."

"뭐……."

그가 내민 쇼핑백 안을 들여다보던 그녀가 곤란한 표정을 지었다. 그가 긴장했다.

"왜? 별로야?"

"아니, 지금, 지금은 못해요."

"응? 아, 이거 아닌데!"

콘돔이 먼저 보이다니. 그가 당황했다. 그 모습이 재미있었는지 그녀가 풋, 웃었다.

"이거 아니면 뭔데요? 뭘 사왔기에 바쁜데도 급하게…… 와, 옷이다!"

그녀의 눈이 휘둥그레졌다. 원피스 두 벌에 후드티와 바지를 번갈아 보더니 놀란 눈으로 은태를 보았다.

"이거, 이거, 이거 뭐예요? 선물이에요?"

"선물은 무슨. 작업복이지."

"네?"

"사장 형님인데 직원 복지에 신경 써야지."

"와, 복지 엄청나네. 알바생한테도 이런 거 사주시고."

"알바생이라니. 이제 매니저로 임명한다."

"우와, 저 승진했어요?"

"응. 월급 그대로지만."

"에이. 그런 게 어디 있어요. 단돈 십만 원이라도 올려주세요."

"얘가 회사를 안 다녀봐서 뭘 모르네? 십만 원을 누가 그렇게 홀쩍 올려?"

"알바생에서 매니저면 고속 승진인데요? 십만 원이면 많이 받는 것도 아니에요."

"그런가? 그래. 이십만 원 올려준다."

그가 기분 좋게 말하자, 그녀가 흥분했다.

"진짜요? 진짜요? 응? 이건 또 뭐예요?"

그녀가 향초와 꽃이 담긴 쇼핑백을 열어보고 눈과 입을 크게 벌렸다.

"뭐, 그냥 보이기에."

"세상에! 오늘 무슨 생일인가?"

흥분하며 생일 타령하는 그녀를 보자 그의 눈이 번쩍 뜨였다.

"그러고 보니 너 생일 며칠이냐?"

"지났어요."

"지났다고? 언젠데?"

"12월이에요."

그를 만나기 전에 생일을 보냈다. 혼자 보냈으려나. 어떻게 보냈으려나. 혼자라는 그녀는 매년 생일을 어떻게 보냈을까. 자신을 몰랐을 때 보냈을 생일이 저절로 안타까웠다.

앞으로는 매년 같이 보내줘야지. 외롭지 않게.

"추운 날 태어나서 그렇게 몸이 찬 거였냐?"

"이젠 안 차요. 형님 있잖아요. 내 전용 난로오."

그녀가 그를 안았다. 그러고는 조용히 속삭였다. 그 속삭임에 아랫도리가 바짝 일어났다. 그녀가 부끄러운 듯 빠르게 다락방에서 내려갔다.

"야, 너 그러고 가면 어떻게 해. 밤까지 어떻게 기다리라고."

'오늘 밤에 저 콘돔들 종류별로 다 써봐요.'

이렇게 속삭일 줄이야. 역시 예상을 벗어나는 매력적인 여자였다.

"종류별이란 말이지……."

서준을 보내고 그가 일을 해야겠다. 시간을 빨리 가게 하는 방법은 시간 가는 줄 모르고 일하는 것뿐이니까.

은태가 빠르게 그녀를 쫓아 내려갔다.

"너 약속 지켜라?"

"제가 한 번 뱉은 말은 꼭 지키는 스타일이에요."

"진짜로? 너 진짜 자신 있어?"

농담을 하고 있는데 시선이 느껴졌다. 고개를 드니, 서준이 못마땅하게 그를 보고 있었다.

"설마 그 많았던 쇼핑백 중에 제 물건 하나쯤은 있겠죠?"

이런. 서준은 생각지도 못했다. 앞으로도 그가 없을 때 해주를 맡기려면 다음엔 꼭 챙겨줘야 할 것 같았다.

"있겠냐?"

콘돔 하나쯤은 줄 수도 있겠지만 그녀와 할 수 있는 한 번의 기회를 놓칠 수도 있으니, 아까워서 못 주겠다.

"세상에 서러워서. 다신 일 도와주나 봐라."

"그래, 오늘은 일 도와주지 말고 그만 가봐."

"진짜! 너무한다, 너무해!"

길길이 날뛰는 서준을 보며 해주가 미안한 표정을 지었다.

"죄송해요, 대신 아침에 커피랑 브런치 해드릴게요."

"무슨 소리야. 너, 아침에 오지 마. 내일 문 안 열 거니까."

서준이 놀란 눈을 떴다.

"네? 왜요? 무슨 일 있어요?"

있을 예정이시다. 후후. 그가 한쪽 입꼬리를 올렸다.

"글쎄, 그렇다면 그런 줄 알고, 내일은 오지 마라?"

완전 차단을 선언하고 서준을 보내려는데 해주가 의아한 듯 고개를 내밀었다.

"손님, 뭐 필요한 거 있으세요?"

손님이 서준 뒤에 가만히 서서 친절하게 묻는 해주의 물음에도 대답이 없었다. 그가 고개를 내밀었다. 서 있는 존재를 확인한 순간 은태는 돌이 되는 것만 같았다.

"유……라야."

"곽은태, 맞지? 누군가 했어. 못 알아볼 뻔했잖아."

유라가 그제야 서준보다 앞으로 다가와 악수하자는 듯 가만히 손을 내밀었다. 주춤대던 그가 악수를 했다.

"나랑 살아준다며. 너랑, 살러 왔어."

흠칫, 잡은 손이 떨려왔다.

햇살아래 카페에서

14.

진정한 최후의 만찬…… 같은 거였나.

그가 남겨둔 선물이 그녀의 눈에는 그렇게 보였다. 마지막으로 잔뜩 먹여주는 음식 같은 거. 이별…… 준비 같은 거.

카페의 손님들이 썰물처럼 빠져나가고 해주는 혼자 남겨졌다.

유라라고 했던가.

그의 입에서 그런 이름이 들렸고, 너랑 살러 왔다는 말이 여자의 입에서 흘러나왔고, 그리고 둘은 밖으로 나갔다.

그러고선 한참 동안, 이렇게 손님들이 빠져나가고 더 이상 아무도 없을 때에도 그는 돌아오지 않았다.

살러 왔다고? 그랑?

그는 지금 자신과 살고 있었다. 정말 그런가. 몸은 자신과 살고 있었다. 그런데 마음은?

"그 여자였구나. 그렇게 예쁜 여자."

해주가 유라를 떠올리며 천장을 올려다봤다. 일단 잘 사는 집 딸 같아 보였고, 사랑도 많이 받은 것 같았지만 어딘가 슬픔이 느껴지는 얼굴, 즉 남자들이 돌아보게 만드는 매력이 있는 것도 같았다.

"예뻐, 예쁘잖아. 너무 예뻐."

모든 게 거품이었다. 자신에게 찾아온 그 많은 행복들이.

그녀는 불안하게 카페 문만 바라보았다.

"내가 있어서 곤란하려나?"

여자를 데리고 나가며 자신을 바라보던 그의 눈빛을 잊을 수가 없었다. 곤란하고 불안한 눈빛.

삼각관계의 주인공이 될 줄은 몰랐는데.

마음에 둔 여자가 나타났으니 자신이 빠져주는 게 맞았다. 하지만 그녀는 한 발자국도 움직일 수가 없었다. 그냥 그 자리에 폭탄 같은 게 터져서 그대로 발밑으로 꺼지고 있는 기분이니까.

빨리, 빨리 돌아와요, 형님.

기도하듯 두 손을 모으는데 카페 문이 열렸다. 활짝, 저절로 나오는 미소가 굳었다. 은태가 아닌, 서준이 들어왔다.

"실망한 얼굴이네?"

"아니에요."

"아니긴. 다 알아. 형 기다리잖아."

"네, 그건 맞지만."

서준이 맞은편에 앉았다.

"혼자 있는 게 걱정돼서."

"네. 고맙습니다……."

서준이 걱정스럽게 그녀를 바라봤다. 그녀가 애써 미소를 보였다.

"괜찮아요."

"저녁은?"

"이제 먹어야죠."

"입맛도 없겠다."

"네, 사실은 그래요."

"혹시 나랑 대화하기도 싫어? 그냥 갈까?"

"아니요. 혼자 초조하게 기다리는 것보다는 낫죠."

하지만 누군가랑 있는 것도 마음이 편하지 않은 게 사실이었다. 울 것 같은 심정이니까.

"외부에서 온 손님일 거야."

서준의 위로에 피식, 웃음이 터졌다.

"못 들었어요? 살러…… 왔다고 했잖아요. 형님이랑 살러……."

"그랬나."

서준이 이마를 긁적였다. 그 소리를 듣고 경악하듯 바라본 건 서준이었다. 그런데 이제 와 모른 척을 한다고 위로가 될 리 없었다.

"그래도 형은 널 좋아하잖아."

그녀가 고개를 푹 숙였다. 그 부분이 가장 자신이 없었다.

"너무 걱정 마."

"형님은…… 나한테 좋아한단 말한 적 없어요."

"에헤. 꼭 말로 해야 아나? 형 나한테도 그런 말 한 적 없어. 근데 아직도 나 옆에 두잖아. 형 원래 그런 인간이야."

"그런 줄 알았는데."

'나랑 살아준다며.'

그런 말은 했네요. 그 여자한테.

해주는 유라가 한 말을 떠올리고 또 떠올렸다. 아마 서준도 그래서인지 잠시 말이 없었다.

"저녁이라도 먹자."

"오면 같이 먹을래요."

"오늘 안 들어오면 어쩌려고."

가슴 깊이, 너무나 불안해서 생각하지 않으려고 했던 그 말을 서준이 해버렸다.

"아니, 그러니까, 여기 밤에 운전하면 위험하거든. 그래서 한 말이지, 그 여자가 한 말을 신경 쓰는 건 아니고……. 에이, 나 진짜 도움 안 된다. 미안해."

"아니에요."

"전화해볼래?"

해주가 고개를 저었다. 전화하고 싶은 마음은 굴뚝같았지만, 정말로 너무나 간절했지만 그가 자신을 귀찮은 존재로 여기게 될까 봐 무서웠다. 행여나 전화를 안 받는다던가, 나중에 전화할게라던가, 이런 말들을 하면 그녀는 이 밤을 견딜 자신이 없었다.

해주랑 서준은 말없이 앉아 있었다. 한참 뒤에야 개가 짖는 소리에 서준이 입을 열었다.

"오늘은 우리 펜션 가서 잘래? 혼자 자면 위험하잖아."

결국, 서준은 은태가 들어오지 않을 거라고 결론지은 모양이었다. 그녀가 고개를 저었다.

"괜찮아요. 문 잘 잠그고 자면."

"그건 안 돼. 나 형한테 혼날 걸?"

"혼날 사람이 누군데요."

"그건 그래도."

두 사람이 또다시 말이 없었다. 이렇게나 은태에게 확신이 없다니, 짝사랑은 슬픈 거였다. 조금만 일이 생겨도 이렇게나 불안해지니까.

"가자. 형 오면 다시 돌아오면 되지."

"돌아올까요?"

누구에게 묻고 있는 걸까. 서준이 어떻게 안다고. 그녀의 간절한 눈빛이 안쓰러웠는지 서준이 한숨을 쉬었다.

"그렇다고 말해주고 싶은데 솔직히 말하면 나도 잘 모르겠어. 난 형이 그 여자를 잊었을 거라고 생각했거든."

이게 무슨 말인가. 그 여자라니. 그 여자의 존재를 알고 있었단 말인가?

"그 여자가 누군지 알아요?"

"뭐, 나도 펜션 내려올 때 우리 부모님 통해서 들은 거라."

그녀가 궁금한 눈으로 바라보자 서준이 망설이다가 입을 열었다.

"형의 소중한 사람이 바다에서 죽었다고 들었어."

"……네?"

너무 놀라서 해주는 말이 나오지 않았다. 마음에 담은 사람이 있다는 건 알았다. 그런데 죽다니. 그건 생각지도 못했던 일이었다.

"연인이었겠지. 그렇지 않고선 저렇게 자포자기하듯 살진 않았을 테니까."

연인……이 바다에서 죽었다고?

그러자 그간의 그의 태도가 모두 이해가 갔다. 모든 것에 관심 없는 듯한 태도, 그러면서도 주변 사람을 신경 쓰지 않을 수 없는 듯 바라보던 눈빛. 카페가 왜 그렇게 운영됐는지 알 것도 같았다.

얼마나 감당하기 힘들었을까. 그녀의 가슴이 저미는 듯이 아파 왔다.

그런 남자한테 뭐라고 했더라? 마음속에 있는 사람을 잊게 해준다고? 죽은 사람을 어떻게 잊어?

자신이 그에게 얼마나 터무니없는 소리를 한 건지 알 수가 없었다. 눈물이 절로 솟아올랐다. 훌쩍, 거리며 눈물을 닦자, 서준이 놀란 듯 펄쩍 뛰었다.

"아, 저기, 미안해. 미안하다. 나도 그냥 들은 이야기라서. 근데 그 여자가 갑자기 살아 돌아온 걸 보니까 뭐가 뭔지 나도 잘 모르겠어. 일단 우리 펜션으로 가자. 일단 오늘은 거기 가서 자고……."

카페 문이 열렸다. 해주의 손목을 잡고 있던 서준이 그대로 멈췄다. 눈물을 닦고 있던 해주도 그대로 멈췄다.

은태가 들어와 두 사람을 바라보며 미간을 좁혔다. 철렁, 심장이 내려앉았다. 그가 왔다. 그가 돌아왔다.

"뭐…… 하냐, 너희?"

"네? 아니, 그러니까 이게."

손목을 잡은 서준이 놀라서 주춤거리는데 은태가 옆에 있던 의자를 들었다.

"이 자식이 나만 없으면 호시탐탐!"

"아, 아닙니다. 그게 아니고요. 저녁도 못 먹고 있는 것 같아서, 내가 형 대신해서."

"뭐? 형 대신해서 뭐? 나 대신 남의 여자 손을 잡아? 죽고 싶냐, 진짜?"

"아니, 저기, 그게 아니고……. 형! 형 맞죠? 내 차 긁은 거."

은태가 그제야 의자를 내려놓고 언제 그랬냐는 듯 어깨를 으쓱했다.

"무슨 소리인지 모르겠네?"

"아, 형 맞잖아요. 이렇게 폭력적인 게 아무리 봐도 형인데!"

"아니거든요. 나는 질투를 모르는 사람이거든요."

은태의 넉살에 서준이 기가 찬다는 듯 고개를 저었다.

"와, 진짜 형 맞으면서."

"얼른 가봐. 펜션에 손님 있어."

"네? 진짜요? 이 시간에요?"

"그럼 펜션에 어느 시간에 손님이 와야 되는데? 가, 가, 얼른."

"어휴. 나 쫓아내려고 또 거짓말."

서준이 투덜거리며 해주를 보았다. 은태가 온 것만으로도 안심이 된 해주가 옅은 미소를 지었다. 서준 역시 비슷한 미소를 짓고는 밖으로 나갔다.

"너 진짜 혼난다?"

은태의 눈빛이 무서웠다. 갑자기 그동안 걱정하던 모든 게 잊히고 말았다. 해주가 눈을 깜빡였다.

"뭐, 뭐가요?"

"뭐긴 뭐야. 자꾸 딴 놈이랑 노는 거 말이지."

"놀긴 뭘 놀아요."

"그럼 뭐한 건데?"

"왜 그래요, 질투하는 사람처럼?"

그녀가 괜히 웃는 낯으로 말했다. 그런데 그는 웃지 않았다.

"질투 안 하냐, 그럼? 뻑하면 딴 놈이랑 손잡고 있는데?"

그러고는 그가 다락으로 올라가 버렸다.

"뭐야, 화낼 사람이 누군데."

해주가 뒤늦게 미소를 지었다. 그가 평소와 같은 게 안심이 됐다. 뒤늦게 카페 뒷정리를 한 해주가 문을 잠그고 불을 끈 후 다락으로 올라갔다.

씻고 나온 그가 평소와는 다르게 먼저 매트리스에 누워 팔로 얼굴을 가리고 있었다.

옆에 가도 되는 건가.

마음 같아선 당장 그의 옆에 누워 이 불안함을 날리고 싶었다. 하지만 무서웠다. 밀어내거나 그가 피한다면 어떻게 해야 할까.

그녀는 차마 그의 옆에 눕지 못하고 조금 떨어진 채 누웠다. 오라는 말도 없었다. 벌써 잠들었나 싶어 고개를 살짝 드는데 그가 물었다.

"왜 아무것도 안 물어봐?"

뭐부터 물어봐야 할까? 당신의 누가 죽은 거냐고, 마음속의 남겨진 사람이 죽은 거냐고, 그 사람이 혹시 그 여자였냐고. 그 여자가 살아서 돌아온 거냐고. 아니면 그냥 당신의 연인이었냐고?

많은 질문들이 있었지만 그녀는 딱 하나,

내가 곤란한가요?

묻고 싶었다. 하지만 말이 나오지 않았다. 그렇다고 하면 어떨까? 아니라고 하면 믿을 수 있을까?

세상에 진실은 없다는 은태의 말이 지금 이 순간 가슴을 저미었다.

"그냥, 형님이 말할 기분이 아닌 것 같아서."

"맞아."

"그럼 기분 날 때 말씀해주세요."

"영영, 말 안 하면 어쩌려고?"

"물어보면 말해줄 거예요?"

"……."

"주무세요."

"해주야."

어둠 속에서 그의 목소리가 달콤하게 들려왔다. 해주야, 미안하다. 해주야, 고마웠다. 해주야…….

다정하게 부르는 말끝에 혹시나 매서운 칼날이 있을까 두려워 그녀가 눈을 꼭 감았다.

"잘래요."

어쩌면 이제 그가 사온 콘돔은 자신에게 쓰일 일은 없을지도 모르겠다. 이 와중에 그런 생각을 하다니, 몸이 너무 야해졌나 보다.

지금이라도 그의 품에 안겨서 다른 생각 못하게 그를 꼬시고 싶었다. 하지만 그의 삶에 카페가 전부가 아니라 그저 일부일지도 몰랐다. 그녀는 달랐다. 자신에게는 전부였다. 그런 생각이 들자 들이대는 게 무서워져 버렸다. 그에게 자신 역시 그저 일부일 뿐이라는 걸 인지하고 말았으니까.

그녀는 등을 돌렸다. 잠시 후 그가 등 뒤에서 그녀를 가만히 안아주었다. 어설피 잠이 든 그녀는 그게 꿈인지 현실인지 몰랐다. 여전히 따뜻한 것만은 확실했다.

"엄청 좋아 보이네? 그때 내가 봤을 때는 거지꼴이더니."

유라가 담배를 꺼내 물었다. 그러고 보니 담배를 안 피운 지도 꽤 된 것 같았다. 카페가 너무 깨끗해 생각도 안 났다. 해주 덕분이었다.

그러고 보니 모든 게 해주 덕분이었다. 외모를 망가뜨리는 것이 의미가 없다는 것도, 엉망진창으로 살아봤자 소용이 없다는 것도, 그가 그녀를 따라 행복해지고 있는 것도, 무엇보다 이 모든 것을 지키고 싶어졌다는 것도.

숨을 쉬는 것조차 사치라고 여기고 살아왔는데.

"나랑 살자더니, 다른 여자랑 지내고 있네?"

"……."

"나 낄 자리 있는 거야?"

"……."

"네가 우리 삶 망쳤잖아. 근데 너만 행복하기야?"

서늘한 칼날이 심장 깊은 곳을 찔렀다. 승호가 돌아와 말하고 있는 것만 같았다.

"말해봐."

"……."

"할 말 없어?"

은태가 유라를 가만히 바라봤다. 가지 말아야 할 곳에 승호를 끌고 간 건 자신이었다. 하지만 그 이상은 자신이 한 일이 아니었다.

한 번도 해본 적 없던 변명이 왜 하고 싶어지는 걸까.

이유는 알았다. 해주 때문이었다. 해주가 그의 눈앞에 있었다. 유라랑 있어도 해주가 보였다. 승호와의 죄책감이 그의 삶을 짓누르는데도 해주가 있었다. 그를 지켜주는 해주가.

자신에게 그런 여자를 가질 자격이 있는가. 다른 이의 삶을 망치고도?

"곽은태."

"짐은?"

"뭐?"

"나랑 살러 왔다면서. 짐은 어디에 뒀어."

"차에."

"그래."

"그 여잔 누구야?"

"……."

"그 여자 정리해야 하잖아."

"저녁, 먹을래?"

"먹어야지. 배고파."

은태가 유라를 빤히 보자, 그녀가 발끈했다.

"왜? 난 배도 고프면 안 돼?"

"그런 말, 한 적 없는데?"

"눈빛이 그렇잖아. 결혼할 뻔한 남자 잃고도, 잘도 먹고 잘도 자고 잘도 살고 있다고. 다들 그러거든."

"잘 살고 있다는 생각, 한 적 없어."

"그래, 너야 잘 알겠지. 넌 바보니까. 그런데 지금은 뭐야?"

"뭐가."

"망해 가는 카페인 줄 알았는데 엄청 잘되더라? 난 잘못 왔나 했어. 손님 계속 들어오더라?"

유라가 흥미로운 눈으로 은태를 바라봤다. 그러나 그는 어떤 말도 하고 싶지 않았다. 갑작스럽게 나타난 유라의 존재가 그의 발밑을 불안하게 만들어버렸다.

행복할 자격이 있냐고, 네가 그럴 자격이 있느냐고, 유라의 존재 자체가 그렇게 묻고 있었다.

"그렇게 됐어."

"어떻게, 그렇게 됐는데?"

"뭐 먹을래?"

은태가 말을 돌렸다.

"흑돼지 먹을 거야. 배 터지게. 네가 사줘."

"그래."

유라가 피식, 웃었다.

"넌 무슨 기계니? 관둬. 카페에서 너 기다리면서 음료 세 잔 이나 먹었더니 배 아파."

"그럼 그만 갈까?"

"왜, 그 여자, 걱정돼?"

당연히 카페에 남겨두고 온 해주가 걱정스러웠다. 그녀를 잃을까 봐, 그녀가 오해를 하고 질렸다고 가버렸을까 봐, 손 안에서 행복이 빠져나가 다신 아무것도 잡히지 않을까 봐.

"자포자기하듯이 나랑 살자고 할 땐 언제고."

그러니까 말이지. 나한테 윤해주가 올지 누가 알았겠어. 그가 자조적으로 웃었다.

"잘 때는 있어?"

"카페에서 자면 안 돼?"

"거기 네가 잘 곳 못 돼."

그곳엔 다른 이를 들이고 싶지 않았다. 해주 외에 그 누구도. 그게 죄책감에 가득 차 미안해 죽겠는 사람이라도 싫었다.

"맞은편에 펜션 있어. 괜찮은 곳이니까 거기서 자."

"그래? 너도 같이 가는 거야?"

그가 대답 없이 자리에서 일어났다. 카페로 돌아오는 내내 두 사람은 말이 없었다. 펜션 앞에 유라를 내려주었다.

"너, 아직 대답 안 한 거 알지?"

"……."

"언제부터 나랑 같이 살지."

그가 곤란한 표정을 짓자, 유라가 웃었다.

"뭐, 좋아. 급할 거 없지. 피곤해. 내일 이야기하자. 정리, 필요하잖아."

유라가 그대로 돌아섰다. 유라가 펜션에 들어가는 것을 보고 그가 한숨을 쉬었다.

정리? 그래, 정리가 필요했다.

해주에게 무슨 말을 해야 하는지, 유라와 어떤 관계를 맺을지.

은태가 유라를 만난 일을 떠올리며 잠든 해주를 뒤에서 더 꼭 안았다. 그녀는 작고, 예뻤다.

예쁜 내 여자, 윤해주. 그런 그녀의 샴푸 향기가 유독 슬프게 느껴졌다.

네가 없다면, 나는 어떨까.

그가 눈을 꼭 감았다.

어떻긴. 예전이 시체였다면, 앞으론 지옥이 되겠지.

그가 고통스러운 듯 그녀를 꼭 안았다. 그에게 이별은 언제나 무서운 아픔이었다. 그러나 인생은 이별이었다. 그것을 잡아두려고 했던 자신이 바보 같은 것이었다.

"늦었다……."

해주의 목소리에 잠에서 깨어났다. 그녀를 안은 채 그대로 잠이 든 것이다.

"꿈 아니었네."

중얼거리던 해주가 일어나려는 것을 알면서도 그는 모른 척하고 그녀를 안았다. 평소 같으면 벌떡 일어났을 해주도 그대로 있었다.

"깼으면 눈 떠요."

"더 잘래."

"늦장꾸러기, 게으름뱅이, 나쁜 놈."

아침부터 투덜거리는 해주가 귀여워 그가 눈을 감은 채 가만히 웃었다.

"웅? 미치기까지 하셨나? 흉보는데도 웃어요?"

"이거 꿈 아니었어?"

"뭐가요?"

"윤해주가 아침에 서두르지 않고 그대로 내 품에 누워있는
거, 그거 꿈이잖아."

그녀가 대답이 없어 그가 슬쩍 실눈을 떴다. 그녀가 그를 빤
히 보고 있었다. 그가 얼른 눈을 도로 감았다.

"나 깬 거 아니야. 그러니까 아직 못 일어나."

"그런 거 좋아했어요?"

"뭐가?"

"아니, 눈 떴을 때 나……, 아니, 누구…… 있는 거."

"당연하지. 밤새 같이 자고 눈 떴을 때 아무도 없어 봐. 나 누
구랑 잤니? 하지 않겠냐?"

"그런가. 생각도 못했는데. 앞으로는…… 같이 일어날까요?"

앞으로는, 이라는 말에 그녀의 목소리가 무척 떨리는 것만 같
았다.

직구의 여왕인 줄 알았는데 이런 면모도 있으셨나.

그가 웃음을 지었다.

"카페는? 카페밖에 모르는 거 아니었어? 게다가 매니저로 승
진도 하셨는데, 그렇게 게을러져서 되겠어?"

"아, 하긴. 그건 안 되겠죠? 일어날게요."

"해주야."

일어나려는 그녀를 그가 안았다. 그녀가 거부하듯 그를 밀어
냈다.

햇살이며
카페에서

"갈래요."

"해주야아."

"왜요? 저 바빠요. 이제 매니저라서."

"뽀뽀 한 번만 하자."

그녀가 놀란 듯 그를 보았다. 그 귀여운 눈망울을 보며 쪽, 그가 입맞춤을 했다. 그녀가 눈을 깜빡거리며 그런 그를 빤히 보았다. 그가 다시 쪽, 하고 입맞춤을 했다. 쪽, 쪽, 쪽. 참지 못하고 입술을 빨자 그제야 그녀가 그를 밀어냈다.

"싫어?"

"아니요. 카페 문 열어야 돼요."

"키스하고 열면 되지."

"안 돼요."

"왜?"

"안 할래요."

"뭐? 안 한다고? 나랑 키스를 안 한다고? 너 나 싫어졌냐?"

상처받은 듯 바라보자 그녀가 얼른 고개를 저었다.

"아니, 그게 아니라 한 번 하면 멈출 수가 없어서 그런 거예요."

풋, 말을 어쩌면 이렇게 귀엽게 할까.

그가 볼을 비볐다.

"그런 거면 걱정 마. 어제 서준이한테 문 안 연다고 했잖아."

그의 손이 그녀의 옷으로 내려갔다.

"형님."

"알았어. 그럼 가슴만 잠깐 만질게."

그가 옷 안으로 손을 넣었다. 탐스러운 그녀의 가슴 끝이 그의 손바닥에 닿는 순간 짜릿함이 몰려왔다.

"형님, 잠깐만……."

"해주야."

사랑스러운 그녀의 이름을 자꾸만 부르고 싶어졌다. 그런데 그녀가 매정하게도 벌떡 일어났다.

"카페 문 열러 갈래요."

"야, 너 이렇게 해놓고는."

그가 그의 아랫도리를 가리켰다. 그녀가 입을 내밀었다.

"내가 만든 거 아니에요."

그녀가 도망치듯 내려갔다.

"야, 내가 이러는 건 죄다 네가 만드는 거야!"

정말 뭘 모른다, 하긴, 가르쳐준 적 없었다. 그녀에게.

그가 한숨을 쉬었다. 자신이 지금 그녀에게 이럴 때가 아니라는 것을 알고 있었다. 그는 아무것도 그녀에게 알려주지 않았다. 뭐가 먼저인지 알면서도 손부터 나가버렸다.

그가 천천히 다락을 내려왔다. 내려오자마자 기다리고 있는 존재에 하던 하품을 딱 멈췄다.

"거짓말 아니었네요, 어제 손님."

언제 왔는지 서준이 곤란한 표정으로 뒤를 가리켰다. 카페 밖 마당 테이블에 유라가 앉아 있는 게 보였다.

일찍도 일어나네.

은태가 자연스럽게 해주를 찾았다. 눈치로 알아본 서준이 화장실 쪽을 가리켰다.

"화장실 갔어요."

화장실에서 시끄럽고 요란스러운 물소리가 났다. 은태가 화장실로 향했다. 활짝 문을 열었더니, 해주가 놀란 눈으로 뒤를 돌아봤다.

혹시나 또 울었을까.

그가 그녀의 얼굴을 살폈다. 눈가가 빨간 게 역시나였다. 또 울었다.

어제 서준과 있을 때도 울고 있는 것 같아 속상했는데.

그녀를 울렸다는 자괴감과 자신의 잘못을 괜히 질투를 핑계로 서준에게 퍼부어댄 자신이 떠올라 부끄러웠다.

"걸레, 내가 빨 거다?"

안 들리는 척 그녀가 바락바락 걸레를 빨았다.

"건드리지 마. 그 일, 내 일이니까."

그가 걸레를 뺏고는 그녀를 화장실 밖으로 쫓아냈다. 그가 눈물을 닦아주듯이 그녀의 젖은 손을 닦아냈다.

"형님."

그녀가 그를 불렀다.

"이런 거 하지 말랬지?"

"형니임."

"너 왜 이렇게 말을 안 듣냐?"

"형님, 가지 마요……."

그가 행동을 멈추고 그녀를 보았다.

"내가 어디 가는데?"

"저 여자한테."

그녀가 쭈뼛거리며 고개를 숙였다. 그가 그녀의 고개를 잡아 올렸다.

"내가 저 여자한테 왜 가?"

"마음속에 둔 다른 사람……, 저 여자잖아요……."

아, 그렇게 생각했을 수도 있겠구나.

그가 생각했던 것보다 해주의 불안감은 훨씬 컸던 것이다. 그저 단순히 여자가 찾아와 이상한 소리를 한 걸로 불안해하는 줄 알았는데.

그녀가 아무것도 묻지 않고, 아무 말도 못하게 한 이유가 그것 때문이었나 보다.

"누가 그래? 누가 내 맘속에 있는 사람이 저 여자래?"

"그냥……, 형님하고 살러 왔다니까……. 옛날에 사귀던 사람일 테니까……."

"그렇게 멋대로 생각하는 버릇은 어디서 배웠어?"

은태가 해주의 변명을 들을 것도 없다는 듯 서준을 노려봤다. 서준이 얼른 고개를 돌렸다.

누굴 탓하겠는가. 아무것도 설명하지 못한 자신의 잘못이었다. 스스로 혼란스러웠던 탓에 그 누구에게도 제대로 된 말을 할 수 없었다. 그녀를 울린 건 바로 자신이었다.

그가 한숨을 내쉬었다.

"친구 여자야."

"……네?"

"친구 여자라고."

해주와 서준이 동시에 의아한 시선을 보냈다.

"내 죽은 친구…… 여자."

이렇게 쉽게 말하게 될 줄 몰랐다. 승호에 대해서. 스스로 당황스러울 만큼.

놀란 해주가 그의 손을 꼭 잡았다. 아무 말도 하지 않고 자신을 보는 그녀의 눈빛은 그저 걱정이었다. 힘들었겠다. 그녀가 그렇게 보는 것 같았다. 아무 말도 하지 않았는데 그 눈빛에 어리광을 부리고 싶어졌다. 힘들었다고. 너무 힘들었다고.

"……가요."

뭐? 그가 미간을 좁혔다. 그녀가 어렵게 입을 열었다.

"그 여자한테 가요. 가서, 말해요."

"뭘?"

"뭐든."

"뭐든? 저 여자랑 산다고? 그렇게 말할까?"

그녀는 고개를 끄덕이지 못했다. 바보. 보내줄 용기도 없으면서 뭘 가래, 끝도 없이 귀엽긴.

그가 그녀의 머리를 흩뜨렸다.

"네가 뭔데 가라 마라야?"

네가 뭔지, 너한테 한 번도 말한 적이 없었나.

대답 못하고 고개를 숙이는 그녀를 보니, 자신이 한 실수가 한두 가지가 아닌 듯했다. 그가 그녀의 고개를 올리고 눈을 마주했다.

"아무것도 하지 말고 꼼짝 말고 있어."

단단히 주의를 준 그가 걸레를 서준에게 건네고 카페 밖으로 나갔다. 유라가 책을 읽고 있었다. 은태가 그 앞으로 다가갔다.

"그래, 나랑 살자, 임유라."

15.

"나랑 살자고. 네가 원한다면."

유라가 은태를 가만히 올려다봤다.

"진심이야?"

"그래. 진심이지. 내가 너희들 인생을 망쳤으니까, 책임을 져야 한다면 그래야겠지. 그러니까 같이 살자. 대신."

은태는 해주가 있는 카페를 돌아봤다.

"저 여자도 같이야."

"뭐?"

"너랑 산다는 건 그냥 가족처럼 산다는 뜻이야. 금전적인 책임과 보호. 그 외에 다른 건 안 돼. 마음도 줄 수 없고, 몸도 줄수 없어. 내 마음도 몸도 다 저 여자 거니까."

무슨 말인지 모른 채 마구 떠들었다.

정리 따위 밥도둑이나 주라지.

그는 마음 정리할 시간이 없었다. 해주가 우선이었다. 죽은 친구의 연인보다는 자신의 연인이 더 중요했다. 그래, 이기적인 놈이라고 해도 좋았다. 하지만 해주 없이는 살 수 없고, 그녀를 울리고 싶지 않고, 그녀의 차디찬 몸을 다른 남자가 따뜻하게 해준다면 그건 사느니만 못한 일일 테니, 그는 유라에게 거절의 말을 정리할 시간조차 만들지 않고 멋대로 떠들어댔다.

은태의 박력에 놀랐는지 유라가 가지고 있던 책을 떨어뜨렸다. 은태가 책을 주어 테이블 위에 올렸다.

"그래도 괜찮으면 같이 살자."

은태를 가늘어진 눈으로 보던 유라가 팔짱을 끼었다.

"그러니까 결국 넌, 네가 한 잘못은 생각도 안 하고 너만 행복하겠다 이거야?"

"⋯⋯."

"남의 사랑은 파괴해놓고 너는 행복하겠다고?"

"⋯⋯그래."

그가 처음으로 인정했다. 행복하고 싶다고, 그 누구도 아닌, 유라에게, 감히 유라에게 그런 말을 했다.

그는 해주와 행복하고 싶었다. 놓칠 수 없는 행복이 왔다. 어차피 나쁜 놈이었다. 윤해주가 나쁜 놈이랬으니까 그런 거지. 그는 그 누가 비난하든 상관없었다. 자신이 나쁜 놈인 걸 알면서도 함께 있어주는 해주만 있다면.

"너⋯⋯."

"승호에 대한 죄책감을 잊겠다는 뜻이 아니야. 그저 이제 나도 내 갈 길 찾아간다는 거지."

그래, 바로 그거다. 그는 자신의 길을 가고 싶어졌다. 과거의 아픔과 이별을 하리라. 어차피 이별한다고 모든 것을 잊을 수 있는 것은 아니었다. 그러니 기억하겠다. 하지만 더는 아픔과 함께 살지 않으리라.

미안해. 미안하다, 승호야. 나만 행복해지는 것 같아서 정말 미안하다. 네가 사랑하던 여자를 이렇게 불행하게 만들고 나만, 나만 행복해지는 거 정말 미안하다. 하지만 이제 나도…….

"이제 행복해지고 싶어. 미안하다. 유라야."

은태의 눈에서 눈물이 흘러내렸다. 유라가 벌떡 일어났다. 당장에 따귀를 날릴지도 모른다고 생각했다. 하지만 유라는 은태를 안았다. 아주 꽉. 가슴이 조일 만큼 꽉.

"다행이다. 다행이다, 곽은태 정신 돌아와서."

생각지 못한 말에 은태가 한쪽 눈썹을 찡그렸다.

"영영 병신처럼 살면 어쩌지, 걱정했는데. 진짜 다행이야."

유라가 품에서 떨어져 나와 그를 보았다. 그녀도 눈물을 흘린 건지 마스카라가 살짝 번져 있었다. 그의 당황한 눈을 보았는지 유라가 웃음을 터트렸다.

"바보야. 내가 설마 너랑 진짜 살려고 왔겠어? 승호가 얼마나 어이없어하겠어? 예를 들어봐. 너 죽었는데 네 여자가 건너편 펜션 남자랑 사는 거라고."

그가 인상을 찌푸렸다.

"생각만 해도 싫지?"

그는 대답조차 하기 싫었다. 퍽! 유라가 은태의 어깨를 쳤다. 예전부터 손이 매운 건 알았지만 정신이 확 들었다.

"의리도 못 지켰는데 그런 짓까지 할 수는 없잖아, 안 그래?"

유라의 이해 못할 행동에 은태의 인상이 더욱 굳어졌다.

"너 지금 뭐하는, 너 왜 온 거야, 여기?"

유라가 어깨를 으쓱했다.

"왜긴. 잘 지내나 보러 왔지."

"단순히 그거라고?"

"그래. 뭐, 다른 이유도 있긴 하지만."

유라가 어딘가로 고개를 돌렸다.

"내가 너 안으니까 저 여자 얼른 뛰쳐나오더라? 너 좋아죽겠나 봐? 대체 어떻게 만난 거야?"

은태가 유라의 시선을 쫓았다. 해주가 다가오지는 못하고 움찔거리며 두 사람을 불안하게 보고 있었다.

바보, 꼼짝 말고 있으라니까. 하여튼 말을 안 듣는다니까. 저래서 고백하면 듣겠어? 나는 윤해주뿐이라고 그렇게 고백하면 들어주려나.

안심하라고 소리치고 싶었다. 걱정 말라고, 난 네 거라고. 그 어떤 여자랑도 안 산다고. 그는 말 대신 해주만 바라보았다.

"있잖아. 너도 행복하니까 나도 행복해도 되겠지?"

유라의 말에 고개를 돌렸다. 눈물이 번진 채 유라가 자신에게 편지봉투를 건넸다.

"갑자기 보내면 너무 놀랄 것 같아서."

"무슨 말이야?"

"받아."

"이게 뭔데?"

"청첩장이야."

"뭐? 누구······."

설마? 은태가 청첩장을 뜯었다. 낯선 이름의 남자와 결혼하는 여자의 이름은 임유라였다.

유라의 얼굴을 보고 다시 이름을 보았다. 그리고 그 옆에 모르는 남자의 이름도.

"그래, 내 거야."

유라가 죄지은 사람처럼 고개를 숙였다. 놀란 은태가 눈을 크게 떴다.

"결혼······을 하는 거야?"

유라가 고개를 끄덕이는 순간 승호 얼굴이 떠올라 그도 굳어 버렸다. 표정을 읽은 건지, 유라가 변명하듯 말을 보탰다.

"네 말대로 나도 승호를 잊겠다는 건 아니야. 그저 이제 나도 내 갈 길 찾아간다는 거지."

은태의 마음이 무겁게 내려앉았다.

누가 그녀를 비난하겠는가.

그녀에겐 잘못이 없었다. 잘못은 모두 그의 것이었다. 승호를 좀 더 잘 말렸다면, 지금쯤 이 청첩장에는 승호의 이름이 적혀 있었을 것이다. 아니, 이미 자식이 생겼을지도 모른다.

자신이 무슨 짓을 한 것일까. 대체 무슨 짓을······.

"그런 표정 그만 지어. 너 잘못 없어."

유라에게 처음 듣는 말에 그가 고개를 들었다. 유라가 눈을 마주치지 못했다.

"사과하러 왔어. 미안했어. 승호, 그렇게 가고 나서 너한테 했던 말 생각하면 내가……."

내가 죽으라고 했던가, 왜 살아서 돌아왔냐고. 왜 네가 돌아왔냐고, 왜 승호가 죽고 네가 살았냐고. 네가 죽었으면 얼마나 좋았겠냐고.

어차피 그땐 온몸이 만신창이라서 그 말이 아픈지도 몰랐다.

"나중에 정신 들고 얼마나 미안했는데. 너 어떻게 사는지 듣고 진짜 사람을 죽인 건 내가 아닌지, 정말 미안해서 죽고 싶었어. 너한테 반드시 말하고 싶은데 용기가 안 났어. 근데 이젠 정말 해야 할 것 같아서, 그래야 할 것 같았어. 안 그러면 나는 평생……. 그런 말은 하면 안 되는 거였는데. 네가 더 무서웠을 텐데. 너는 봤잖아. 승호가 어떻게 죽었는지. 그런데 내가 그런 말들을 해댔어. 그땐 내가 진짜 미치는 줄 알고……."

유라가 그대로 주저앉아 울었다. 은태가 한쪽 무릎을 꿇고 유라의 머리를 쓰다듬었다.

"괜찮아. 왜 그랬는지 알아."

"지난번에 말하려고 했어. 미안했다고, 나도 이제 새 삶을 살 거라고. 근데, 네가, 설마 했는데 네가, 너무 바보처럼 살고 있잖아. 그래서 또 못된 말을 했어. 너무 바보 같아서."

그때만 해도 그랬다. 아니, 평생 그렇게 살 거라고 생각했다. 그런데 그 짧은 시간에 대체 자신에게 어떤 기적이 일어난 걸까. 유라가 그를 꼭 붙들었다.

"네가 행복해서 정말 다행이야. 이제라도, 네가 행복해서."

"……."

"너만 행복해질 거냐고 물어보는데 네가 그래라고 답해줘서 다행이야. 안 그랬다면 나, 결혼 무르려고 했어. 나만 행복질 수가 없어. 네가 계속 불행을 선택하면 나도 그러려고 했어. 친구가 죽었다고 이런 곳에서 시체처럼 사는 너도 있는데 연인이 죽은 내가 어떻게 행복하겠어?"

"유라야."

"나도 행복해지고 싶어. 이제 그만 나도…… 승호를 잊겠다는 게 아니야. 그런 게 아니라……."

"알아. 나도 알아, 유라야. 난 알아."

유라가 울었다. 울면서 알아줘서 고맙다고 했다. 계속 고맙다고, 고맙다고. 그가 괜찮다고 했다. 고맙다고 할 때마다 다 괜찮다고 대답해주었다.

죽음의 상처가 남은 사람을 할퀴었다. 그리고 남은 사람끼리도 서로를 할퀴었다. 그러나 삶은 이어지고 산 사람은 살아야 했다. 행복해질 자격이 없을지도 모르지만 이제는 행복하고 싶었다.

"결혼식에 오지 마."

"뭐?"

"청첩장은 그냥, 내 죄책감 때문에 준 거니까. 넌 내 죄책감의 최종 보스였어."

그렇게 심한 말을 했으니, 행복하다고 느낄 때마다 얼마나 미안했을까. 죽은 연인 생각에, 자신의 말에 상처받고 바보처럼 살고 있는 친구 생각에, 유라는 웃어도 웃는 게 아니었을 것이다.

"용서해줘서 고마워. 승호가 너 진짜 좋아한 거 알지? 멋있고 인성 좋다고. 너 진짜 괜찮은 놈이라서 아무 여자나 만나면 안 된다고 그랬는데."

유라가 해주를 돌아보았다.

"예쁘더라. 진짜 예뻐. 내가 너 기다리면서 심심해서 그냥 보고 있는데 시간 가는 줄 모르겠더라. 네 연인이면 좋겠다 싶었는데 진짜였어."

그렇게 보면 어떻게 해. 내 여자 얼굴 닳으면 어떻게 하라고.

"네가 고른 여자니까 괜찮은 여자 맞는 거지?"

해주가 괜찮은 여자? 엄청난 여자인데.

은태가 미소를 지었다. 유라가 그만 가보라고 등을 때려댔다.

잘 살아. 속삭이자 유라가 너도, 라고 입 모양을 냈다.

은태가 그대로 해주에게로 향했다. 불안한 표정으로 서성거리던 해주가 그가 팔을 벌리자 활짝 웃으며 얼른 달려와 안겼다. 순간 그의 앞으로 햇살이 쏟아져 내리는 것만 같아 아찔해졌다.

진짜 괜찮은 친구는 승호였다. 너무 괜찮은 놈이라서, 죽고도 자신을 걱정한 거 아닐까. 미안해만 하고 사는 친구가 불쌍해서 해주를 보내준 거 아닐까.

그것 아니고는 설명이 되지 않았다. 갑자기 자신의 앞에 나타나 무덤을 삶의 장소로 바꾼 그녀는, 정말 기적 같았다.

*
**

불쌍해. 가엾어. 안됐어.

그를 먹이고, 안아주고, 사랑해주고 싶었다. 해주가 주방에서 바쁘게 움직였다. 그의 앞으로 마지막 음식을 올려놓는 순간, 그와 눈이 마주쳤다.

"최후의 만찬이냐?"

풋, 그녀가 웃음을 터트렸다.

"어쭈. 웃어? 최후의 만찬 앞에서 웃어?"

웃음이 났다. 그가 자신에게 이런저런 선물을 잔뜩 사주고 나서 갑자기 유라가 나타나 그녀도 그 모든 것들이 최후의 만찬이 아닌가 싶었으니까. 하지만 그것은 최후의 만찬이 아니었다. 그저 진짜 사랑의 선물, 그리고 이것 역시 최후의 만찬이 아니었다. 그저 애틋한 저녁.

"그냥, 뭔가 먹이고 싶어서요."

카페 문을 닫자마자 그를 앉혀 놓고 테이블이 미어터지도록 음식을 만들었다. 마지막 음식을 놓고 나서 마주 앉자, 그가 인상을 찌푸렸다.

"그래. 날 멕이고 싶다고?"

'먹이고'랑 '멕이고'는 너무 다르잖아!

"솔직히 말씀해보세요. 그 성격은 원래부터 그런 거죠?"

"무슨 성격?"

"그 삐뚤어진 성격."

"오호라. 너 이제 내가 네 거 됐다고 막 맘먹지?"

순간, 심장이 쿵 내려앉았다. 그가 지금 뭐라고 하는 건가, 그가 자신의 것이라고 은근히 말하고 있지 않는가?

그의 성격이라면 지금 이것은 충분히 고백에 가까웠다. 이것만으로 충분히 만족스럽지만 그녀는 괜히 능청을 떨고 싶어졌다.

"형님 제 거 됐어요? 난 못 들었는데?"

그녀가 모르는 척을 하자 그가 눈을 가늘게 떴다.

"그래. 못 들었겠지. 난 네 거가 아니니까."

이런. 그와 괜히 신경전 같은 건 하는 게 아니었다. 그는 봐주질 않으니까.

"아니죠. 원래부터 내 거라서 굳이 규정지을 필요가 없었던 거죠."

"뭐?"

"형님은 제 거가 된 게 아니라, 원래 제 거예요. 내가 태어났을 때부터 정해진……."

엄마가 왜 나를 낳았는지, 원망도 많이 했는데 만약 그런 거러면 정말 좋겠다. 삶의 이유가 생긴 거니까.

"……거예요. 네, 맞아요. 내가 태어날 때부터 형님 만나게 다정해진 거죠."

"뭐?"

그가 못마땅한 표정을 지었다.

운명론을 싫어하시나. 웃기는 소리 하지 말라고 하면 어떻게
하지?

걱정스럽게 바라보는데 그가 미소를 지었다.

"넌 진짜."

"전 진짜, 뭐, ……요?"

"뭐, 귀엽다고. 빨리 먹자."

"네? 저 귀여워요?"

"먹기나 해. 음식 다 식어서 맛없어졌어."

"먹어보지도 않고."

"딱 봐도 알지."

"근데 나 귀여워요?"

"아니."

단호한 말에 막 실망하려고 하는데 그가 말을 보탰다.

"예뻐."

잘못 들었나 싶어서 눈을 깜빡거리는데, 그가 뭔가 쑥스러운
지 그녀의 입 안에 음식을 막 욱여넣었다. 돼지처럼 볼을 빵빵
해지는데 그가 그걸 보고 웃었다.

"예쁘다고."

아, 하필 이미지 관리 안 되는 이런 모습에서 저렇게 분위기
있게 말할 게 뭐람?

뭔가 말하고 싶지만 뭐라고 대답하지도 못하고 꾹꾹 음식을 삼키고 있는데 그가 물을 건넸다. 꿀꺽꿀꺽 물을 마시고 나 정말 예쁘냐고 다시 물어보려는데 그가 먼저 말했다.

"불안했지?"

불안했다. 정말 엄청나게. 그를 떠나야 할까 봐 너무 불안했다. 그를 떠나야 한다는 것은 카페를 떠나야 한다는 것이었다. 그녀가 발 딛고 있던, 정을 주던 모든 것과의 이별이었다.

그는 그녀의 삶이고 전부였다. 하지만 언제나 그녀의 삶이란 그녀를 부담스러워했다. 그 어딜 가도 환영받지 못하고 안정을 찾을 수 없었고, 그 때문에 정착할 수 없었다. 그러니 그녀는 자신의 삶을 여행할 수밖에 없었다. 정착할 곳을 찾아서, 안정된 곳을 찾아서, 자신을 환영할 곳으로. 끊임없는 여행을 했다.

그냥 인생 여행 중이라고, 그녀는 좋게 생각했다. 그리고 드디어 그런 곳을 찾았다고 생각했다. 따뜻한 남자를 찾았고, 그래서 그 남자에게 들이댔고, 함께 하게 됐다. 하지만 그 남자에게도 삶이 있었다. 그 삶 속에 자신의 자리가 없을까 봐 불안했다. 정착할 수 있을 거라고 여겼던 곳이라 그녀에게는 더 상처였다.

'네가 뭔데 가라 마라야?'

그가 그렇게 말했을 때, 할 말이 없었다.

나는 뭘까. 그에게 뭘까. 내 인생에 뭘까. 그의 인생에 뭘까.

"말하기가 쉽지 않았어."

어렵게 입을 떼는 그를 보며 그녀가 고개를 끄덕였다.

"그 친구, 살 수도…… 있었거든."

은태가 슬픈 눈빛으로 해주를 보았다. 그 눈빛만으로도 가슴이 찢어지는 것 같은데 그가 하는 말이 더 그녀를 아프게 했다.

"친구가 살 수도 있었어. 내가 좀 더 잘 설득했다면. 아시다시피 말주변이 없는 관계로, 설득을 못했어. 그날 이후로 매일 밤, 친구가 찾아오더라. 그러면 나는 매일 다른 말을 해보는 거지. 그만 가자, 유라가 기다리잖아. 가자, 오늘 날씨 별로잖아. 가자, 내일 오자. 가자, 촬영 스케줄 다시 짜자. 가자, 나 추워. 가자……."

그가 말끝을 흐렸다. 무슨 말을 해도 친구가 말을 듣지 않았다고 그가 울먹였다.

"내 탓이라고 생각해."

"형님."

"알아. 내 탓이 아니라는 건. 그 친구가 선택한 거라고. 모두 그렇게 말했어. 유라 빼고. 걘 아주 날 잡아먹을 듯이 굴었거든. 네가 죽인 거라고, 왜 네가 살아 돌아왔냐고, 온갖 말을 다 했는데 사실은 그게 더 속 편했어. 내 탓 아니라고 자기 합리화하면서 사는 건 도저히, 도저히 용서할 수가 없었거든. 유라는 미안하다 했지만 오히려, 죄인처럼 사는 게 살기 편해서, 그래서 여기를 내 무덤처럼 여기고 죽지도 못해놓고 죽은 척 살았지. 그럼 아무도 욕 못할 테니까. 나조차도."

그에게 이곳이 무덤이었구나. 그런데 자신이 와서 눈치 없이 무덤을 꾸미고 있었던 걸까. 그는 그런 자신이 싫었겠지?

"내가 미웠겠다."

그녀의 말에 그가 인상을 찌푸렸다.

"갑자기 네가? 네가 왜 미워?"

"조용히 살고 싶은 사람 옆에서 시끄럽게 굴었으니까요."

"그래. 그랬지."

그녀가 걱정스럽게 바라보자 그가 웃었다.

"눈치 좀 그만 봐라. 태어날 때부터 내가 지 거라면서 왜 그렇게 눈치를 봐? 이제 그 눈치 보는 버릇부터 고칠 거야, 내가."

그랬구나. 나 엄청 눈치 보는구나.

그런 것도 알아봐주는 그가 좋아서 그녀가 헤, 웃었다.

"뭐가 좋다고 웃어? 버릇 고친다는데. 하여튼 네 말대로 네가 싫었어야 했는데."

"나 싫어요?"

"싫긴. 너무 좋아서 황당할 정도인데."

그녀의 눈이 절로 커졌다.

"조, 좋아요? 지금 좋다고 했어요?"

"그래."

담백한 대답이었지만 감동의 쓰나미가 몰려왔다. 과호흡이 느껴져 그녀가 두 손으로 가슴을 붙들었다.

"그렇게 좋나?"

그녀가 고개를 끄덕였다.

햇살이 며
카페에서

"내가 지난 번 일에도 교훈이 없었네. 뭐든 잘 말해서 설득을 잘 시켜야 했는데."

그가 중얼거렸다. 궁금한 눈으로 그를 보자, 그가 말했다.

"미안했다."

그가 그녀를 가만히 바라봤다.

"불안하게 해서."

갑자기, 생각지도 못한 눈물이 터졌다. 잘 울지 않았는데. 엄마가 자신을 돌봐주지 않아도 울지 않았었다. 이방인 같은 느낌에도, 늘 혼자여도 울지 않았다. 외롭다고 느낄 때도 그저 외롭지 않았으면, 하고 바랐을 뿐, 울지 않았다. 그런데 은태하고만 있으면 이렇게나 약한 사람인 것이다.

그에게서 따뜻함을 알아버렸다. 외롭지 않은 게 어떤 기분인지, 행복이 뭔지 알아버렸다. 그래서 이제 더 이상 혼자서 강하게 자신을 지킬 필요 없다고, 그렇게 의지를 했나 보다. 평생을 강한 척하면서 살아왔는데 그의 앞에서는 헛수고였다. 어쩌면 그와 보낸 이 짧은 시간에 진짜 그녀로 살아서 그런지도 몰랐다.

"울면 키스 안 해준다?"

하필 타이밍에 맞춰서 그녀가 눈물을 닦았다. 쿡쿡, 그가 웃는 소리가 들려왔다. 그녀가 눈을 흘겼다.

"아니에요. 그냥 눈물 닦은 거예요."

"거짓말. 너 나랑 키스하고 싶어서 환장했지?"

"아니라니까요."

"난 환장했어."

"네?"

"너랑 키스하고 싶어서 환장했다고."

그녀가 놀란 눈을 떴다. 섹스하기 전에 그녀를 향해 욕망을 발산하는 그는 너무도 섹시했다. 간절하게 그녀를 원한다는 눈빛, 그 눈빛만 봐도 몸이 녹는 것 같았다. 지금 그의 눈빛이 그랬다. 자신을 너무도 원하고 있었다. 화르르륵, 순식간에 몸이 데워지는 것만 같았다.

"그래도 음식을 했는데……."

괜히 마음에도 없는 말을 하자, 그가 단호히 끊어냈다.

"이따가 다 먹자. 내가 다 먹을게."

"그럼 지금은……."

"올라갈까?"

그녀가 고개를 끄덕였다. 그가 그녀를 번쩍 안았다.

"너 그때 뭐라고 했지?"

"뭐가요?"

"내가 산 콘돔 종류별로 다 쓰자고 했던가?"

"아, 그거 취소예요."

"뭐?"

"마음고생 시킨 벌로, 하루 하나씩만 쓰기로 해요."

실망할 줄 알았던 그가 음흉하게 웃었다.

"그래도 매일은 하겠다는 거네? 앙큼하긴."

그게 그렇게 되는구나. 이게 아닌데.

"아니에요. 다시, 바꿀게요."

"그래, 바꾸자. 하루 세 개씩. 이제 됐지?"

"아니, 그게…… 으읍."

그에게 안긴 채 키스를 하며 다락방에 올랐다. 키스가 뜨거웠다. 용광로 같은 온도에 흐물흐물, 걱정과 불안이 녹아내렸다. 그녀가 어디 가지 못하도록 그가 다 녹여버리는 것만 같았다. 그에게 모든 것을 맡기고 그녀는 그만 꼭 붙들었다.

지금은 그가 삶의 이유였고, 전부였다. 그를 잃으면 모든 것을 잃는 것이었다. 싫었다. 이제 더 이상 혼자가 되는 것이, 외로운 것이, 정처 없이 여행하는 것이. 그의 마음까지 녹아 들어가서 아픔을 함께 할 것이다. 이 안정된 공간에서.

햇살 아래 카페에서, 매일.

*

여기까지 오게 될 줄은 몰랐네.

은태가 갯바위 앞에 섰다. 바로 밑에 바다가 펼쳐져 있었다. 다신 바다를 볼 수 없을 거라고 생각했었다. 그런데 여기에 와서 바다를 보며 새로운 감회를 맛보고 있었다.

해주 덕분이었다.

그가 그녀를 돌아봤다. 해주는 그가 사준 원피스를 입고 휘청거리며 걸어오고 있었다.

"조심해. 갯바위가 얼마나 위험한데."

"그러게요. 생각보다 엄청 위험하다."

"그러니까 아무거나 입고 오라니까."

"안 돼요. 그래도 처음 인사하는 건데 잘 보여야죠."

아침에 눈을 뜨자마자 그녀가 바다에 가자고 했다. 그는 말도 안 된다는 듯 거부했다. 하지만 그녀는 완강했다. 바다에 가야 한다고. 꼭 가야 한다고 했다. 그녀의 단호한 태도에 그는 수락할 수밖에 없었다. 그가 그러자고 한 마디 하자마자 그녀는 그가 선물해준 원피스를 차려입었다. 그에게도 가장 깨끗한 옷을 찾아 입게 했다.

말하자면 상견례라나?

"처음 인사는 무슨. 너 저번에 서준이랑 바다 왔다며."

그가 괜히 툴툴거렸다. 오늘 유독 그녀가 예뻐서 친구에게 보여주는 것도 조금 아까웠다.

"아, 맞다. 나 서준 오빠랑 바람피우는 거 친구분이 다 보셨겠구나."

"뭐? 서준 오빠랑 바람?"

은태가 미간을 좁히자, 그녀가 쿡쿡 웃었다.

"정말 아니에요?"

"뭐가?"

"서준 오빠 차 긁은 거."

"그거 나 아니라니까."

그가 단호히 말하자, 그녀가 눈을 가늘게 떴다. 그가 그녀의 손을 잡았다.

"인사나 해. 인사하고 싶다며."

그가 바다를 향해 고개를 돌렸다. 바다가 햇살에 부서지며 보석처럼 빛나고 있었다.

"예뻐요."

"네 얼굴 말이냐?"

얼마나 예쁜지 모르겠다. 진짜 그의 눈이 미쳤는지, 돌았는지, 뭐가 씌었는지, 어쨌든 그녀는 그저 예쁘기만 했다. 그녀가 입술을 삐죽였다.

"좀, 이런 중에도 비꼬지 마시고요."

비꼰 거 아닌데. 하지만 그렇게 받아들여주면 고맙겠다. 자신도 모르게 자꾸 튀어나오는 진심에 쑥스러워 미치겠으니까.

"그게 내 콘셉트야."

그가 무슨 말을 하든지 말든지 그녀는 바다를 향해 꾸벅 인사를 했다.

"안녕하세요, 저는 곽은태 씨의 여자친구입니다."

풋, 웃음이 났다. 이게 무슨 드라마인가. 그가 그녀를 가만히 내려봤다. 하지만 그녀의 눈빛이 너무 진지해서 아무 말도 하지 못했다.

"저는, 저는……, 음……. 그러니까 저는 스물둘입니다."

"할 말도 없으면서 괜히 말하려고 하지 마라?"

"그럼 형님이 해보세요."

"싫어. 낯간지럽게 바다 앞에서 무슨 쇼야?"

"쇼라뇨. 친구가 여기 있는데."

그 말도 틀린 말은 아니었다. 친구가 바다에 빠진 채로 사라졌다. 끝내 발견되지 않았으니 어딘가에 분명 있을 것이다. 그런데 그런 생각은 해본 적이 없었다. 그저 무섭고 끔찍해서 바다 쪽으로는 오지도 않았다. 그런데 그가 머물게 된 곳은 아이러니하게도 제주도였다. 바다로 둘러싸인 곳.

'언제나 친구랑 있었던 거네요?'

그녀의 말에 정신이 번쩍 뜨인 것이 사실이었다. 정신을 못 차리는 그를 이곳까지 오게 한 것은 어쩌면 정말 친구였을지도 모르겠다.

"근데 너, 영혼은 없다고 하지 않았어?"

일전에 그녀는 그렇게 말했다. 그래서 할머니가 꿈에 나타나지 않을 거라고. 그때는 그녀의 생각이 시선을 끌었다. 그래서 그녀를 더 눈여겨봤었는데.

잠시 바다를 보던 그녀가 그를 보며 웃었다.

"생각이 바뀌었어요."

"뭐?"

"이제 영혼이 있다고 믿을래요."

"야, 무슨 인간이 그렇게 이랬다저랬다 하냐?"

"인간이니까 이랬다저랬다 하죠. 저쪽 세상일은 아무도 모르니까요."

그래, 아무도 모르지. 그래서 괴로웠는데, 이제 그래서 해방 될 수 있을지도 모르겠다.

"아무래도 돌아가신 할머니가 형님을 만나게 해주신 것 같아서요. 영혼이 있다고 믿을래요."

"그런가?"

"그렇죠. 그러니까 형님도 해보세요."

"뭘?"

"그냥 친구 앞에서 나 소개했다면 어떻게 했을 건지, 그렇게 생각하고 해보세요."

친구 앞에서 소개라…….

그가 가만히 바다를 보았다. 언젠가부터 친구의 얼굴은 바닷속에서 사라지던 마지막 모습밖에는 생각하지 않았던 것 같았다. 그전에 늘 웃던 모습, 장난치던 모습, 훨씬 많은 모습이 있던 친구였는데.

"승호야."

보고 싶었다.

"여긴 내 여자친구."

보여주고 싶었다.

"윤해주다."

그가 바다를 보며 그녀의 이름을 말했다.

"형수라고 불러. 새끼야."

그가 더 말이 없자 그녀가 눈을 크게 떴다.

"그게 다예요?"

"그럼, 더 무슨 말을 하냐. 말은 소개받은 저놈이 하는 거지."

"예쁘다고 했겠죠?"

아마도, 그랬을 것이다. 와, 되게 예쁘시다. 안녕하세요, 제수씨. 저는 이놈 형 같은 사람입니다. 편하게 아주버니라고 하시죠. 어떻게 너 같은 놈이 이런 미인을 얻었냐. 너 진짜 복 받았다? 그리고 뭐 스물둘? 이 자식 완전 도둑놈이네. 제수씨, 뭐 힘든 거 있으면 저한테 말씀하세요. 제가 이놈 나쁜 버릇 다 고쳐놓겠습니다. 저만 믿고 이 불쌍한 놈 버리지만 말아주세요.

아마도……, 그랬을 것이다. 아마도……, 아마도…….

아마도라고밖에 생각할 수 없다는 사실이 오늘따라 너무나 가슴 아팠다. 이렇게 예쁜 여자친구를 소개하는데 친구의 말을 이렇게밖에는 생각할 수 없다는 것이.

해주가 그를 안아주었다. 자신은 울고 있나 보다. 친구를 만난 게 너무 반가워서. 그리고 미안해서. 고마워서.

또 올게. 자주 올게. 매일 올게. 이제 더는 고통스러워하는 삶이 아니라 그리워하는 삶을, 살게.

16.

"가지 좀 치면 좋을 텐데."

해주가 카페 지붕에 그늘을 드리우고 있는 큰 나무를 가리켰다. 여름이 오면서 나무 그늘이 있는 것은 좋은데 제주도의 습한 날씨 때문에 곰팡이 우려가 있는데다가 아무래도 거미가 너무 많았다.

해주가 카페 안으로 들어갔다. 은태가 행주를 빨고 있었다. 그녀의 일들이 자연스럽게 그에게 넘어가 그도 할 일이 많았다. 이제 그는 카페의 관리자로서 부끄럽지 않은 모습을 하고 있었다. 레모네이드조차 타지 못하던 남자였는데.

그녀가 그와 처음 대화할 때 레모네이드를 타기 위해 우왕좌왕하던 그의 모습을 떠올리고 웃음을 지었다. 그땐 정말이지, 그와 이렇게까지 될 줄은 몰랐었다. 하지만 그때도 참 좋은 느낌이었다. 그녀는 그에게 반해서 매일 이 카페에 왔다. 그리고 드디어 그를 차지하게 됐다.

"우리 카페 지붕 위에 가지 정리 좀 해주면 안 돼요?"

"어, 안 돼."

"곰팡이가 심해요."

"응. 안 돼."

"아, 왜요?"

"귀찮으니까."

"귀찮으니까."

그를 따라 동시에 말하고는 그녀가 눈을 흘겼다. 그가 피식,
웃었다.

"너는 왜 아는 걸 물어보냐. 입 아프게."

"나 오늘 휴가 좀 내주세요."

"왜? 뭐하게?"

"가지 치게요."

"네가?"

"그럼 누가요?"

"그건 나도 못 해. 사람 불러야 돼."

"부르면 되잖아요."

"어허. 아침부터 왜 이렇게 사람 귀찮게 하실까?"

"왜냐면 가지가 그늘을……."

그가 은밀한 눈빛으로 그녀를 당겼다.

"이리 와 봐."

"응? 뭐 하세……?"

햇살이며
카페에서

그의 곁으로 다가가자마자 그에게 입술이 물렸다. 앞치마 끈이 자연스럽게 풀렸다.

"읍, 뭐, 뭐하는 거예요?"

"네가 나 귀찮게 했으니까 나도 너 귀찮게 하는 거야."

그의 손이 옷 안으로 자연스럽게 들어왔다. 언젠가 그가 스스로 짐승남이라고 한 것 같은데, 그 말에 동의하는 바였다. 그는 정말이지 고삐 풀린 망아지이며 잡히지 않는 야생마였다. 밤마다 한 마리의 짐승이 다락에 출몰해 그녀의 혼을 빼놓는 것이다. 한 번 시작되면 멈추지도 않았다. 그런데 그가 아직 잘 모르는 모양이었다. 이런 게 하나도 귀찮지 않다는 것을. 그녀 역시 짐승녀라는 것을 그가 아직 눈치채지 못했다.

"카페, 문 닫을까요?"

훅, 치고 들어오는 그녀의 말에 반격을 당한 듯 그가 잠시 행동을 멈췄다. 그러나 이내 그의 눈이 불타올랐다.

"그럴까?"

그녀가 마구 고개를 끄덕였다.

"가자. 문 닫으러."

"잠깐만."

"왜?"

"키스하면서 가요."

"뭐?"

"안 돼요? 어차피 곧 닫을 건데."

그녀가 유혹하는 눈빛으로 그를 올려다보며 눈을 마구 깜빡였다.

"싫어요?"

"완전 좋지."

그를 안고 키스를 하며 슬금슬금 문 쪽으로 가던 그녀가 인기척에 놀라 입술을 뗐다.

아차, 봄도 아니고, 여름. 에어컨을 켜기 전에는 카페의 모든 문을 다 열어놔 누가 들어와도 문소리가 안 난다는 걸 잊었다. 게다가 그와 있으면 주변 그 누구의 소리도 잘 들리지 않았다.

"어, 어서 오세요."

그의 몸에서 떨어져 나온 그녀가 입술을 닦으며 고개를 들었다. 그가 어쭈, 닦아? 하며 눈짓을 하는 것을 손으로 저지하며 손님을 향해 고개를 들었다.

해주의 얼굴이 그대로 굳어졌다. 하지만 언제 들어와 그들을 보고 있었는지 모를 그 손님의 얼굴이 훨씬 굳어져 있었다. 해주가 굳은 채 가만히 있자 은태가 나섰다.

"저, 오늘은 영업을 안 하거든요. 죄송하지만 다음에⋯⋯."

"엄마, 여기 밖에 봤어요? 진짜 좋더라, 그지, 아빠⋯⋯."

뒤이어 손님의 일행들이 들어오고 있었다. 해주를 보며 굳어 있던 손님이 일행의 소리를 듣고 뒤늦게 정신이 든 듯 그대로 돌아섰다.

"오늘 영업 안 한대요. 가요. 가. 가자, 얘. 가."

"응? 문 연 거 아닌가? 문이 열려 있는⋯⋯."

"아니야, 아니래."

햇살이여
카페에서

손님이 급하게 일행을 끌고 밖으로 나갔다. 해주는 그 모습을 아무 생각도 하지 못하고 바라만 보고 있었다. 카페 문을 닫은 은태가 뒤에서 그녀의 허리를 안았다. 그러고는 목덜미에 얼굴을 묻었다.

"자, 이제 올라갈까?"

굳은 듯 그녀가 꼼짝을 않자 그가 그녀의 앞으로 얼굴을 내밀었다.

"뭐야, 맘 바뀌었어?"

"……."

"뭔데. 왜 그래? 손님한테 들켜서 창피하냐?"

"……."

"윤해주? 너 괜찮아?"

걱정스러운 그의 눈빛이 눈에 들어오고 나서야 그녀가 겨우 숨을 쉰 것 같았다.

"……네. 괜찮……아요."

"괜찮은 거 맞아? 얼굴이 창백한데."

"당연히…… 괜……찮죠."

그가 의아하게 바라봤지만 그녀는 그대로 돌아섰다. 은태가 눈을 크게 떴다.

"응? 왜 주방으로 가? 나랑 다락으로 가야지."

"일할래요."

"뭐?"

일을, 해야 할 것 같았다. 뭐라도 해야, 할 것, 같았다. 그녀가 바를 닦기 시작했다.

⁎⁎

'계속 그렇게 쳐다보고만 있을 거면 나가서 가지나 쳐주세요.'

무슨 일이지?

은태가 고개를 갸웃했다. 해주는 카페 문을 닫기로 한 것도 잊고, 도로 카페 문을 열었다. 그러고는 씩씩하게 손님들 음료를 만들었다. 쉬지도 않았다. 그가 할 일도 다 그녀가 하고 있었다.

가지를 손님 있을 때 어떻게 치냐? 멍청하긴!

그런 말 한마디 못하고 쫓겨난 은태가 심란한 얼굴로 카페를 바라보며 서 있었다.

"대체 갑자기 왜 저러는 거야?"

담배를 피우려던 그가 잠시 고민하다가 도로 집어넣고 입술만 잘근잘근 씹었다. 휴대전화가 울렸다. 이장우라는 이름이 보였다.

"바쁘다면서 참, 전화도 자주 하신다."

그가 전화를 받았다.

"삼촌, 바쁜 거 맞아? 나 속긴 거야?"

―너야말로, 나 속였지.

"뭘 속여?"

―카페 망해간다며. 업자가 가봤는데 엄청 잘된다던데? 잘못
온 것 같다고 주소 맞냐고 연락 왔더라.

장우가 땅을 살 때만 해도 귀곡산장 같던 카페가 이렇게 잘
된다니, 놀랄 만도 했다. 그가 피식, 웃었다.

"내가 망해간다고 언제 그랬더라?"

―하긴. 망해가는 건 너였지, 카페는 아니었구나?

"그래서, 하고 싶은 말이 뭔데?"

―카페 넘기려고 했던 가격, 조정해야겠어. 잘되는데 싸게
넘길 수는 없지.

그렇지. 장사꾼이 어디 가나.

"그래서 얼마에 팔 건데?"

―일단 책정될 때까지 잠시 보류하기로 했다.

"그럴 거 없어. 그냥 팔아. 여기가 뭐 아무나 장사 잘되게 만
드는 곳인 줄 알아?"

―어이고, 그러셔? 너 괜찮겠어? 네가 다 살려놓고 팔아버리
면…….

"카페를 판다고요?"

등 뒤에서 호들갑 떠는 소리가 들려왔다. 서준이었다. 무서
운 스토커는 오늘도 호시탐탐 카페를 서성이고 있었다.

"카페를 판다니요. 누가 파는데요? 왜 파는데요? 그럼 형은
요! 형수님은요!"

귀가 시끄러워 장우의 말이 하나도 들리지 않았다.

"하아, 잠깐 끊어, 삼촌."

전화를 끊은 은태가 서준을 노려봤다. 그런데 그 자리에 있어야 할 서준은 이미 사라지고 없었다. 어디로 뛰어갔을지는 뻔했다. 그가 카페로 시선을 돌렸다. 서준이 다다다다, 카페로 들어가고 있었다.

"저 자식 진짜, 뭐 하는 놈이야."

동에 번쩍 서에 번쩍. 저렇게 남의 일에 궁금한 게 많아서 어떻게 이런 시골에 사는지 모르겠다. 아, 그랬지. 이렇게 이웃 스토커 하는 맛으로 사는 거였다.

은태가 서준을 따라 카페로 향했다. 그가 카페에 닿기도 전에 서준의 입을 통해서 해주에게 카페는 이미 다른 사람에게 계약까지 된 상태지 않을까 싶었다.

카페 안으로 들어가자마자 해주가 보였다. 역시나 불안한 눈으로 그를 보고 있었다. 그가 노려보자 서준은 괜히 음료를 타는 시늉을 했다.

이제는 아주 아르바이트생으로 취직을 했어.

노려보던 그가 빙긋 웃었다. 잘됐다. 일만 하는 그녀를 빼내고 싶었으니까. 그녀에게 다가갔다.

"얘기 좀 하자."

그녀가 아까보다 훨씬 불안하게 그를 보더니, 다락방으로 향했다.

"거기 말고."

그가 서준을 보았다.

"너, 카페 좀 봐."

"네? 왜 제가 카페를 봅니까?"

툴툴거리는 목소리였지만 표정은 속일 수 없었다. 벌써 웃고 있었다. 확실히 서준의 적성은 펜션보다는 카페 쪽이었다.

은태가 밖으로 향했다. 주춤주춤 해주가 망설이다가 조용히 그를 따라 나왔다. 그가 주차장으로 향했다.

"타."

"어디 가게요?"

"바람 쐬러."

"안 갈래요."

"뭐?"

"무서운 일이 있을 것 같아서."

잔뜩 졸아 있는 그녀를 보며 그가 웃었다.

"알긴 아냐? 내가 너 잡아먹을 거거든. 그러니까 얌전히 타서 내 먹이가 되라?"

"농담할 기분 아닌데요."

"농담한 거 아닌데."

진담이었다! 아까 하기로 했던 것이 중단되어서 매우 불만이었으니까. 그런데 그녀가 더욱 불만스러운 표정이었다. 일단 그녀를 달래주고 싶었다.

"타, 얼른."

"카페를 파신다고요?"

고집 피우긴. 그와 그녀는 각자 주차장에 서 있는 그의 차 운전석과 조수석 문 앞에서 이야기를 나눠야 했다.

"그래."

"왜요?"

"왜냐면."

주차장에 있던 차가 빠져 나갔다.

"이 카페가 내 카페가 아니고……."

이번엔 주차장으로 다른 차가 들어왔다. 급하게 들어오는 차라 소리가 시끄러웠다.

"저기, 다른 데서 이야기하면 안 되냐? 꼭 이런 데서 이야기해야겠어? 그리고 생각보다 별로 불안한 이야기 아니야. 그냥 앞으로……."

"……."

"너, 내 말 듣고 있어?"

그가 열심히 이야기를 하고 있는데도 그녀는 다른 곳으로 시선을 보내고 있었다. 그가 미간을 좁히며 그녀의 시선을 쫓았다. 금방 들어온 차 앞으로 아침에 보았던 손님이 서 있었다.

"어? 아까……."

"잠깐 이야기 좀 하자."

다짜고짜 해주에게 말을 건네고는 차에 타는 손님을 보며 은태가 눈을 깜빡였다. 그가 해주를 보았다. 그녀의 표정이 심하게 어두워져 있었다. 그가 미간을 좁혔다.

"뭐야. 무슨 상황이야? 누구야? 아는 사람이야?"

"엄마……예요."

해주가 손님의 차로 향했다.

"엄마?"

가족…… 없다며? 은태는 한마디도 못 하고 뒤통수를 맞은 듯 서 있었다.

*
**

해주는 고개만 숙이고 있었다. 아무도 없다고 했는데, 혼자라고 했는데.

이 여사가 해주를 바라보고 있었지만 그녀는 지금쯤 당황한채 카페에서 자신을 기다리고 있을 은태 생각에 걱정스러웠다.

"그 카페에서 지내는 거니?"

혹시 거짓말했다고 싫어하면 어쩌지? 어떻게 엄마가 있는데 아무도 없는 척 그런 걸 속이냐고 뭐라고 하면.

해주가 치마를 꽉 쥐었다.

"문자라도 보내주지 그랬니? 그렇게 편지만 달랑 써놓고 나가버리면 어쩌자는 거니?"

그제야 해주가 고개를 들었다. 걱정하셨어요? 전화를 하시지 그랬어요. 전화번호도 안 바꿨는데. 말하고 싶었으나 차마 입에서 나오지 않았다. 한 번도 물어보지 못한 것이었다. 문자나 편지나 그게 뭐가 됐든 딸이 집을 나갔는데 이렇게 태연한 엄마는 없을 테니, 답은 뻔했다.

"여긴 어떻게 알았어?"

이곳은 할머니의 추억이 있는 곳이었다. 엄마가 이곳에 오기는 싫었을 텐데.

"……예전에 할머니한테 들은 기억이 있어서. 엄마는 어떻게……."

가족이랑 오게 됐어요? 그 말만은 차마 나오지 않아서 입을 다물었다.

가족이랑 여행. 자신이 없어도 빈자리가 없는 가족.

해주가 그 집에 가족이라고 여긴 적은 없지만, 자신을 빼고 가족이라는 말을 하는 것도 좀 이상한 것 같았다. 자신이 항상 그걸 의식한 것처럼 보일까 봐, 자존심이 상했다.

자신을 발견한 엄마가 새아버지와 동생 형준이 뒤따라 카페에 들어오는 소리를 듣고 다급히 가족들을 데리고 나갔던 것이 잊히지 않았다. 인사도 없이, 마치 보여주기 싫은 엄마의 뭔가를 감추려는 듯이. 그렇게도 같이 지냈는데도 여전히 부끄러운 존재라는 듯이.

그러고 보면 언제나 자신은 엄마에게 그런 존재였다. 최대한 감추고 싶은 존재. 과거의 실수, 생기지 말았어야 할 존재.

"형준이 방학했잖니. 하도 제주도 여행 가자고 해서. 바다도 보고 싶고 여름 오기 전에 오름도 가자고 해서."

"네. 오름도 좋죠. 여름 다 오기 전에. 이제 더워지니까요."

겨울에 나왔는데 벌써 여름이 되었다. 그사이 드디어 그녀가 있을 자리를 찾았다. 그래서 이제야 안정을 찾았다고 생각했는데.

'해주야, 형이 카페 판대!'

서준의 말이 너무도 충격적이라 지금 눈앞에 엄마가 앉아 있는 건 아무렇지도 않았다. 자신을 엄마가 없는 존재로 여겼듯이 자신도 그러면 그만이었다. 하지만 카페는 달랐다. 카페가 그에게 얼마나 소중한 존재인지 그도 알 텐데, 자신에게는 한마디 상의도 없었다.

카페를 판다니, 대체 왜?

자신에게는 안정된 공간이었고, 진짜 집 같은 곳이었다. 그도 그렇다고 여겼는데 아니었나? 혹시 친구와의 관계가 정리되어서 원래 하던 일을 찾아가려는 걸까. 그가 하던 일이 있다고 들었는데. 다큐멘터리 감독이라고 했던가. 그걸 다시 할 생각인가.

복잡한 생각들이 머릿속을 스칠 때, 이 여사가 한마디를 던졌다.

"언제 돌아올 거니?"

생각지도 못한 말에 그녀가 고개를 들었다. 잘 지내고 있는 거 봤으면 됐다, 하고 말 줄 알았는데.

"대학, 가야 되잖아."

대학? 생각지도 못한 말에 당황하고 말았다. 고등학교를 졸업할 때까지 해주지 않았던 진로상담이라도 하려는 걸까.

해주가 이 여사와 눈을 마주했다. 아마, 이렇게 빤히 바라본 게 처음일지도 모르겠다. 언제나 이 여사는 눈을 내리깔고 조용히 말하곤 했다. 가족 눈치를 보느라고 그랬을 것이다. 자신 역시 그렇게 바라보며 말을 했다. 가족 눈치를 보느라고.

"언제까지 그러고 살 수는 없잖니?"

"저, 괜찮아요."

"괜찮긴. 결혼도 안 하고 남자랑 그렇게⋯⋯."

이 여사가 봤던 장면을 떠올렸다. 그 누구에게라도 들키면 쑥스러울 장면이기는 했다. 하지만 부끄럽지는 않았다.

"저 잘 지내고 있어요."

"잘? 그렇게 지내는 게 잘 지내는 거니?"

"그렇게⋯⋯가 어떻게 사는 건데요?"

"몰라서 물어? 남자랑 그러고 있는 거 네 아버지 아시면⋯⋯. 어휴, 남사스러워라."

그래서 그렇게 황급히 가족들을 끌고 나간 것인가. 자신의 딸이 결혼도 안 하고 남자랑 살고 있다는 것을 알게 되면 창피하니까? 결혼도 안 하고 실수해서 자신을 낳은 것처럼, 딸도 그래 보여서, 피는 못 속인다는 소리를 들을까 봐?

과거를 최대한 지우기 위해 조심하고 살아온 고생이 무색하게도 딸의 행동으로 바로 이 여사의 과거가 또다시 이야기될까 무서운 모양이었다.

예전의 자신이라면 이 여사보다 부끄러웠을지 몰랐다. 결혼도 하기 전에 남자랑 살고 있고, 키스하는 모습까지 매일 눈치 보던 엄마에게 들켰으니까. 하지만 이젠 달랐다. 눈치 보며 살지 말라고 응원해주는 은태가 자신에게 있는 한, 그 무엇도 두

럽고 부끄럽지 않았다.

"아니에요, 엄마. 저, 여기서 잘 지내고 있습니다. 말씀은 감사해요. 하지만 성인이 다 됐는데 신세질 수는 없죠. 그동안 키워주신 것만으로도 빚진 마음인데요. 엄마도 잘 지내고 계신 거 보니 마음이 놓여요. 저도 편지 한 장만 두고 나온 게 마음에 걸렸거든요. 감사했어요. 가족들이랑…… 여행 잘하세요."

"말 들어!"

처음으로 듣는 호통에 그녀가 흠칫했다. 이 여사도 스스로 너무 목소리가 컸다고 생각했는지 주변을 살폈다. 이내 숨을 들이켠 이 여사가 조용히 입을 열었다.

"빚진 마음 들면, 갚아라. 안 그래도 그 집 식구들 사이에서 너 키워내느라고 나도 힘들었다. 그건 이제 너도 커서 알겠지?"

"엄마……."

나도 그렇게 살고 싶어서 산 건 아니잖아요.

"그래, 말 잘했다. 난 네 엄마야. 네가 날 엄마라고 생각한다면, 이렇게 살면 안 돼."

"전 괜찮……."

"내가 안 괜찮아. 내 심정 생각해봤니? 네가 그렇게 함부로 남자랑……!"

부들부들. 이 여사가 손을 떨었다.

"누가 알아봐라. 내가 그 집에서 마음 편할 것 같아?"

"죄송합니다."

눈이 마주치자 그녀가 애써 웃었다.

"걱정하실 거 없어요. 누가 알게 될 일도 없을 테지만 알게 되더라도 부끄러워하지 않아도 될 만큼 좋은 사람이에요. 잘해주고요."

"좋은 남자라고?"

이 여사가 코웃음을 쳤다.

"제주도 남자니?"

"아니요."

"이곳 사람 아니면, 언제든 떠날 수 있겠네?"

그녀는 대답하지 않았다. 아니라고 말하고 싶은데, 확신은 없었다. 미래의 이야기를 나눌 시간이 없었다. 더욱이 카페를 판다는 이야기를 들은 후 그에게 아무 변명도 듣지 못한 탓이었다.

딸의 흔들리는 눈빛을 읽었는지 아니면, 혼자의 판단이었는지, 이 여사가 날카롭게 물었다.

"지금 잘해줘? 그게 언제까지 갈 것 같은데?"

대답도 듣기 전에 이 여사가 차갑게 조소했다.

"저런 남자들 잘 알지. 직업도 멀쩡하지 않고 한량처럼 지내는 남자. 장사가 안 되면, 아니, 잘돼도, 언제든 카페 버리고 떠날 수 있어."

"그 남자는……."

"그 남자는 아니라고? 어떻게 확신하는데? 단 한 놈도! 남자 중에 단 한 놈도 멀쩡한 놈은 없어. 지금은 네가 젊고 예쁘니까 데리고 있겠지. 하지만 곧 싫증 나면? 너 버리고 가버리면 그땐 어떻게 하려고? 그러다가 덜컥 애라도 생기면? 버려진 채 애라도 키우려고? 혼자서 애를 키우는 게 어떤 일인지 네가 알아?"

엄마는 아세요? 절 혼자 키운 적 없잖아요. 할머니에게 맡겼고, 그 뒤엔 새아버지와 같이 지내게 했잖아요.

흥분한 이 여사를 바라보며 해주는 아무 말도 하지 않았다. 틀린 말은 아니었다. 지금은 그가 자신을 사랑했다. 하지만 언제든 떠날 수 있었다. 그건 어떤 연인이나 다 마찬가지니까. 그렇다면 자신도 떠날 수 있었다. 그런데 이 여사는 자신이 버려지는 것만 생각하고 있었다. 그렇게 자신이 못나 보이는 걸까. 아니면, 아직도 어리게 여기는 걸까. 그래. 자식은 늙어도 부모 눈에 어려 보인다는데. 집 나간 딸이 남자랑 그러고 있는 것을 봤으니 당연히 걱정될 것이다. 그런데 왜 자신을 안 찾았을까? 휴대전화 번호를 바꾼 것도 아니었는데.

어쩌면 자기혐오가 아닐까. 신중하지 못했던 사랑으로 낳은 자식에게서 자신의 과거를 보며, 해주가 아닌 이 여사 자신의 어린 시절에 화를 내고 있는 것이다. 그녀가 아니라, 이 여사 자신에게.

"저녁은 드셨어요?"

모녀간의 정이 아닌, 같은 여자로서의 정으로 그녀가 물었다. 말을 돌리자 이 여사도 진정하려는 듯 물을 마셨다.

"오신 김에 저녁, 사드릴까요?"

이 여사가 당황한 듯 해주를 보다가 다시 시선을 돌렸다. 이럴 줄은 알았지만 실망감이 해주의 가슴을 따끔하게 찔렀다.

"저 만난 거, 아버지는 모르시는 거죠?"

"알아서 좋을 게 뭐 있어? 이러고 살고 있는데."

해주는 더는 반박하지 않았다. 모르는 사람들의 눈에는 당연히 한심할 수 있는 삶이었다. 이 여사에게 엄마로서의 이해심을 바란다는 건 언감생심이었다.

"일하다 나왔거든요. 그만 가봐야 해요."

"필요한 금액이랑 계좌번호 찍어라. 일은 그만둬."

"지금은 그럴 수 없어요."

"얘."

"즐거운 여행 되세요."

해주가 자리에서 일어났다. 이 여사가 답답한 듯 그녀를 불렀다.

"해주야."

"말씀 감사해요. 조심하겠습니다."

이 여사가 벌떡 일어났다.

"왜 말을 안 듣니? 대학도 안 가고 이러고 사는데 어떤 남자가 널 좋아하겠어? 넌 꿈도 없어?"

"제 꿈, 뭔지 아세요?"

해주의 반문에 이 여사가 입을 오물거렸다. 알 리가 없지. 물어본 적 없었으니까. 그런 대화를 나눈 적은 더더욱 없었으니까.

"전 꿈, 이뤘어요."

해주가 시원하게 돌아섰다. 은태를 만나고 싶었다. 보고, 싶었다. 안기고 싶었다. 부디, 부디 그가 아무 질문하지 않고 안아줬으면. 왜 거짓말했냐고 따지지 말고 자신을 다독여줬으면. 데리러 왔다고 이곳 어딘가에서 기다려줬으면.

하지만 당연히 그의 모습은 보이지 않았다. 그녀가 서둘러 걸었다. 그가 오지 않는다면 자신이 만나러 가면 그만이었다.

정신없이 걷던 그녀의 걸음이 서서히 빨라졌다. 그녀는 달리기 시작했다. 잠시 후, 끼익! 하고 그녀 앞에 차가 섰다.

빵빵!

요란하게 클랙슨이 울렸다. 그제야 정신이 든 그녀가 차를 향해 고개를 숙였다.

"죄송합니다."

"죄송할 만하지. 정신을 어따 두고 다니는 거야?"

"죄송합니다. 죄송합니다."

"됐고. 빨리 타!"

"죄송⋯⋯. 네?"

그녀가 고개를 들었다. 운전석에서 어깨까지 빼고 손짓을 하고 있는 은태가 보였다.

"형님?"

"뭐야, 이제야 알아본 거야?"

"형님!"

해주가 달려가 창문 밖으로 나온 내민 그의 얼굴을 감싸 안았다. 은태가 황당하다는 듯 미간을 좁혔다.

"참나, 뭐 이산가족 상봉이냐? 왜 이렇게 반가워해?"

이산가족? 텔레비전으로 볼 때는 짐작도 못할 마음이었지만 어쩌면 지금 그런 느낌일지도 모르겠다.

"형니임!"

"됐고. 떨어져. 너 나랑 할 말 있잖아? 가족, 없다며?"

그가 안고 있는 그녀를 떨어뜨리고 매섭게 노려봤다. 잔뜩 졸아든 그녀가 불안한 눈으로 주춤주춤 뒤로 물러섰다.

17.

엄마가 있었다. 그녀에게 엄마가 있었다. 그런데 왜 혼자라고 한 걸까.

은태는 큰 카페 안에서 두 사람이 대화하는 것을 멀리 앉아 지켜보고 있었다.

해주가 엄마라는 여자를 따라간 분위기를 볼 때, 돌아올 때 그녀는 차를 얻어 타지 못하거나 안 타고 혼자 올지도 모른다는 생각이 들었다. 그런 게 아니어도 그는 그녀를 따라갈 수밖에 없었다.

그녀의 일이라면 미치도록 궁금했으니까.

본의 아니게 미행을 하게 된 은태는 여차하면 그녀를 데리고 나와야지, 그런 생각이었지만 이야기가 하나도 들리지 않았다. 다만, 차분한 게 영 이상했다.

"새엄만가."

보통의 엄마라면 이럴 수는 없었다. 아침에 딸을 보고도 나중에 찾아와 이야기를 나누자고 하다니.

남자와 키스를 하는 장면을 본다면 놀라서 소리치거나 등을 후려치거나 그도 아니면 머리채를 잡고 끌고 나갔어야 했다.

물론 안 그런 사람도 있을 것이다. 우아하거나, 교양이 넘친다면. 하지만 아무리 생각해 봐도 금이야 옥이야 키운 자식이 그러고 있는데 그저 다른 가족들 못 보게 황급히 나간다는 게 이해가 가지 않았다.

"새엄마겠지. 혼자라고 했으니까."

혼자라고 했을 때 다 믿지는 않았다. 그녀의 거짓말은 티가 났다. 하지만 그녀가 사무치게 외롭고 누군가와 같이 자고 싶어 한다는 사실에 혼자라는 게 완전히 거짓말이 아닌 것도 같아 가족에 대해서는 신경 쓰지 않았다. 어차피 자신이 그녀의 옆에 있어주면 될 일이었다.

그런데 엄마라니.

궁금했다. 그런 건 어떻게 물어봐야 할까. 그녀의 일이라면 뭐든 궁금하지만 그녀에게 어떻게 물어야 할지 몰라 그가 입술만 잘근잘근 씹다가 슬쩍 가까이 다가갔다. 그 순간 그녀가 일어났다. 뒤쫓아온 엄마라는 여자가 그녀에게 소리쳤다.

"왜 말을 안 듣니? 대학도 안 가고 이러고 사는데 어떤 남자가 널 좋아하겠어? 넌 꿈도 없어?"

제법 엄마다운 말이었다. 하지만 엄마 같지는 않은 말이었다.

"제 꿈, 뭔지 아세요?"

해주의 반문에 여자는 머뭇거렸다.

"전 꿈, 이뤘어요."

그녀가 카페를 나갔다. 꿈을 이뤘다고? 그녀의 꿈은 무엇이었을까. 자신도 그녀에 대해서 제대로 아는 게 없었다. 대학을 보내주려는 엄마를 없다고 말하고 인생 여행을 하고 있다는 그녀에 대해서 하나도.

어쩔 줄 모르고 앉아 있던 여자가 황급히 전화를 걸었다. 해주를 잡는 것인 줄 알았는데 표정이 바뀌었다.

"여보, 네, 볼일 다 봤어요. 네, 지인분이 잘 지내시더라고요. 형준이는요? 그럼 그 횟집으로 갈까요? 주소 찍어줘요. 네, 이제 갈게요."

여자가 자리에서 일어났다. 원래 같으면 나서지 않았을 은태가 저도 모르게 여자를 가로막았다.

"뭐죠?"

"안녕하세요. 해주랑 사귀는 남잡니다. 아침에 뵀죠? 곽은태라고 합니다."

여자의 표정이 싸늘하게 굳었다.

"여기까지 따라오신 건가요?"

"네. 해주가 차가 없어서요. 카페까지 올라오는 버스도 없고요."

생각지도 못한 얼굴이라 여자가 잠시 당황하는 듯했다.

"데리고 가려고 왔습니다."

해주에게는 남자를 만나지 말라고 해놓고 데려다준다는 남자를 말릴 수도 없는 상황이 되었다.

"제주도에는 택시 없어요?"

황당한 반문에 그가 웃었다.

"있습니다. 하지만 저라면 제 딸이 으슥한 곳에 택시를 타고 간다면 직접 데려다준다고 했을 겁니다. 차, 있으시잖아요."

어디 데려다준다고 해봐, 그럼 양보해줄 테니까. 그런 마음으로 기다렸지만 여자는 인상만 찌푸렸다.

"하고 싶은 말이 뭐예요?"

"지금 해도 되겠습니까?"

그는 해주를 데리러 가야 했고, 여자는 가족들에게 가야 했다.

"애한테 무슨 소리를 들었는지 모르겠지만 내가 사정이 좀 있어서 그런 거지, 부족함 없이 키웠습니다. 앞으로도 그럴 거고요. 그러니까 행여나 애가 쉽게 군다고 함부로 건드리지 말아요."

"쉽게 구는 여자 아닙니다. 함부로 여긴 적은 더더욱 없고요."

그가 냅킨에 자신의 번호를 적었다.

"시간 되실 때 연락 한번 부탁드립니다."

그가 돌아서는데 여자의 말이 들려왔다.

"어디서 명함 하나도 없는 변변치 못한 남자를."

변변치 못한 남자. 변명할 여지가 없었다. 하지만 지체할 시간적 여유는 더더욱 없었다. 밖은 어두웠고 해주가 어느 쪽으로 걸어갈지 몰랐다. 그가 빠르게 밖으로 나갔다. 그녀가 더 멀리

가기 전에 찾아야 했다. 혼자 울고 있으면 참을 수 없을 것 같았다.

"혀니임!"

그를 발견한 그녀는 다행히 울지 않고 있었다. 방글거리며 그를 맞았다. 안 울어서 다행이었지만 또 한편으로는 화가 났다. 오랜만에 엄마를 보고도 너무 멀쩡한 것이, 오히려, 화가 났다.

카페로 돌아온 두 사람은 테이블을 앞에 두고 마주 앉았다. 그가 아무 말 하지 않았는데도 그녀는 고개를 푹 숙이고 죄인처럼 앉아 있었다.

"윤해주."

한참 만에 이름을 부르자 그녀가 번쩍 고개를 들었다.

"넌 꿈이 뭐냐?"

"……네?"

"꿈이 뭐냐고."

그 무엇보다 그게 궁금했다. 그녀가 이뤘다는 그 꿈이.

"갑자기 꿈은 왜…….."

"그냥 궁금해서."

그녀가 눈을 반짝였다.

"형님은요?"

"어쭈. 말 돌리지?"

"아니, 저도 궁금해서…….."

"나부터다. 말해봐. 꿈이 뭔지."

그녀가 매우 쭈뼛거렸다. 입을 열려다 말고 입을 열려다 말고 반복했다. 그가 한쪽 눈썹을 찌푸렸다.

"없어?"

"있어요! 자, 잘 때 안아……주는 사람 있는…… 거……요."

"뭐?"

"그러니까 잘 때 옆에서 안아주는…….."

"꿈이 나야?"

"네?"

"너 잘 때 안아주는 사람 나잖아. 그러니까 네 꿈은 나였던 거 잖아."

"아, 그게, 그렇게, 그렇게 될까요?"

"아니야?"

그가 날카롭게 바라보자 그녀가 차렷 자세를 했다.

"맞습니다."

그럼 꿈 이룬 거 맞네.

그가 흐뭇하게 속음을 지었다. 그녀가 또다시 눈을 반짝였다.

"형님은요?"

하여튼 그의 일이라면 뭐든 궁금해서 저렇게나 귀엽게 굴었다. 그가 단호히 말했다.

"난 없어."

그녀가 실망스러운 표정을 지었다.

"사람이 꿈도 없어요?"

"그래. 내가 피치 못할 사정으로 꿈도 희망도 없이 살았거든."

"아, 맞다."

그녀가 미안한 표정을 지었다.

근데 이제 만들고 싶어졌어, 윤해주. 꿈도, 희망도, 너랑.

"엄마는, 뭐야?"

기습적인 질문이었을까. 얼굴을 굳힌 그녀가 또다시 쭈뼛거렸다.

"새엄마, 뭐 그런 거야?"

그가 조심스럽게 물었다. 그녀가 고개를 끄덕일 줄 알았는데 고개를 저었다.

"친엄마라고?"

그가 놀라서 목소리를 높였다가 진정하듯 목을 가다듬었다.

"어머니가 계셨구나?"

"죄송해요."

"뭐가? 엄마가 계신 게 뭐 사과할 일이냐?"

"형님을 속였잖아요."

"그래, 그랬지."

그의 말에 그녀가 이리저리 그를 뜯어보았다.

"화 안 내요?"

"무슨 화?"

"거짓말했잖아요."

"알긴 아냐? 속일 게 없어서 엄마 없다고 속여?"

"그게…….."

"거봐, 내 말이 맞았어. 세상에 진실은 없다니까. 내가 이렇게 비관주의, 염세주의가 된 게 다 이유가 있어요. 여자친구가 엄마가 있는데도 없다고 하고, 혼자도 아닌데 혼자라고……."

"혼자는! ……맞아요."

따끔따끔, 그의 가슴이 뭔가에 찔리는 듯이 따끔거렸다. 그녀가 혼자인 건 확실했다. 엄마라는 여자가 가족이랑 통화하는 것을 자신도 들었다.

하필 그 많은 거짓들 속에서 왜 그녀가 혼자인 것만이 진실일까.

가족으로 보이는 사람들이 있었지만 그 안에서 그녀는 철저히 혼자였다. 누군가와 같이 자는 게 꿈이 될 만큼 그녀는 외로웠던 것이다. 그래서 그렇게 그녀의 몸이 차가웠던 것이고 온기를 찾아 자신에게까지 온 것이다. 모르는 곳에서 쫓겨나지 않으려고 기를 쓰고 일을 하고 사귀자고 애원하고, 같이 자자고 부탁했던 것이다. 꿈을 이루기 위해서.

차마 가족들과는 할 수 없었던 것을 해보고 싶어서 낯선 사람을 붙든 여자. 대단해, 대단한 여자야, 너는.

그렇게 외로운 와중에도 꿈을 이루고 자신도 살리고 행복도 주었다.

"윤해주."

"네?"

"너는 내가 안중에도 없냐?"

"네? 뭐가요?"

그가 손을 펴서 손가락을 하나씩 접었다.

"카페 일 다 도와줘, 걸어올까 봐 데리러 가줘, 밤마다 안고 자, 키스해달라면 키스해줘, 맨날 끈적끈적하게 바라보면 밤에 원하는 거 다 해······."

"이 와중에 무슨 말씀 하시는 거예요?"

그녀가 손가락을 접고 있는 그의 손을 말리듯 잡았다. 그가 웃으며 가만히 그녀의 손을 마주 잡았다.

"네가 왜 혼자냐고."

"네?"

"나 있잖아."

"······."

"너 안고 자는 사람 있잖아. 여기, 바로 나."

넌 혼자가 아니야. 그가 눈을 마주하자 그녀의 눈에서 눈물이 솟아올랐다.

그렇지, 널 울릴 수 있는 사람은 오직 나여야지. 다른 사람은 안 돼.

"형님······."

불안했다. 너무 행복해서. 그녀를 만나서 행복해지고 그 행복이 깨질까 두려웠다. 그런데 역시나 그냥 찾아온 행복은 오래가지 못하는 법이었다. 이렇게 언제든 불쑥불쑥 방해받을 수 있으니까. 이제 받기만 해선 안 돼, 자신도 행복을 만들어야겠다.

"너 이제 혼자 아니야."

이젠 그가 행복을 만들어 그녀에게 줘야겠다. 그녀 덕분에 새로 꾸게 된 꿈을 이뤄야겠다.

*
**

오전 비행기로 서울에 온 은태는 오랜만이라는 감회에 젖을 시간도 없이 바로 장우에게로 향했다.

"이곳도 오랜만이네."

건물을 올려다보던 은태가 장우의 사무실을 찾아 들어갔다. 헬스 트레이너들을 양성하는 곳이라 직원들 몸이 좋았다. 몸 좋은 직원들 사이에서도 단연 장우의 모습이 눈에 띄었다.

"누가 보면 조폭인 줄 알겠다."

"여어, 곽은태."

장우가 정말 반가운 얼굴로 손을 뻗어 악수를 했다. 그것만으로 부족했는지 은태를 꽉 안았다.

햇수로 4년. 생각지도 못하던 조카의 귀환이었다. 장우는 감동을 받은 듯 더 깊이 은태를 안았다.

"삼촌, 그만하지? 나 몸 졸라 죽일 거 아니면?"

장우가 그제야 은태를 놓아주었다. 장우의 두 눈에 물방울이 맺혀 있었다. 하여튼 가족이라면 덩치랑 다르게 마음이 여렸다.

"앉아. 뭐 마실래?"

사무실에 들어오자마자 장우가 바쁘게 물었다. 대답도 하기 전에 비서에게 커피를 주문했다. 반가움에 급한 성격이 나온 것이다.

"나 녹차 마실 건데?"

"그래? 그러면 다시 말⋯⋯."

"농담이야."

"이 자식이 삼촌한테 까불기는. 살아났다 이거냐?"

　살아났다고? 아니, 다시 태어났지.

　그가 옅게 웃었다. 비서가 들어와 커피를 내려놓고 나갔다. 장우가 은태에게 마시기를 권했다.

"그래, 무슨 일이야. 이제 카페도 정리할 마당에 다시 서울에 와서 일하려고?"

"아니."

"아니?"

"카페 때문에 왔어."

"카페 왜? 문제 있어?"

"나한테 팔아."

　장우가 의외라는 듯 그를 보았다.

"네가 장사를 한다고?"

"지금까지 했거든?"

　9할은 해주가 했다고 볼 수 있지만.

"너, 그 일은 아주 안 하기로 한 거야?"

　그가 고개를 끄덕이자, 장우가 잔뜩 인상을 썼다.

"다 나은 줄 알았더니."

"나 병 걸린 거 아니야."

"병 걸린 게 아냐? 다 썩어가는 귀곡산장 같은 카페에서 연락도 못하게 하고 죽은 듯이 살고 있던 놈이 병 걸린 게 아니라고?"

그가 웃자 장우가 이맛살을 찌푸렸다.

"너 혹시 더 심해진 거냐? 머리 이거."

장우가 손가락으로 관자놀이 근처를 빙빙 돌렸다. 그랬을지도 모르겠다. 그대로 쭉 살았다면. 하지만 이제 달라졌다. 그는 더 이상 예전의 그가 아니었다. 카페를 무덤 삼아 죽어 살던 곽은태의 삶을 버리고, 카페를 집으로 삼아 행복을 찾는 윤해주의 짝, 곽은태가 되었다.

"그렇게 공부를 해놓고 그 일을 더 안 한다고?"

"언젠가 할 수도 있겠지."

하지만 지금은 해주와 함께 하고 싶었다. 그녀가 자신이 없어도 외롭다는 생각 없이 밤을 견딜 수 있는 날들이 오면, 그가 촬영을 나갈 수도 있을 것이다.

아니, 그렇게 멀리 가지 않아도 된다. 주제는 어차피 자신이 정하면 그만이었다. 근처의 있는 풀이든 오름이든, 아주 가까운 것에서 시작하면 그만이었다. 치기 어린 마음으로 감당할 수 없는 거대한 것들만이 멋있어 보이던 시기는 이제 지났다. 더는 같은 실수를 반복하고 싶지 않았다. 그는 새로운 꿈이 있었다. 윤해주를 평생 행복하게 해주기.

햇살이 ☁
카페에서 ☕

그러니까 조심할 것이다. 스스로 몸을 지키고 그녀의 옆자리도 지킬 것이다.

"너, 그 카페에서 대체 무슨 일이 있었던 거야?"

그러게. 윤해주라는 햇살을 좀 쬔 것뿐이었는데.

"그렇게 궁금하면 조카가 어떻게 된 건지 좀 와서 확인도 하고 그러지 그랬어? 피붙이, 피붙이 맨날 노래만 부르고 어떻게 인간이 그래?"

할 말이 없는지 장우가 멋쩍게 커피를 마셨다.

"삼촌한테 인간이 뭐냐, 너는."

"그럼 인간 아니라고 할까?"

"하, 이 자식. 엉기는 거 보니까 확실히 돌아오긴 돌아왔는데. 어떻게, 그럼 지금 계약해?"

장우가 화끈하게 답했다. 그가 고개를 끄덕였다.

"그러면 좋고."

"그래? 계약하자, 그럼. 돈은 있는 거지?"

"당연하지."

"대신."

"대신?"

"원래 책정했던 가격으로."

"뭐?"

은태가 호기롭게 커피만 마셨다. 장우가 펄쩍 뛰었다.

"야, 아무리 가족이지만 계산은 제대로 해야지."

"그래, 계산한다니까? 내가 공짜로 달라는 것도 아니잖아."

"야, 그 값이면 완전 공짜지. 말이 되냐?"

"싫으면 팔아버리든가. 나 거기서 내보내면 이번엔 바다 근처에 묻혀버릴 테니까."

"아니, 이 자식이! 나이 든 삼촌 앞에서 못하는 말이 없냐?"

나이 든 삼촌 좋아하네. 9개월 차이 주제에. 그가 코웃음을 쳤다.

"맘대로 해. 나이 어린 조카 송장 치우기 싫으면."

"하, 이 자식. 어디서 이딴 게 내 조카로 태어났어. 귀여운 구석이 하나도 없다니까."

"아, 그리고 부탁 하나만 하자."

"또 뭔데?"

"별거 아니야. 삼촌 명함 찍는 인쇄소 있지?"

"당연히 있지."

"거기서 명함 좀 파줘."

"명함?"

은태가 미소를 지었다.

*
**

"진짜로 사장님이 아니었다고요?"

해주와 서준이 동시에 물었다. 놀란 두 사람을 신경 쓰지 않은 채 바닥에 걸레질하며 은태가 태연하게 답했다.

"그렇다고 했잖아."

"아니, 어떻게 그럴 수가 있어요? 사람을 속여도 정도가 있지."

"내가 언제 속였어? 나 사장 아니라고 계속 말했다? 너희들이 내 말을 안 들은 거지."

"아니, 그래도 사장처럼 행동했잖아요."

"그런 적 없거든?"

은태의 말에 해주가 발끈했다.

"없긴요. 아르바이트생도 형님이 뽑았잖아요."

"네가 뽑아달라며?"

"그렇다고 사장도 아닌데 막 뽑아요?"

"그거야 내가 카페의 모든 일을 일임……."

"쯧쯧쯧쯧."

서준이 혀를 찼다.

"아니, 카페 일도 제대로 안 돌봐, 맨날 잠만 자. 구석에서 담배 뻑뻑 펴. 그래 놓고 사장이 아니다? 그게 사장 아닌 사람이 할 짓입니까?"

그가 인상을 찌푸렸다.

"그럼 그 짓이 자기 가게 차린 사장이 할 짓이냐?"

그것도 그렇네. 해주가 옆에서 고개를 끄덕였다. 은태의 말에는 금방 설득이 되는 해주를 보며 서준이 정신을 차리라는 듯 테이블을 두들겼다.

"안 돼. 안 되겠다, 해주야. 저 남자 쥐뿔도 없잖아. 안 돼, 안 돼."

"뭐? 안 돼? 뭐가 안 돼? 네가 뭔데, 되고 안 되고야?"

은태가 묻자마자 서준이 양 검지를 들고 손가락을 교차해 엑스 표시를 했다.

"뭐긴요. 해주 오빠죠. 이 결혼 반대입니다. 절대 반대."

"결혼? 결혼이 왜 나와, 여기서?"

은태가 의아하게 서준을 보았다. 서준이 눈을 크게 떴다.

"그게 무슨 소립니까? 그럼 결혼 안 할 겁니까? 계속 이대로 산다고요?"

결혼 같은 건 생각지도 않았다. 그런데 막상 이야기가 나오자 해주는 그가 자신과 결혼하고 싶어하면 좋겠다고 생각했다. 하지만 혼자 욕심부리고 상처받는 게 무서웠다.

너무 큰 욕심은 화를 불러오는 법이니까.

바로 대답하지 못하는 은태를 보고 불안해진 해주가 얼른 서준의 말을 가로막았다.

"결혼이 뭐 애들 장난인가요? 그리고 진짜 여기서 결혼이 왜 나와요. 떡 줄 사람은 생각도 안 하는데……."

그의 눈치를 보며 한 말인데 그가 오해했는지 마구 흥분했다.

"뭐? 떡 줄 사람은 생각도 안 해? 왜 생각을 안 해? 너 왜 떡 줄 생각을 안 해? 내가 얼마나 더 잘해줘야 줄 생각을 할 건데?"

"네? 아니, 달라고 해야 주죠, 어떻게 그런 걸 막 줘요……?"

은태의 박력에 기세가 밀린 해주가 변명하듯 말을 흐렸다. 그가 답답하다는 듯 따졌다.

"꼭 달라고 해야 주냐? 네가 그냥 주면 되지."

"어떻게 그냥 줘요."

은태가 손을 내밀었다.

"그냥 줘 봐. 받나, 안 받나."

"아니, 뭐 시험하는 것도 아니고, 결혼 생각도 없는 사람한테 막 결혼하자고 해요?"

"그러는 너는 있고?"

"저야 있죠. 형님이라면 언제든!"

잠시 침묵이 흘렀다. 그는 웃지도 않고 그저 그녀를 빤히 보았다. 난데없이 고백을 한 것 같아 얼굴이 뜨거워졌다.

싫은 건가. 취소해야 하나. 농담이라 할까.

고민하고 있는데 휘이익, 하고 눈치 없는 휘파람 소리가 들려왔다. 서준이었다. 은태가 서준을 잠시 노려보다가 그녀에게로 시선을 돌렸다.

"그렇게 결혼하고 싶으면서, 사귈 생각도 없는 나를 이렇게 꼬셔서 사람을 환장하게 만들어놓고선, 결혼은 하고 싶어도 그냥 참겠다?"

"네? 그런 뜻이 아니고."

"아니긴 뭐가 아니야. 너 생각 있으면서 참는 거잖아. 왜 참는 건데? 너도 내가 변변찮아 보여?"

"네에? 저 그런 생각한 적 없는데요?"

"그럼 왜 말 안 해? 사귀자고는 잘도 말하더니, 같이 자자고는 잘도 하더니."

오우와우, 듣고 있던 서준의 감탄사가 낮게 들려왔다. 이번엔 해주가 서준을 노려보다가 은태에게 물었다.

"그거랑 결혼이랑 같아요?"

"뭐가 달라?"

"그럼 형님은 내가 결혼하자고 하면 한다고요?"

"당연하지! 내가 언제 네 말 안 들은 적 있어?"

심장이 쿠구궁 떨어졌다. 자신이 결혼하자고 하면 결혼한다고?

그는 자신이 혼자가 아니라고 했다. 그렇게 말해준 것만 고마웠다.

그런데 평생의 짝이 되어준다고? 그렇게 고민도 하지 않고?

내 가족…….

그런 욕심까지는 안 부렸는데. 그를 만나고는 그게 가능해질 것 같아서 심장이 찌릿찌릿, 아프기까지 했다. 또다시 침묵이 흘렀다.

짝짝짝짝. 이번엔 눈치 없는 박수 소리가 났다. 신이 난 서준이 박수를 치고 있었다.

"아이고. 축하해요, 두 분. 축하해, 해주야. 축하해, 매제."

"매제?"

그가 인상을 찌푸렸다. 서준이 어깨를 으쓱했다.

"동생이 결혼하면 자네는 당연히 매제지. 그래, 날은 언제 잡을 건가? 식장은? 뷔페는 어떻게 하고? 요새 작게도 하던데 이 카페는 어때? 두 사람이 만난 곳이기도 하니까 의미 있는 것 같은데?"

"실없는 소리 그만하고 너는 좀 가라?"

"실없다니, 매제는 내 동생이랑 결혼하는 게 그렇게 실없는 일인가?"

"까불래?"

그가 대걸레를 들자, 서준이 그제야 카페 문 앞으로 도망을 쳤다.

"동생아, 아무래도 저 인간은 안 되겠어. 성격이 너무 안 좋아. 폭력은 또 얼마나 잘 써? 내 차 긁힌 거 기억하지? 내가 진짜 괜찮은 놈으로 소개해줄 테니까, 오늘부로 끝내라. 네가 너무 아까워서 못 주겠다."

"안 가? 이걸 확!"

은태가 잡으러 가는 시늉을 하자, 서준이 얼른 카페 밖으로 나갔다.

"하여튼 놀아줬더니 점점 개긴다니까."

동생아…… 네가 너무 아까워서 못 주겠다.

서준의 말이 가슴에 남았다. 이 여사가 그렇게 말했다면 얼마나 좋았을까. 남사스럽다는 말 대신, 버려질 거라는 말 대신 '네가 아까워서' 반대한다고 말해줬더라면.

해주가 구석구석 평소 그녀가 시키는 대로 꼼꼼하게 걸레질을 하는 은태를 보았다.

전혀 아깝지 않아요, 엄마. 얼마나 좋은 사람인데요. 엄마도 만들어주지 못하는 가족을 내게 선물해주려고 하는 남자예요.

절대로 채워지지 못할 것 같던 마음을 가득 채워주는 남자라고요.

다정하게 이야기를 나누는 모녀 사이를 떠올려보던 그녀가 피식, 하고 웃어버렸다.

"왜 실없이 웃어?"

"좋아서요."

"뭐가?"

"그냥, 형님이 좋아서요."

"미쳤구나, 네가. 카페 사장 아니라는 걸 알게 된 날도 좋냐?"

"그렇죠. 미쳤으니까."

"그래, 내가 진작 알아보긴 했지."

"미친 사람 좋아하는 사람은 뭔데요?"

"누가 좋아한데?"

당황한 그녀가 불안하게 그를 보았다.

"안 좋아해요? 저번에 좋아한다고 했잖아요."

"이젠 아니야."

"왜요? 잘못은 형님이 해놓고 왜 안 좋아하는데요?"

"내가 무슨 잘못을 했는데?"

"사장 아니면서 사장 행세했잖아요."

"미치겠네. 사장 아니라고 했는데 사장으로 여긴 건 너잖아."

"그래서요?"

"사랑해."

심장이 먼저 듣고 쿵, 떨어져 버렸다. 그녀가 눈을 크게 떴다.

"지금 뭐라고 했어요."

"뭘, 뭐라고 해. 아무 말도 안 했는데."

그가 태연하게 걸레질을 했다. 정말 아무 말도 안 한 사람처럼. 그녀는 듣고 싶었다. 다시, 크게, 여러 번!

"했잖아요. 지금 뭐라고 했잖아요?"

그녀가 그의 앞으로 가서 걸레질을 멈추게 했다. 그가 능청을 떨었다.

"뭐, 누가 뭐라고 했다고?"

"사랑해, 이랬잖아요."

"뭐?"

"사랑한다고……."

그가 허리를 감싸고 입술을 겹쳤다. 쪽. 쪼옥.

"나도."

그가 짧게 대답하고 항변하려는 그녀의 입술을 다시 물고 길게 빨아당겼다. 이제 더 이상 가족과의 대화를 꿈꿀 이유가 없었다. 그녀와 다정히 이야기를 나누는 진짜 가족이 생겼으니까. 아침에도, 점심에도, 저녁에도 언제든 자신의 이야기를 들어줄 곽은태가.

벌떡, 카페 문이 열렸다.

"좋은 날인데 우리 바비큐라도……."

두 사람의 진한 키스를 본 서준이 화들짝 놀라 그대로 멈췄다. 당황한 해주와는 달리 은태는 그쪽은 쳐다보지 않고 말했다.

353

"그거 좋지. 네가 준비해놔."

"……"

"안 가?"

은태가 서준에게 눈짓하자, 그제야 서준이 흠칫, 하며 뒤로 물러났다.

"가…… 가요, 갑니다, 가. 그럼 좋은 시간 되세요."

"준비 철저히 해놔라? 오래 걸릴 테니까."

"오, 오래……, 오우와우. 이 커플 진짜."

"안 갈 거야?"

"가요. 갑니다!"

서준이 나가자마자 은태가 그녀를 번쩍 안아 들었다. 다락으로 향하며 그가 말했다.

"내가 말했지? 저 녀석 귀찮다고."

"우리 오빠한테 그렇게 말하지 말아요."

그의 목덜미를 안은 그녀가 키스를 하고는 낮게 속삭였다. 그가 미간을 좁혔다.

"우리 오빠? 그냥 내가 오빠 해줄 테니까 저 자식 오빠 삼지 마."

"왜요? 오빠라고 해서 질투 나요?"

그녀를 침대에 눕힌 그가 그녀의 위로 올라갔다.

"아니, 매제라는 소리 듣기 싫어."

"치."

"치? 나 진지해."

그녀가 그의 뺨을 쓸었다. 그가 낮게 신음했다.

"누구 맘대로. 누가 결혼한대요?"

"오호라. 세계 나간다 이거지? 결혼해달라고 사정할 때까지 안 놔준다?"

"마음대로 해보세요. 그게 쉽나?"

그녀가 도발적인 눈빛으로 그의 위에 올라타 윗도리를 벗어 던졌다. 그녀가 머리를 한쪽으로 쓸며 브래지어 끈을 살짝 내렸다.

"이런 여자, 쉽게 못 가질걸요?"

아까부터 숨이 가빴던 은태가 더는 참지 못하고 그녀의 가슴을 덮쳤다.

"앗. 간지러워요."

멋있게 영화에 나오는 섹시한 여자처럼 그를 유혹하고 싶었는데, 요란한 웃음소리가 그녀에게서 터져 나왔다. 그런데 그 소리에도 그는 충분히 유혹되고 있었다.

"너 진짜 왜 이렇게 예쁘냐?"

"이제 알았어요?"

"아니, 처음부터 알았지."

"처음부터? 그게 언젠데요?"

"있어. 밥도둑이랑 나랑 훔쳐보던 때부터."

"네? 지금 뭐라고 했어요? 밥도둑, 읍……! 잠깐, 흡!"

뭔가 엄청난 걸 알게 될 것만 같은 이때에 그가 입술을 놔주지 않았다. 키스가 깊어지고 이제는 몸도 놔주지 않았다. 결국 그가 한 말을 까마득히 잊고는 그녀는 그에게 매달렸다.

둥둥.

행복이 그녀와 함께 떠다녔다.

햇살이며
카페에서

에 필 로 그.

1.

……콘돔을 다 썼다. 여름도 다 안 지났는데! 서랍을 뒤적거리던 은태가 경악했다. 지금 이제 그녀의 안에 막, 넣어야 하는 이 엄청난 타이밍에 콘돔이 없다니!

"안…… 해요?"

"응? 해. 하는데……."

"하는데 왜에?"

"콘돔이 없어."

"네에?"

그녀가 고개를 드는 바람에 그녀의 이마와 그의 턱이 부딪혔다.

"앗, 아파. 왜 갑자기 일어나?"

"어쭈. 어디서 큰소리예요? 뭘 잘했다고."

잠자리에서의 그녀는 너무나 강력했다. 그가 입을 내밀었다.

"아니, 네가 갑자기 일어났잖아."

"놀라서 그런 거죠. 그걸 왜 미리 준비를 안 해요?"

"아니, 그거야…… 헉, 피."

제 손에 묻은 피를 보고 은태가 더욱 경악했다. 피라는 소리
에 은태의 손을 확인한 해주가 소리를 질렀다.

"꺄악."

입술이 터져 피가 꽤 많이 나왔다. 그녀가 얼른 휴지를 뽑아
그의 손을 닦아주었다.

"어떻게 해요. 응급실 가야 하는 거 아니에요?"

응급실? 그래, 맞다. 이건 응급 상황이야. 나는 지금 입술보다
아래가 더 크게 터질 것 같거든.

그가 그녀의 손목을 잡았다.

"일단 그냥 하자."

"네? 콘돔이 없잖아요."

"음, 이번에 내가 이성을 차리고 어떻게든 잘해볼게."

그녀가 눈을 흘겼다.

"나랑 자는데 이성을 차릴 수가 있다고요?"

"아니, 물론 그럴 순 없지."

"근데요?"

"근데요는 무슨 근데요야, 그럼 난 어쩌라고. 난 지금, 지
금……."

지금 터질 것 같거든. 그가 말을 더 하지 못하고 눈을 꼭 감았
다 떴다. 그녀가 음흉하게 웃었다.

"다른 걸로 할까요?"

"다른 거? 다른 거, 뭐?"

그녀가 제 입을 가리키며 혀로 입술을 핥았다. 그가 화들짝, 놀란 눈을 떴다.

"이 마녀. 요괴. 밤의 여왕, 날 죽이러 온 저승사자 같으니라고."

"싫어요?"

"싫겠냐? 밤의 여왕이신데. 평생 받들어 모셔야지."

"흐응. 그러면."

유혹하듯 섹시한 눈빛을 한 그녀가 살짝 혀를 내밀고 그의 아랫도리로 향했다. 하아, 벌써 숨이 터져 나왔다.

"너 진짜 어떻게 여기에 왔냐?"

그녀가 자신에게 오지 않았다면, 어땠을까. 상상만 해도 살기 싫어졌다.

"어떻게 왔긴. 너를 잡아먹으러 왔지이!"

그녀의 입 안으로 아랫도리가 화끈하게 빨려들었다. 짜릿함이 저절로 눈이 감겼다.

"홋. 하아. 핫."

그의 머릿속이 새하얘졌다.

진짜 평생 받들고 살아야지. 내 마녀, 내 요괴, 밤의 여왕님, 우리 해주!

그가 마음 깊이 충성을 맹세하고 또 맹세했다.

2.

"형니임……."

"그래, 그래. 옆에 있다, 나."

그가 지쳐서 잠든 그녀를 토닥였다. 오늘따라 경련이 심해 그가 수시로 깨서 그녀에게 옆에 누가 있음을 알려주었다.

"너도 만만치 않구나."

친구 때문에 누군가 순식간에 사라지는 것을 싫어하는 그는 아침에 눈을 떴을 때 자리에 없는 그녀 때문에 힘들었다. 그런데 그녀는 밤에 누가 없을까 봐 두려운 모양이었다.

언제쯤 나을까, 그녀는.

결국 엄마라는 여자한테서는 연락이 오지 않았다. 그래도 한 번쯤 만나 따귀라도 쳐주길 기다리고 있었는데.

어쩌면 평생 그녀는 낫지 않을지도 모르겠다. 그가 그녀의 손을 잡고 이마를 마주했다. 이렇게 예쁜 딸에게 어떻게 그렇게 무관심할 수가 있었을까. 자신은 봐도 봐도 예뻐서 자꾸만 보고 싶은데.

엄마 자격 없는 사람들이 세상엔 너무도 많았다.

그럼 자신이 엄마도 돼 주고 아빠도 돼 주고 남편도 돼 주면 될 것이다.

그가 가만히 눈을 감고 그녀와의 미래를 떠올렸다.

그녀를 외롭지 않게 해주려면 가족이 많아야 할지도 모르겠다. 가족이 많으려면 언제까지 다락방에서 살 수만은 없겠구

나. 그럼 카페 뒤로 집을 지어야겠다. 목재를 알아보고 도구를 챙기고 공부하면서 직접 집을 짓는 거야. 그리고 그녀가 원하는 스타일의 집으로, 그녀가 꿈꾸는 집 그대로 만들어줘야겠다. 그 안에서 그녀와 자신, 그리고 그녀가 외롭지 않을 만큼의 아이들을 낳고 사는 것이다.

해주가 기뻐할 걸 생각하니, 벌써 뿌듯해졌다. 입가에 미소가 번지던 은태가 문득 놀랐다. 자신이 꿈같은 미래를 떠올리다니.

항상 과거만 안고 살던 그가 그녀 덕분에 미래를 꿈꿀 수 있다는 게 믿기지 않았다.

눈 뜨면 이 모든 게 사라져 있는 게 아닐까.

아무것도 사라지지 않게 그는 반드시 그 꿈을 이루기로 마음먹었다.

해주야.

그가 그녀를 꼭 안았다. 압력 때문인지 그녀가 뒤척거렸다.

"도둑아…….."

"하여튼 얘는 맨날 나랑 밥도둑이랑 꼭 같이 찾더라. 멍멍, 멍멍. 누나 나 옆에 있어요."

"으으음."

그녀가 잠결에 이마를 마구 비볐다.

"너 지금 나한테 이러는 거냐, 밥도둑한테 이러는 거냐?"

누구든 어때. 어쨌든 그녀 옆에 있는 것은 자신이었다. 그가 가만히 그녀의 뺨을 만지며 이마를 비벼주었다.

"그래, 형님 여기 있다. 우리 해주. 좋은 꿈 꾸고 잘 자."

낮게 속삭이자 그녀가 새근새근 잠이 들었다. 그는 잠들지 못하고 그녀를 보고 또 보았다.

3.

"자알 생겼다."

해주가 잠든 은태를 가만히 바라봤다. 아침 햇살이 그의 이마를 찌르는데도 그는 일어날 줄을 몰랐다.

"같이 자는데 대체 밤에 뭘 하시기에 이렇게 못 일어나실까, 우리 형님은?"

카페 문을 열어야 하는데 그는 미동이 없었다. 눈 떴을 때 아무도 없는 걸 싫어하는 눈치라서 그녀는 언젠가부터 카페 오픈 시간을 늦추고 그가 깰 때쯤 이불 안으로 들어가 품에 꼭 안겼다.

따뜻해, 우리 형님.

알고 있지만 알수록 신기했다. 그의 품은 왜 이렇게 따뜻한 건지. 대체 어떤 마음을 품고 계시기에 이리도 오래오래 따뜻한 건지.

좋은 사람이었다. 하긴, 그러니까 친구에 대한 죄책감으로 그렇게 몇 년을 스스로 모질게 살았겠지. 혼자만 행복하기 미안해서.

그런 그가 자신을 선택하고 행복을 향해 나아가기로 한 게 기적 같았다.

그녀가 그의 가슴에 얼굴을 비볐다. 그녀가 계속 꿈틀거리자 그가 인기척에 살며시 눈을 떴다. 손으로 해주의 존재를 확인한 그가 웃음을 지었다.

"있어?"

"네, 있어요."

"그래. 있네……."

"네, 있어요."

그가 안심을 하고 다시 잠드는 것 같았다.

가엾어, 불쌍해, 안 됐어.

그녀가 그를 꼭 안았다. 평생 옆에 있어 줘야지. 절대로 사라지지 말아야지.

그녀는 그녀 자신을 더 아끼기로 했다. 그에겐 그녀가 필요하니까. 오래오래 옆에 있어 줘야 하니까.

"형님."

"응?"

"안 잤어요?"

"자는 줄 알고 부른 거야?"

"그냥 부른 거예요."

그가 눈을 감은 채 품에 안긴 해주의 머리를 쓸었다.

"그래, 내가 불러도 불러도 자꾸 부르고 싶긴 하지?"

"네, 엄청요."

두 사람이 가만히 햇살을 받고 누웠다.

"좋다."

"그러게."

스르르 잠이 왔다.

물건 받아야 하는데. 괜찮아, 서준이 있잖아. 자꾸 서준 오빠 부려먹으면 어떻게 해요? 괜찮아, 걔 그런 거 하는 거 좋아해. 두런두런 그런 대화들이 오가다가 곧 조용해졌다.

"아 진짜, 해가 중천인데 두 사람 어디 간 거예요!"

서준의 목소리가 햇살 아래 들려왔다.

4.

이 여사가 소포를 받으며 집 안으로 들어왔다. '곽은태'라고 적힌 이름을 의아하게 보던 이 여사가 제주도라는 주소에 미간을 좁혔다.

"누구야?"

"우, 우체국이에요."

남편의 목소리에 놀란 이 여사가 살짝 뜯으려던 소포를 북, 찢고 말았다. 안에서 작은 종이들이 꽃가루처럼 떨어졌다.

"이게 뭐야?"

이 여사가 바닥에 떨어진 종이를 확인했다. 명함이었다.

"주식회사 미래대표 곽은태?"

"왜, 뭔데, 그래?"

이 여사가 수습을 다 하기도 전에 남편이 다가왔다. 이 여사가 감추려 했지만 이미 늦었다.

"아무것도 아니에요."

"아니긴. 뭐야, 명함이잖아?"

남편이 명함 몇 장을 주웠다.

"명진그룹 대표 곽은태, 에너제티컬 이사 곽은태, 커피 앤 커피 사장 곽은태……. 뭐야, 회사 이름은 다른데 사람 이름은 다 같은 이름이네? 누구야, 이게?"

"모르겠어요. 잘못 왔나 봐요."

이 여사가 황급히 명함을 모아 쓰레기통으로 향했다.

"어어? 쓰레기통에 넣으면 어떻게 해. 우체국에 얘기해서 반송을 해야지."

"아, 참. 그래야죠. 내, 내가 알아서 할게요."

"뭐하는 놈인데 저렇게 하는 일이 많아? 밥이나 먹자고."

"네. 곧 가요."

명함을 내려보던 이 여사가 한숨을 쉬고 쓰레기통에 명함을 넣었다. 명함 하나가 쓰레기통에 들어가지 못하고 튕겨 옆으로 떨어졌다.

'햇살 아래 cafe 매니저 곽은태.'

5.

지이이잉. 지이이이잉.

아침부터 시끄러운 소리에 해주가 잠에서 깨어났다. 전에 없이 쏟아지는 햇살에 해주가 벌떡 일어났다.

"늦었나? 햇살이 왜 이렇게……."

해주가 창문 밖을 내다봤다. 은태가 나무 위에 사다리를 걸치고 올라가 가지를 정리하고 있었다. 그녀가 부랴부랴 카페 밖으로 뛰어나갔다.

"형님? 뭐하세요?"

"어이고, 사장님. 이제 일어나셨어요?"

사장이라는 호칭에 그녀가 웃음을 지었다. 그녀의 손가락에는 그녀의 웃음만큼 환한 반지가 반짝이고 있었다.

얼마 전 그가 카페 계약서를 보여주면서 청혼을 했다. 그 계약서에는 은태가 아닌, 해주의 이름이 올라가 있었다.

'너 카페 좋아하잖아. 이거라도 없으면 결혼 안 해줄까 봐. 반지는 예의상.'

무심한 척 말했지만 그의 손끝이 떨리는 게 느껴졌다. 어쩌면 그녀의 심장이 너무 뛰어서 그렇게 보이는지도 몰랐다. 그녀는 두말없이 떨리는 그의 손을 기쁘게 잡았다.

'평생 사랑한다는 약속 지켜라? 나도 그럴 테니까.'

그녀는 벅찬 마음에 그저 고개만 끄덕여야 했다.

"갑자기 뭐하는 거예요?"

"뭐하긴. 가지 치지. 가지 쳐 달라고 노래 불렀잖아."

"네, 제가 그렇게 노래 불렀는데 참 빨리도 치시네요. 가을 다 갔잖아요."

"아직 겨울 안 왔잖아."

"이제 곧 겨울인데."

"그러니까 더 빨리 쳐야지. 햇살 좀 들어오게."

은태가 사다리에서 내려와 그녀의 어깨를 감쌌다.

"어때, 이제 카페 훤해 보여?"

해주가 그의 허리를 감쌌다. 카페 훤해진지 좀 됐어요. 말하려다가 그녀가 그냥 고개를 끄덕였다.

"너 또 잔소리하려고 했지?"

"아닌데요. 그냥 고개 끄덕였잖아요."

"에이. 뭐라고 하려고 한 것 같은데?"

"아니라니까요?"

"응? 당장 말 안 해?"

그가 간지럼을 태웠다. 까르르르. 그녀가 웃으며 그의 손을 잡았다. 따뜻해.

"갑자기 뭐하냐?"

그녀가 그의 손을 당겨와 볼을 비비며 웃었다.

"그냥, 따뜻해서요."

"하여튼 따뜻한 거 되게 좋아해."

"그래서 내가 형님 되게 좋아하잖아요."

"그래? 난 사랑하는데."

그가 딴 곳을 보며 중얼거렸다.

또 놓친 것 같아 해주가 은태의 얼굴 앞으로 가서 하늘을 보고 있는 그를 향해 점프하고 또 했다.

"지금 뭐라고 했어요? 네? 지금 뭐라고 했냐고요?"

"뭘?"

"지금 뭐라고 했잖아요."

"뭘 뭐라고 해?"

"사랑한다고 했……."

"응, 나도."

쪽. 웃음이 터졌다. 해주가 은태의 팔을 꼬집었다.

"나쁘다, 진짜."

"나쁜 놈인 거 알고 있었잖아."

"그래도 그렇지. 듣고 싶단 말이에요."

"뭘?"

"사랑한다고."

"응, 나도."

쪽. 눈이 마주치자 두 사람이 같이 웃었다. 살랑살랑. 겨울이 시작되는데도 어디선가 따뜻한 바람이 불었다.

햇살 아래 카페에서. 그와 그녀의 가슴속에서.

END.

햇살 아래
카페에서